KB272441

소설무크

Vol.
002

소설무크 Vol. 002

고양이,
부르면 오지 않는 것들

1판 1쇄 인쇄 2026년 3월 18일
1판 1쇄 발행 2026년 3월 25일

지은이 이순원 황인숙 서성란 고은규 권혜린 염기원 이수경 양정규 강혜림 이호준
펴낸이 신승철
펴낸곳 잉걸북스

편집위원 김나정 김도언 김이은 원종국
교정교열 구경미
디자인 놀이터

출판등록 2024년 8월 29일 제25100-2024-000052호
주소 서울시 노원구 노원로 564, 1011-1311
전화 010-4964-6595
팩스 02-6455-3736

© 이순원 황인숙 서성란 외, 2026

ISBN 979-11-990192-7-0 (03810)

소설무크
Vol.
002

고양이,
부르면 오지 않는 것들

잉걸북스

| 차례 |

1부

초대석

황 인 숙

김 도 언

하얀 새틴의 밤

황인숙

넉 달쯤 전부터 우리 동네 고양이 밥 돌리는 코스를 바꿨다. 그전에는 집 앞에 주고, 오른쪽으로 돌아서 비탈을 따라 올라가며 왼쪽 안 골목들에 들어갔다가 작은 공원을 거쳐 신흥시장에 이어 해방촌교회를 지나 내려오는 게 1차 고양이 밥 셔틀이었다. 그리고 집에 들러서 다시 카트를 꾸리고 곧장 2차를 나갔는데, 언제부터인가 집 계단을 올라가면서 다리는 천근만근 무겁고 걷잡을 수 없이 잠이 쏟아졌다. 그래서 현관에 들어서기 무섭게 보따리를 동댕이치다시피 하고 소파에 눕게 됐다. 그렇게 한 시간, 두 시간, 자고 일어나던 게 서너 시간으로 늘었다. 알람도 소용없었다. 가엾은 고양이들. 어쩌다 나를 만나서 배고픔 속에 긴긴 시간을 기다려야 한다.

그래서 집 근처 고양이들이라도 이른 시간에 먹이자고 1차 코스를
살짝 바꾼 것이다.

집 앞에서 왼쪽 골목으로 돌아가 짧은 계단을 내려가서 용산중
학교 정문에 딸린 쪽문까지 네 군데 돌린 뒤, 108계단의 경사 엘리
베이터를 타고 올라가 안쪽 골목을 반대 방향으로 도는데 소공원
부터는 원래 코스다. 내가 오는 방향을 알아서 마중 나오던 고양이
들은 괜한 데서 기다리다가 카트 바퀴 구르는 소리를 듣고야 당황
하며 달려오기도 했다.

용산중학교 교문 못미처 모퉁이에서 물그릇과 밥그릇을 채운다.
여기는 세 마리쯤 오는 거 같다. 쪽문 안쪽에서 삼색 고양이 소녀
가 고개를 삐죽 내밀더니 살그머니 다가온다. 얼굴을 보이면 닭 가
슴살을 따로 주는 걸 아는 게다. 반갑다, 고양아. 아무래도 고양이
를 만나면 아무 고양이도 못 보고 밥만 놓고 올 때보다 마음이 좋
다. 쪼그리고 앉았다가 일어서는데 무언가 뺨을 살짝 건드린다. 눈
인가? 하늘을 올려다본다. 더는 아무 기척이 없다. 마음을 놓고 108
계단을 향해 걸음을 옮긴다.

108계단 꼭대기에서 엘리베이터를 내리자 노란 얼룩 고양이랑
노란 줄무늬 고양이들이 반기며 모여든다. 싱긋벙긋 웃는 얼굴로
꼬리를 빳빳이 세운 채 나를 에워싸고 걷는다. 애들은 한 핏줄이다.

덩실덩실 행진하는데, 저 앞에서 진회색 줄무늬 고양이가 배를 발랑 뒤집고 눕는다. "애, 차가워! 그러지 마!" 말려도 몸을 일으켜 두어 걸음 걷다가 연신 발랑 눕는다. 이 고양이는 1년 전쯤에 청소년 고양이로 나타났는데 처음부터 그랬다. 절로 웃음 나게 사랑스러운 모습이지만 생존 전략인가 싶어서 안쓰럽기도 했다. 여기 고양이들은 순해서 낯선 고양이들을 무난하게 받아들인다. 그래도 곁을 주지는 않는 것 같다. 양쪽 다 살가운 성격인데도 어딘지 갈라져 있다.

커다란 물그릇에 따뜻한 물을 담고 밥그릇에 마른 사료를 담는다. 마른 사료를 좋아하는 녀석들은 먹기 시작하지만, 깡통을 따서 참치나 연어를 얹어야 비로소 입을 대는 녀석도 있다. 진회색 줄무늬 고양이는 한옆에 떨어져서 자기도 달라고 야옹거린다. 따로 먹이는데, 가끔 다른 녀석이 그릇에 다가오면 얼른 비킨다. 좀 치이는 것 같다. 고양이나 사람이나 사는 게 참 쉽지 않다.

공원에 가기까지 깃털 같은 눈송이를 다섯 개쯤 맞았는데, 해방촌교회에 이르자 눈발이 풍성해졌다. 그러더니 이내 하늘에서 얇디얇은, 새하얀 새틴 커튼이 끝없이 펼쳐져 내려오는 것이었다. 물기 없는 가벼운 눈송이들이 나풀나풀 너울너울 허공을 채웠다. 아름답다! 얼마나 아름다운지!

내가 호들갑스럽게 좋아했던 것들. 눈, 바람, 여름비, 계단. 이제는 좋아할 수 없다. 나는 아린 가슴으로 쏟아지는 눈을 물끄러미 바라보았다. 용산중학교에 놓은 고양이 밥이 눈으로 덮이겠구나. 다들 먹고 간 뒤면 좋으련만. 처마 아래나 자동차 밑이면 모를까, 눈비가 오면 고양이 밥이 완전 무방비로 망쳐진다. 고양이는 굶어 죽을 지경이 아니면 젖은 건사료를 먹지 않는다. 눈은 비보다 좀 낫지 않을까. 밥그릇을 발로 차서 엎어버리고 먹으면 되지 않을까 싶긴 한데, 우아한 고양이들 같으니라고, 그런 짓을 하는 경우를 본 적 없다. 소복이 쌓인 눈 밑에 멀쩡한 밥이 고스란히 담겨 있는데, 고스란히 굶고 마는 것이다. 그러니 내 어찌 눈이나 비라면 질색하지 않겠는가.

그나저나 날이 너무 춥다. 오늘은 잠깐 풀렸는데, 너무 길게 너무 추웠다. 게다가 그 눈! 습기를 잔뜩 머금어 묵직한 눈이 쌓였던 그 길! 마치 길바닥이 잡아 끌어당기는 것처럼 카트 바퀴가 무겁게 끌렸다. 팥쥐 엄마가 콩쥐한테 2리터 생수 36개를 네모난 바퀴 달린 수레에 싣고 오라는 심부름을 시키면 이렇게 힘들겠지. 싱거운 생각을 하면서 염화칼슘으로 진창이 된 구덩이에 빠져 젖은 신발을 허덕허덕 옮겼다. 왜 이렇게 추운 거야!? 비명을 지르며 하늘을 흘겨보면서. 어쨌든 나는 몇 시간 뒤면 따뜻한 방으로 돌아가지만, 고양이들은 한데서 얼마나 추울까. 맹추위와 기다림에 지쳐 다들 어디론가 돌아가버리고, 기적처럼 눈에 띄는 한두 고양이는 파랗게 질린 얼굴에 등뼈가 오그라져 있었다. 우리(고양이들과 나)를 마구 학대하는 날씨 같으니라고.

그해 겨울은 날씨도 내 삶도 사뭇 온화했다. 그때는 우리 동네 고양이 밥만 줬기 때문에, 나는 낮에 한 번 밤에 한 번, 하루에 두 번 동네를 돌았다. 그것도 벅차하면서 한 사람이나 두 사람쯤 일을 나눴으면 좋겠다고 생각했었는데, 아, 그때가 천국이었다.

늦봄이었나 초가을이었나 잘 기억나지 않는다. 한낮이었다. 셔틀 마지막 코스인 공원을 지나서 집에 돌아가는 길인데, 웬 꾀꼬리 같은 고양이 울음소리가 나를 불렀다. 돌아보니 비탈 계단에서 낯선 노란 고양이가 울음을 그치지 않으며 뛰어왔다. 여태 내가 들어본 고양이 울음소리 중에서 가장 아름다운 소리가 그 소리다. 은방울을 굴리는 듯 맑고 곱고 바이브레이션이 애간장을 녹였다. 어쩐지 단번에 그날이나 그 전날 버려진 고양이라는 걸 알 것 같았다. 지금이라면 결코 그러지 못했을 텐데, 15년 저쪽 뒤편인 그때는 내가 아주 무정하고 단호했다. 일단 밥을 먹인 뒤 내가 한 짓은, 그 고양이가 나를 쫓아오지 못하게 해야겠다는 생각을 실행한 것이다. 나는 행여나 그 고양이가 나를 미행해 집을 알게 될까 봐 뛰어서 다른 길로 돌아갔다.

집에는 이미 고양이가 셋이었고, 그중 우리 보꼬는 란아 외의 모든 고양이를 끔찍하게 싫어했다. 셋째 명랑이가 왔을 때는 급성 위염으로 피를 토할 정도였다. 고양이 포비아가 있는 고양이 보꼬도 더는 고양이를 집에 들이지 않을 내 핑계가 돼주었다.

며칠 뒤부터, 한 살이 채 안 돼 보이는 그 고양이는 제가 살던 비탈 계단 쪽에서 이면도로 건너편의 내가 달아났던 골목으로 터를 옮겼다. 천상의 목소리인 반면에 인물이 많이 빠졌던 고양이. 고양이 얼굴이 잘생기지 않거나 예쁘지 않기 쉽지 않은데, 걔는 우스울 정도로 못생겼다. 어쩌면 너무 무섭고 슬퍼서 얼굴이 찌그러져 더 못생겨졌을 수도 있겠다. 나중에는 귀염성 있게 보였으니까.

안을 수도 있었던 그 고양이를 나는 쓰다듬어주지도 않았다. 거리를 두느라 그랬다. 나중에 그것을 크게 후회하게 될 줄 모르고. 그 고양이도 순하고 상냥하게 내 발치로 다가왔지만, 딱 그만큼일 뿐, 날이 갈수록 내 손에서 멀어졌다.

우리 동네에 모자원이 있었다. 커다란 건물에 터가 아주 넓었는데, 비탈 동네이니만큼 그 안에 비탈도 있고 미로 같은 계단도 있었다. 그래서 동네 고양이들이 안팎으로 많이 다녔다. 그런데 문제가 거기 원장인 초로의 여성이 모진 성품에 고양이를 아주 싫어한다는 것이었다. 나는 늘 조마조마했다. 처음에 그 고양이는 모자원 아래편의 한 연립주택 1층 베란다 밑에서 밥을 먹었다. 2인용 식탁 넓이의 그 공간은 눈비를 피할 수 있어서 썩 좋은 밥자리였다.

입이 짧았던 녀석. 건사료를 마지못한 듯 먹는 둥 마는 둥 해서 깡통을 이것저것 따며 간신히 먹일 수 있었다. 개가 제법 먹으면 얼마나 흐뭇하던지. 방금 퍼뜩 든 생각인데, 그 고양이를 버린 사람은 같이 사는 동안 좋은 사료를 거둬 먹였을지도 모르겠다. 그래서 내가 주는 사료를 먹기 힘들어한 건지 모르겠다. 수입이 적어서 나는 바깥 고양이들한테 값싼 사료를 먹이고 있었다. 생각하면 너무너무 미안하다.

언제부터인가 앞뒤 생각하지 않고 비싼 깡통이랑 간식을 마구 사들인다. 물론 인터넷에서 눈이 빠지도록 최저가를 검색해서 말이다. 그래도 꽤 비싸다. 내 처지에 아주 과한 소비이지만, 처음이 힘들지 한 번 사면 계속 사지 않을 수 없다. 세월이 흐르니까 노령 고양이들이 생기고 병약한 고양이들도 있어서 챙길 수밖에 없기도 하다. 문득문득 지금은 세상에 없는 이런 고양이 저런 고양이가 떠오르면, 이 맛있고 영양가 많은 걸 개한테 줬으면 얼마나 좋아하면서 먹었을까 싶어 가슴이 저린다. 우리 란아랑 보꼬, 특히 간식 좋아하던 명랑이도 얼마나 맛있어하면서 먹었을까.

바깥 생활에 부대껴서도 그럴 테고, 제대로 먹지 않아서인지 개
는 조금씩 초췌해졌다. 먹을 때 어딘지 불편해 보이는 게 구내염도
생긴 것 같았다. 마음이 영 안 좋았다. 그래도 차츰 적응하는지 더
나빠지지는 않았다. 두어 달 뒤 개가 모자원 위편으로 밥자리를 옮
겨 잡았을 때는 편안해 보이기도 했다.

급경사 길 초입의 감나무가 있는 집. 담벼락 옆에 거의 움직이지
않는 흰색 SUV. 그 아래가 밥자리였다. 몇 달 새 제법 뼈대가 굵어
진 듯했던 녀석. 그때는 내가 해이했는지, 우리 동네만 돌면서도 내
볼일 다 보고 집에 돌아와 자정이 지나서 움직이기 일쑤였다. 나는
그 고양이를 만나는 그 시간이 좋았다. 인적 없고 고양이들만 있어
서 더 좋았던 거 같다.

함박눈이 펑펑 내린 뒤, 온 동네가 둥그스름 눈에 덮여 있었다.
고요하고 고요하게. 어느 정도 밥 먹는 걸 본 다음에 내가 움직이자
그 애가 따라 움직였다. 카트를 끌지 않을 때여서 내 손에는 사료와
물이 든 가방이 들려 있었다. 그 애는 나를 따라왔다. 우리는 뽀드
득뽀드득 눈을 밟고 걸었다. 오른쪽으로 꺾어져 올라가다가 다음
밥자리로 가는 골목에 들어서자 그 애는 나를 조금 앞서 걷기 시작
했다. 몇 번이고 고개를 돌리고 내 얼굴을 쳐다보며. 왠지 신나 보
이는 그 애는 싱글벙글 웃고 있었다. 그러더니 공원 위편, 내가 다

니는 길목에 있는 한 집의 열린 문으로 들어갔다. 늘 열려 있던 그 초록색 철문. 그 애는 나를 힐끔힐끔 돌아보며, 그 집의 벽돌벽과 내 가슴 높이의 나지막한 담장 사이로 종종 걸었다. 폭이 1미터가 안 돼 보이는 통로였다. 담장 밖에서 따라가 보니 벽이 끝나는 모퉁이를 돌아서 통로가 이어지고 저만치 작은 광이 보였다. 장롱 한 짝만큼 작은 광이었다. 연탄 때는 시절에는 연탄 200장쯤 쌓아놓았을 것 같은데, 미처 버리지 못한 허드레 물건들이 보관돼 있을 것이었다. 거기 담요나 낡은 옷들이라도 있었다면 좋겠다. 너, 여기 거처를 마련했구나! 걔가 제 딴에는 자기 집을 제힘으로 찾아낸 것이 뭉클했다. 걔는 멈춰 서서 자꾸 나를 바라보았다. 그 고양이는 분명 나를 자기 집에 초대하고 있었다. "나, 길이 너무 좁아서 거기 못 들어가." 나는 초대를 사양하며, 희미한 보안등 빛이 비치는, 좁고 하얀 통로 끝의, 그 애의 아련한 집을 바라보았다.

그 고양이가 거기서 얼마나 오래 살았는지는 모르겠다. 그 겨울은 났을 것이다. 나는 걔를 길에서만 보았다. 봄이 됐다. 낮에 만났을 때 보니 몸이 많이 안 좋아 보였다. 아무래도 병원에 데려가야 할 것 같아서 큰맘 먹고 이동장을 들고 나섰다. 맨손으로 잡을 자신이 없어서 두꺼운 가죽 장갑도 갖고 다녔다. 그래도 엄두가 안 나서 며칠 밥만 먹이다가, 그날은 장갑을 끼고 다짜고짜 그 애를 잡았다.

그런데 두꺼운 가죽 너머로 그 애가 파들파들 떠는 게 어찌나 강하게 전해지던지 내가 못 견디고 도로 놓아주고 말았다. 그러지 말았어야 했는데. 잡은 김에 이동장에 넣었어야 했는데. 그보다도 애초에 내가 그 애와 거리를 두지 않았으면 서로 편하게, 안아서 이동장에 넣을 수 있었을 텐데. 한 번 실패했으니 다시 같은 식으로는 잡을 수 없을 것이어서 나는 일단 마음을 접었다. 불건강해 보이는 그 애를 매일매일 속수무책 바라보면서.

한밤이었다. 누군가 그 애 밥자리에 튀긴 닭이 든 봉투를 놓고 갔다. 그런 걸 고양이가 먹게 하면 안 된다. 고양이들은 신장이 약하기 때문에 소금기 많은 사람 음식이 아주 해롭다. 다행히 그 애가 아직 다녀가지 않았다. 봉투를 집어 들고 가다가 그 애를 만났다. 만난 김에 밥을 먹이자고 쪼그려 앉았는데, 그 애가 미친 듯 봉투에 달려드는 게 아닌가? 내가 뺏어 들자 그 애는 거의 눈이 뒤집혀서 떨어진 닭튀김 하나를 물어뜯었다. 이렇게 열렬히 좋아하는구나! 알고 보니 바깥 고양이들이 가장 좋아하는 음식 중 하나가 튀긴 닭이다. 그러니 몸이 안 좋아지지. 또 퍼뜩 든 생각이, 개를 버린 사람은 어쩌면 사료를 준 적 없이 먹다 남은 닭튀김 같은 거나 먹였을지 모르겠다는 거다. 어쨌든 잘 먹는 걸 보니 좋기도 했고, 심란했다. 지금은 하루에 수십 개씩 갖고 다니는 고양이 간식용 닭 가슴살을 그때 알았다면 좋았을걸. 그거라면 걔가 잘 먹었을 것 같다.

어느 날 공원에 못 보던 새끼 고양이가 나타났다. 엄마가 누군지는 모르겠지만 아빠가 누군지는 한눈에 알아봤다. 완전 판박이였다. "너, 예쁜이 딸이구나?" 다른 색은 한 점도 섞이지 않은 연노랑 털빛이며 특유의 그 얼굴. 울음소리는 제 아빠처럼 꾀꼬리 같지 않고 여느 고양이와 같았다. 걔한테 딸이 생겼다니 기분이 묘했다. 그렇게 걔는 해방촌 고양이로 자리를 잡아가는 듯했다.

그 이듬해인가, 그 애가 보이지 않았다. 하루 이틀 사흘, 한 주 두 주 세 주. 한 달이 지나자 결국 그 녀석이 죽고 말았다고 생각하지 않을 수 없었다. 그런데! 석 달쯤 지난 어느 날 낮에 그 애가 홀연히 나타났다. 비명이 절로 나오는 처참한 모습으로. 비쩍 마른 건 물론이고, 털가죽이 등에서 옆구리까지 뜯겨 덜렁거리는데 그 안쪽의 속살이 벌겋게 드러났다. 그 상태로 어떻게 살아 있는지. 이 꼴이 뭐야!? 개한테 물어뜯긴 건지 몹쓸 인간한테 해코지당한 건지. 그동안 어디서 살아냈는지 모르겠지만, 굶주리기 일쑤였던 게 분명했다. 왜 여기를 떠났어? 아마 사나운 수고양이한테 쫓겨 갔을 테다. 많이 멀지는 않은 동네에서 굶주리면서도 여기에 오지 못했을 테다. 그러던 차에 이 지경이 되자 나를 만날 수 있는 데로 되돌아온 것일 테다. 내가 손을 뻗자 그 애는 낑낑 울면서 자동차 밑으로 들어갔다. 막막하게 안절부절못하고 있는데, 마침 지나가던 사람이 휴대폰으로 119에 전화를 해줬다. 소방관들이 오기까지 20분쯤 동안 "왜 이렇게 됐어? 왜 인제 나타났어?" 나는 되뇌고 그 애는 슬픈 낑낑 소리로 대꾸했다. 이윽고 119 차가 오고 소방관 두 사람이 내렸다. 한 사람은 커다란 잠자리채 같은 포획 채를 들고 있었다. 이제 되었다. "고양이 어딨어요?" 묻는 소방관에게 "이 차 밑에요"라고 알려주었다. 그런데 그가 차 쪽으로 포획 채를 들이대자마자 고양이가 순식간에 차 밑을 빠져나가 감나무 집 담장 너머로 사라져버렸다. 어떡하냐고 발을 동동 구르는 내게 한 소방관이 멋쩍은 표정으로 말했다. "우리는 구석에 몰린 고양이나 다리 다쳐서 움직이지 못하는 고양이만 잡을 수 있어요." 그것도 그렇겠다. 하지만 개가 그 상태로 도망갈 수 있었던 건 놀라웠다. 죽을힘을 다했겠지. 어쨌건 그 녀석은 이제 끝장이구나. 어떡하면 좋지? 소방관들이 돌아간 뒤 나도 자리를 뜰 수밖에 없었다.

그렇게 그 애를 진짜 다시는 못 볼 줄 알았는데, 그날 밤부터 그애가 밥을 먹으러 나타났다. 그리고 놀랍게도, 중상의 쇼크만으로도 죽을 것 같던 그 끔찍한 상처가 차차 아물어서 한 달 뒤에는 거의 멀쩡해 보였다. 그렇게 고양이 목숨은 아홉 개라는 속설을 증명한 그 애가 다시 정착한 듯한 날들이 흘러갔다.

이듬해 여름. 어느 날 갑자기 처음 보는 한 청년이 상소리를 하면서 그 차 밑에 고양이 밥을 주지 말라고 했다. 차 주인이 줘도 된다고 했더니, 자기가 그의 동생이라면서 무조건 주지 말라는 것이다. 외관은 멀끔하니 괜찮은 사람 같은데, 말투가 거칠고 상스러웠다. 그러면 그 자리에 주지 않는 게 고양이한테 이롭다는 것을 그때는 알지 못했다. 왜 그리도 융통성이 없었을까. 고양이 밥 주기가 유난히 열악한 블록이어서 달리 옮길 데가 떠오르지 않기도 했다. 맞은편 건물 쪽의 계단 옆 작은 화단 등, 지금이라면 얼마든지 다른 장소를 찾을 수 있겠는데, 그때는 고양이 밥자리를 옮기면 큰일 나는 줄 알았다. 개들이 못 찾아 먹을 거라고 생각했던 것이다.

처음 태클을 건 날 그가 말하기를 자기가 정신병원에 다닌다고 했는데, 나는 그가 의사라고 알아들었다. 환자일 수 있다는 생각을 못 했다.

그 고양이를 다시는 보지 못하게 되기 두 달 전쯤, 하양과 깜장 얼룩 고양이가 그 자리에 나타났다. 두 고양이가 붙어 다녀서 참 보기 좋았다. 내가 또 한 번 개를 병원에 데려가려고 이동장을 들고 다닐 때, 그 녀석은 멀찌감치 피해 있는데 하양 깜장 얼룩 고양이는 이동장에 그리운 듯 얼굴을 비볐다. 그래서 '얘도 버려졌구나' 생각했다. 죄 많은 인간들.

생각해보니, 연노랑빛 그 고양이가 언제부터인가 꾀꼬리 울음소리를 들려주지 않았다. 내가 개를 만난 초기 외에는 들은 기억이 없다. 연노랑빛 꾀꼬리 목소리 고양이가 보이지 않은 지 이틀째 되는 날, 나는 이제야말로 개가 고된 삶을 마쳤다는 걸 느낄 수 있었다. 다음 날부터 얼룩 고양이도 다시는 볼 수 없었다. 그 청년의 악의가 미쳤으리라고 짐작된다. 어쩌면, 얼룩 고양이는 노랑 고양이가 죽자 다시 그 어디론가 정처 없이 떠났을지도 모르겠다.

내가 저버렸던 그 고양이. 내가 저버린 수많은 고양이 중 하나인 그 고양이. 함박눈이 펑펑 쏟아지는 풍경을 보면, 희미한 보안등 빛 아래서 그 고양이가 나를 초대했던, 그 아늑한 시간이 흐느끼듯 떠오른다.

황인숙 | 1958년 서울 출생. 서울예대 문예창작과를 졸업하였고, 1984년 〈경향신문〉 신춘문예 시로 등단했다. 펴낸 책으로 시집 『새는 하늘을 자유롭게 풀어놓고』 『슬픔이 나를 깨운다』 『자명한 산책』 『못다 한 사랑이 너무 많아서』 『내 삶의 예쁜 종아리』 등이 있고, 수필집 『일일일락』 『목소리의 무늬』 『인숙만필』 『좋은 일이 아주 없는 건 아니잖아』 등이 있으며, 소설 『지붕 위의 사람들』 『도둑괭이 공주』가 있다.

당당하게 또는 담담하게
나는 나로서 존재하는

김도언

인터뷰 원고를 쓰기 위해 노트북을 열면서 했던 생각은 가급적 담담하게 써야겠다는 것이었다. 황인숙 시인을 만난 건 2년 만이다. 그즈음에 시인은 맛있는 초밥을 먹자면서 몇몇 지인들을 당신의 동네 단골집에 불러 모았다. 그래 봐야 모두 합쳐 네 명이었지만 말이다. 이번 인터뷰의 약속 장소로 시인이 점지한 곳도 동네인 해방촌 모처. 자영업 생존율이 처참한 수준이라는데 지나면서 보니 2년 전 그 집은 그대로 있다. 시인은 여기 해방촌 한집에서만 20년째 거주 중이다.

시인의 신작 단편을 읽었다. 이번 인터뷰의 계기가 된 작품이다.

작품은 해방촌 일대 길고양이들의 거리집사로 살고 있는 당신의 실경험을 담담하게 녹여낸 것이다. 담담하게라고 말하긴 했지만 인간, 나아가 생명의 본래면목이랄 수 있는 연민을 움푹 건드린다. 연민 없이 설명될 수 있는 삶이 있을까라는 질문을 던지는 작품 같기도 한데 스포일러 짓을 해서 김을 빼고 싶진 않아 작품의 줄거리에 대해선 함구하겠다. 소설이 전해준 여운에 물든 마음을 진정시키고 보니 내 눈에 띈 건 무심체라고 할까 백치체라고도 할 수 있는 시인 특유의 문체다. 그래서 외람되게 질문을 던졌다. 이번 소설의 문장에서 개인적으로는 편집증적이라고도 부르고 싶은 특유의 인상을 받았는데 혹시 그런 문체나 스타일에 대해 고민을 하느냐고. 들려온 시인의 대답은 역시나 소설이 그랬던 것처럼 무심체×백치체를 텍스트 대신 입말로 재현하는 것이었다.

"문체나 스타일을 고민할 형편이 아니야. 나는 단지 바보 같은 문장을 쓰지는 말자만 생각해. 내용이나 기교나 이런 거에는 자신이 없으니까 문장이라도 정확하고 좋았으면 좋겠다는 게 내 소망이지."

여기서 떠오른 말은 좀 뻔하긴 하지만 술이부작述而不作이다. 최고의 기교는 무기교라는 말도 있거니와 내가 황인숙 시인의 소설이나 산문을 읽을 때면 기운 자국이 없는 무명천 같은 말간 느낌을 받곤 했다. 물론 시인은 이렇게 당신을 추어올리는 말을 반기기는 커녕 쑥스러워하며 손사래를 친다. 여기서 시인에게 느낀 또 다른 점이 있다. 거개의 빼어난 시인은 자존감도 높고, 그래서 남에게 듣는 고평을 받아들이는 데도 익숙하다. 그런데 황인숙 선생은 칭찬을 언제나 제법 낯설어한다. 어지간할 법한데도.

황인숙은 시인으로서는 소설과 산문을 제법 쓴 축에 속한다. 필자가 출판사에서 편집자로 일할 때 시인을 졸라 산문집, 사진산문집, 대담집 등을 낸 적이 있으니까 그 내막을 짐작 못하는 건 아니지만, 독자들을 대리하는 입장에서 다음 질문을 던졌다. 맨 처음에 소설을 쓰게 된 계기에 대해서. 그랬더니 예의 지나치게 솔직한 대답이 돌아온다.

"어디까지나 고료가 탐이 나서 썼던 것 같아.(웃음) 그게 아니었다면 아마 못 썼을 거야. 이번 소설도 그렇지만. 내가 맨 처음 소설이라고 쓴 게 문학동네에서 나온『지붕 위의 사람들』(2002년)이라는 건데 출판사에서 기획한 어른이 읽는 동화시리즈였어. 그때는 분량에 대한 부담도 없는데 전작 원고료를 준다기에 덥석 계약을 하고 썼지. 그때가 한국에서 출판으로 치면 리즈 시절이었던 것 같아. 나처럼 소설 한 번도 써본 적 없는 사람한테도 5백만 원씩을 주고 그럴 때였거든."

그런데 내 기억으론 이제하 선생의 멋진 삽화가 곁들여진 그 책은 평단과 서점의 반응이 나쁘지 않았다. 당신 말처럼 한국 출판의 리즈 시절이었기 때문이라기보다는 작품이 매력적이었기 때문이다. 그러고선 『도둑괭이 공주』(2011년)라는 제법 희유한 스타일의 장편소설을 다시 문학동네를 통해 출간하기에 이른다. 황인숙 시인은 이때의 일에 대해서도 겸양이 넘치는 이야길 들려주는데, 출판사가 자선사업을 하는 것도 아닌 마당에 독자들 호응도 없고 자기들 브랜드 이미지에 이득이 안 되는 시인이나 작가의 책을 낼 이유는 단연코 없다.

이 글 들머리에서 황인숙 시인을 가리키며 '길냥이들의 거리집사'라고 표현했거니와 시인은 20년간 소설 속의 배경이 된 해방촌을 지키면서 글 쓰고, 간단히 당신 끼니 챙기고, 눈 붙이고, (유일한 취미인) 책 보는 시간 말고는 길고양이들 밥을 주기 위해 높낮이가 만만찮은 언덕배기 해방촌 일대를 주유하는 데 하루 8~10시간 이상을 쓴다. 좀 심하게 말하면 그것에 일상생활이 통째로 저당 잡혀 있다.(선생은 이 표현을 안 좋아할 것이 틀림없다.) 아무려나 시인에게 소박한 저녁이라도 사고 싶어 청을 넣었던 지인들이라면 고양이 밥을 줘야 한다면서 완곡히 반려하는 대답을 들은 경험들이 다들 있을 것이다.

이 사태라는 것이 대체 누가 시켜서 하는 것도 아니고 오로지 '숨 탄것'들에 대한 당신의 사랑 때문에 하는 거라는 게 본질인데, 자주 뵌 것은 아니지만 그간에 시인이 당신이 감당해야 하는 일에 대해 엄살이나 투정을 부리는 걸 본 적이 내 기억에는 없다. 그런데 인터 뷰가 있던 날은 의외로 고양이 거리집사로 수십 년을 사느라 잠도 못 자고 힘에 부쳤던 것들을 시나브로 털어놓는 것이다. 지금 가장 큰 걱정이 뭐냐고 여쭀을 때였다.

"건강이 조금 염려돼. 내가 잠을 잘 못 자거든. 누가 이 일을 도와 주길 바랄 수도 없고. 아직은 괜찮은 것 같은데 많은 사람들이 걱정 을 하네. 나도 내심 걱정되는 게 잠을 제대로 자야 면역력이 높아진 다는데 그리고 내가 잠이 유난히 많은 사람인데 물리적으로 시간 이 부족해서 못 자는 거야. 누구를 만나면 맨날 피곤한 얼굴을 하거나 거의 졸고 있어. 근데 진짜 사실 고양이 밥 주는 게 혼자서는 너무 많은 시간이 들거든.”

아, 이 진술만으로도 마음이 심란하고 애틋한데, 나는 선생의 말에서 또 다른 '목소리의 무늬'를 보고 말았다. 그것은, 말로는 저렇게 표현을 하면서도 결국 이 일을 가장 잘할 사람은 자신밖에 없다는, 필연적이면서도 운명적인 소여에 대한 자각이다. 다른 사람에게 이 일을 맡기고서는 도저히 마음이 놓이지 않는, 성에 차지 않을 것임에 분명하다는, 이 일이 안겨주는 순명에 대한 수용 말이다.

분위기를 좀 바꿔보려고 이번 작품 「하얀 새틴의 밤」을 탈고했을 때의 만족감이 어느 정도였는지 여쭸다. 시인이든 소설가든 작품의 마지막 구두점을 찍고 나면 직감적으로 자기 평가가 이뤄진다는 걸 알기 때문이다.

“글쎄 100점 만점이라면 한 70점 정도. 원래 이 소설은 아름다운 동화로 쓰려고 했던 것인데, 묵혀두다가 이렇게 쓰게 된 거야. 소설 속 주인공인 연노랑빛 털을 가진 꾀꼬리처럼 우는 고양이의 새끼 이야기를 좀 더 쓰고 싶은 생각도 있었어. 그런데 시간 때문에 쓰질 못했네."

시인의 말처럼 소설 속에서 고양이 새끼는 잠깐 등장하고 만다. 그런데 그닥 둔감한 독자는 아니라고 자임하는 내 입장에서는 오히려 그편이 굉장히 풍요로운 상상력을 안겨주면서 만만찮은 여운을 남긴다고 느꼈다. 이 같은 독후감을 전했더니 그랬으면 다행이라고 역시나 담담하게 한 말씀만 하신다.

황인숙 시인은 시인으로 등단해 뚜렷한 시적 성취를 보여준 것과 동시에 소설과 산문을 활발하게 발표했고 그리된 소이연에 대해서도 지나치게 솔직한 대답까지 들려줬지만 나는 좀 더 근본적이면서도 근원적인, 이를테면 문학적 텐션이 들어가 있는 질문을 던져보고 싶었다. 이 인터뷰가 심층을 다룰 순 없다 해도 형식적인데 그치는 것은 원치 않았기 때문이다.

어차피 비유적인 얘기겠지만 개인적으로 시라는 장르는 지상에서 떠오르는 부력을 바탕으로 삼고 소설은 그걸 끌어내리려는 지상의 중력을 바탕으로 삼는다고 여겨왔는데, 그걸 자유자재로 하는 황인숙 시인은 대체 그 두 힘(부력과 중력)을 어떻게 통제하고 작동시키는지가 궁금했다.

"나는 조절 같은 건 안 해. 그냥 소설 써야 할 때는 소설 쓰고 시 써야 할 때는 시 쓰는 거야. 근데 시를 쓸 때의 부력은 잘 모르겠고 소설 쓸 때는 중력이 필요하다는 건 좋은 얘기 같아. 그런데 내 생각은 그래. 시뿐만 아니라 소설도 부력이 필요하지 않나 싶어. 시나 소설이나 부력과 중력이 다 필요할 것 같다는 거야. 중력은 현실에 가까운 거니까 다르지만 부력이 절실히 필요한 시인들이라면 마약 같은 것도 하겠지.(웃음)"

나름 진지하게 던진 질문이 또 튕겨난 느낌이 드는 것도 잠시, 시인의 대답은 가장 첨예하면서도 날카로운 흉금에서 나온 거라는 생각이 들었다. 유머를 섞은 무심한 태도 속에 문학이 짐짓 위장하며 숨겨온 본색을 드러내고 있다는 느낌이랄까. 사실 한국만큼 문학 장르를 구분 짓고 그 뿌리를 갈라치기하는 나라가 또 있을까 싶다. (이런 여담을 나누면서 선생과 내가 시와 소설을 다 잘 쓰는 작가로 공통적으로 꼽은 이가 이장욱이다.)

황인숙 시인은 신춘문예나 문학지 신인상의 심사 같은 걸 종종

본다. 작품을 보는 눈이 밝기로 워낙 유명하기 때문이다. 자연스레 시인 지망생이나 젊은 문청들의 시를 가까이에서 접할 기회가 많을 것이다. 그런 시인에게 요즘 젊은 세대의 글쓰기와 당신 세대의 글쓰기의 가장 큰 차이를 뭐라고 느끼는지 물었다.

"별 차이는 없는데, 음 우리 세대는 아주 드물게 실험시 같은 걸 천착하는 사람 빼놓고는 아무튼 시의 기본은 서정이나 정서, 정조 이런 거라는 합의 같은 게 있었는데 그런 게 좀 없어지는 느낌이 들었어. 그리고 예전에는 신춘이나 문예지 같은 곳의 신인 등단작을 보면 진짜 전율스러운 작품들이 간혹 있었거든. 그런데 그런 작품을 만나기가 좀 어려워졌다는 생각도 드네."

황인숙 시인은 자타가 공인하는 독서가이기도 하다. 만나는 이마다 당신이 읽은 좋은 책을 읽어보라고 권하고, 책을 건네는 게 다반사다. AI 혁명이라는 시대, 필요한 걸 모니터에 치면 즉각적인 응답이 오는 지금 책을 읽는다는 건 무얼까. 그리고 시인과 작가들은 여기에 어떻게 대응해야 할까. 길고양이 밥을 주러 심야 시간대까지 하루 열 시간가량을 발품 팔며 돌아다니는 이 시대착오적인 시인에게 이 질문은 어쩌면 좀 가혹했을지도 모르겠다. 하지만 의외로

명료한 답이 돌아왔다.

"책 읽는 사람의 사고 구조는 단순히 문해력 같은 걸 끌어올리는 데 그치는 게 아니라 삶을 사는 동안 경험할 수 있는 여러 경험을 받아들이고 그걸 해석하는 감수성을 만드는 데 유리하다고 생각해. 책을 읽지 않는 사람은 그런 기능이 떨어지겠지. 철학자 김진석의 책을 보면서 알게 된 건데 AI가 굉장히 박학다식해도 어쨌든 다 끌어모은 정보잖아. 그중에는 오류도 있는데 AI는 그걸 골라내진 못해. 그걸 알아채고 바로잡는 능력이 있어야 하는데, 그 미세한 부분에서 AI는 아직 불안해. AI가 아직 촉수를 뻗치지 못한 영역을 책이 채워줄 수 있지 않을까."

기존 컴퓨터의 CPU가 직렬 방식으로 정보 처리를 했다면 GPU를 쓴다는 AI는 병렬 방식으로 정보 취합을 한다는 걸 황인숙 시인은 정확하게 이해하고 있는 셈이다.

이제, 좀 인간적이면서도 본질적인 질문을 던져야겠다는 생각이 들었다. 황인숙 시인 하면, 나만 그런 건 아니고 많은 정인들이 기품과 당당함, 의연함 등을 떠올린다. 시인에겐 당연히 못마땅한 질문이었겠지만 그 인간적 품위와 누구에게도 위축되지 않는 당당함의 바탕에는 뭐가 있는지를 말해달라고 했다.

"글쎄 내가 담담하게는 살아도 당당하게까지 살았는지는 모르겠는데.(웃음) 아무튼 나는 나로서밖에는 살 수 없는 거라는 생각을 늘 하고는 있어."

아이고, 긴 답을 바라진 않았지만 선승의 입에서 나올 듯한 자재연원自在淵源의 대답이 돌아온다. 당신을 돋보이게 하려는 모든 시도를 수포로 돌아가게 만드는 시인 특유의 무심체×백치체가 또 빛을 발하는 순간이겠다.

그래서 다시 물었다. 이것은 문화예술계, 기능장인, 법조계, 정계 인사 등 한국 사회 명사 기백 명을 인터뷰하는 동안 누구에게도 단도직입적으로는 묻지 않았던 것이다. 그런데 이날 황인숙 시인에게만큼은 꼭 묻고 싶었다. 이 질문이 시인이 세상과 타인을 향해 작동시키는 연민과 사랑의 가장 은밀하면서도 정확한 기원을 엿볼 수 있는 폐쇄회로가 될 수도 있겠다는 생각 때문이었다.

나는 정확히 이렇게 물었다. 선생님, 지금 현재 살아가면서 가장 두려워하시는 게 어떤 것인가요?라고.

"글쎄 일단 건강해야지. 예컨대 내가 지난주만 해도 병원에 가야 하는데 하고선 시간이 없어서 못 갔어. 눈이 빨갛게 욱신거리는데도. 대신 약국에라도 가야겠다 싶어서 지금은 좀 나아졌어. 난 옛날부터 신체 중에서 시력에 이상이 생기는 걸 제일 무서워했거든. 내게는 나랑 고양이의 삶이 있으니까. 삶이라는 게 그냥 하루하루가 어떻게든 지나가야 하잖아. 그러니까 나한테 이상이 생기면 안 되잖아."

가슴이 먹먹해지지 않을 수 없는 답변이다. 배석한, 황인숙 선생의 대학 후배이자 소설가인 S선배도 심장이 덜컥거렸는지 움찔한다. 말년에 소설가 박완서 선생은 지인을 앞에 두고 이런 말을 한 적이 있다. 겪어보니 한국 사회에서 나이 든 여자가 기댈 게 세 가지 정도 있다는 것이다. 말이 통하는 딸, 넉넉한 예금통장, 종교가 그것인데 박완서 선생은 아마도 그 조건을 어느 정도 갖췄기에 그와 같은 통찰이 나왔을 테다.

황인숙 선생은 이날 이렇게 말했다.

"나는 그 세 가지가 다 없네. 그리고 특별히 의지하는 것도 없어. 그냥 돌아오는 카드결제일을 생각하면서 살아.(웃음) 아무튼 나는 있지, 빚은 일종의 불성실한 태도라고 생각해. 빚을 지는 게 수치스럽다고 생각했어. 가장 두려워하는 게 뭐냐고 물었지? 사실 결제일이 제일 두려워. 고양이들 먹일 캔이랑 사료들이 예전과는 달리 엄청 좋은 것들이 나오는데 그걸 알고 나니까 안 먹일 수 없거든.(이건 소설 「하얀 새틴의 밤」 화자에 의해서도 진술된다.) 이런 질문에는 좀 문학적인 대답을 하는 게 좋은데 그러질 못해서 미안해."

평생을 '시인들의 시인'이라는 자긍심으로 살았을 것만 같은 시인이 수치스럽다고 스스로 고백한 것은 다름 아닌 타인에게 지운 부담, 즉 빚이다. 그것은 자신에게 한없이 엄격한 이만이 가질 수 있는 수오지심羞惡之心일 테다. 그 솔직한 대답 끝에 다소 망설이던 시인은 한눈에도 오래된, 제법 빛이 바랜 목걸이를 풀어서 보여준다. 몇 달 전에 끊어져서 안 하고 다니던 것인데, 가만 생각해보니 목걸이를 차고 다니던 시절이 그래도 좋은 일들도 있었고 운도 괜찮았다는 데 생각이 미쳐, 주술에라도 기댈까 싶어 부러 끊어진 목걸이의 줄을 이어 다시 목에 걸고 있다는 것이다.

황인숙은 내가 아는 가장 고요하게 치열할 줄 아는 시인이다. 아니 가장 치열하게 고요할 줄 아는 시인이다. 그 심연에는 사랑이 끓고 연민이 출렁인다. 시인은 당신이 스쳐 가는 셀 수 없이 분분한 모든 순간들에 자신의 살과 뼈를 깎는 정성을 담으면서 이제는 당당함과 담담함을 애써 구분하지도 않은 채, 아직 우리 곁에 와 있다.

인터뷰를 마치고 일어나면서 나는 황인숙 시인이 당신과 함께 있는 시간을 꿈결처럼 느껴지게 하는 신비한 능력이 있는 분이라는 걸 다시 한번 느꼈다. 마치 콩나무 위에 올라갔다가 내려온 것처럼 말이다. 나는 축축하게 흐려지는 눈으로 해방촌 108계단 쪽으로 걸어가는 시인의 뒷모습을 오래 바라보았다.

김도언 | 1999년 〈한국일보〉 신춘문예 소설부문에 당선되어 소설을 발표하기 시작했고 2012년 시전문계간지 《시인세계》 신인상에 당선되면서 시작 활동도 병행했다. 펴낸 책으로 장편소설 「이토록 사소한 멜랑꼴리」 「꺼져라 비둘기」, 소설집 「악취미들」 「홍대에서의 바람직한 태도」 등과 시집 「권태주의자」 「가능한 토마토와 불가능한 토요일」 등이 있다.

2부

고양이,

강 혜 림

양 정 규

이 수 경

권 혜 린

고 은 규

서 성 란

살아 있다는 행위

강혜림

경사진 천창으로 달이 떨어진다. 뜨거운 불에 달궜다가 찬물에 식힌 쇠 같은 달이다. 초승달이나 그믐달이 떴을 때는, 뾰족한 '쿠크리'가 떠오른다. 천창을 뚫고 정확히 내 심장에 꽂히는 날카로운 쿠크리. 고통 없이 죽을 것 같다.

오늘은 그런 상상이 전혀 떠오르지 않는 보름달이다. 그렇다고 좋다는 것은 아니다. 아무리 쇠 같은 회색빛이어도 시골의 보름달은 너무 환해서 보고 싶지 않은 것도 보게 만든다. 옆에 잠든 여진의 탄력 잃은 피부나 파인 볼의 음영 같은 것들. 이곳에 와서 생겨버린 것들이다.

쉽게 잠들지 못하는데, 어디선가 닭도 운다. 새벽을 깨우는 닭,

같은 것은 없다. 시도 때도 없이 운다. 이불을 머리끝까지 올린다. 이 시골구석을 벗어날 방법을 궁리해보지만, 이불 속만큼이나 답답하고 앞은 컴컴하다.

발령지는 바다 건너 제주, 그것도 제주시에서 한 시간 거리에 있는 농어촌 마을 세평리. 기회가 되면 떠나려고 하지, 아무도 지원하지 않는 곳이다. 기본 3년은 버텨야 떠날 수 있다. 난, 이제 겨우 3개월이 지났을 뿐이다. 벌써 지겹다. 날 밀어낸 팀장이 총국에 있는 한, 내가 원래 있던 총국으로 복귀할 가능성은 희박하다. 난 영역 싸움에서 이겨본 적이 거의 없다.

몇 시간 잔 것 같지도 않은데, 명암이 달라지는 기운에 실눈을 뜬다. 빛이 떨어지는 천창을 막아버리고 싶다.

여진이 숄을 들고 나간다. 학교를 휴직한 이후에도 아침 일찍 일어나 테라스에 앉아 있는 것을 좋아한다. '제주도 시골살이'를 시작하면서 며칠이나 그럴까 싶었는데, 이 집을 빌린 이후 매일이다. 아, 뇌수막염으로 병원에 입원했던 늦여름은 제외다. 퇴원한 지 한 달이나 지났지만, 여진의 몸은 아직 완전히 회복되지 않았다. 그럼에도 꼭 저렇게 나가 찬 공기를 마셨다. 이 한적한 시골의 맑은 공기가 좋다나? 웃기는 소리다. 늘 흙먼지가 떠돈다. 경운기, 트럭, 승용차, 가볍게는 오토바이 그리고 여진의 경차와 나의 출퇴근용 자전거까지. 걷는 사람보다 굴러다니는 바퀴가 더 많다.

벽과 문틈, 창틈을 비집고 들어오는 바람이 제법 차다. 더 자고 싶지만, 여진이 방바닥에 떨어뜨린 모자를 들고 밖으로 나간다.

여진은 테라스 의자가 아니라 백색 마사토가 깔린 마당 가운데에 서 있다. 여진에게 모자를 건네며 묻는다.

"왜 서 있어?"

여진은 "저기" 하며 마사토가 도도록한 산 모양으로 솟아오른 곳을 가리킨다. 사방으로 주름 갓등 모양처럼 긁힌 자국도 보인다. 깃발만 있다면 꼭대기에 꽂아놓고 여진과 모래 뺏기 놀이를 해도 괜찮을 것 같다.

여진은 모자를 쓰며 말한다.

"무덤이네."

"산이 아니라 무덤?"

"산? 저게 산이면 더 심각해 보이는데?"

"무덤이나 산이나. 하여튼 뭔데?"

"똥!"이라고 말하며 여진은 나뭇가지를 주워 모래 산을 살살 건드린다. 모래 속에서 흐물거리는 덩어리가 나온다. 모래 알갱이에 달라붙은 것은 고약한 냄새를 풍기는 똥이 맞다.

나는 팔뚝으로 코를 막고 미간을 찌푸리며 옆집을 본다.

어제 옆집 할아버지와 음식물 쓰레기 문제로 실랑이를 벌인 게 마음에 걸린다. 옆집 할아버지는 음식물을 분리배출하지 않고 제 집 대추나무 아래 버렸다. 음식물이 썩는 냄새와 초파리 떼가 넘어온다고 주의해달라 얘기했더니 할아버지는 "내 집에 버리는데 무슨 상관이냐!"라며 언성을 높였다. 화풀이로 이런 짓을 하지 않았을 테지만, 요새는 사람이 무슨 일을 벌일지 알 수 없다.

어느새 여진이 모종삽과 쓰레기봉투를 가져와 의문의 배설물을 처리한다. 나는 여진의 손에 든 쓰레기봉투를 뺏으며 말한다.

"범인 찾을 때까지 증거는 그대로 둬야지!"

옆집의 대추나무 아래 버려진 음식물 쓰레기와 비교해 볼 참이다. 여진은 내 옆에 바짝 붙어 속삭인다.

"범인 찾았어. 저기."

나는 여진이 가리킨 낮은 방부목 대문 아래를 본다. 검은 바탕에 흰 줄이 드러난 작고 마른 고양이 한 마리가 대문 아래 좁은 틈으로 들어와 다소곳하게 앉아 있다. 여진이 치우고 내 손에 들린 제 똥을 보면서 고양이가 꼬리를 빳빳하게 세운다.

나는 "가!"라고 소리치며 똥 봉투를 휘두른다. 고양이는 대문 틈 아래로 빠르게 사라진다. 고양이를 쫓아가려는데 뒤에서 여진이 말한다.

"다시 올 거야."

"무서운 사람이 있는 줄 알면 다시 오지 않겠지."

여진은 웃음을 참는다. 내가 무섭지 않다는 뜻. 하긴 내가 그런 사람이었다면 쿠크리가 심장에 꽂히는 상상이 아니라 쿠크리를 손에 들고 휘두르는 모습을 상상했겠지. 그래도 고양이한테 나는 거대한 사람이니 충분히 두려워하지 않을까.

나는 고양이에 대해 너무 무지했다.

오늘 아침도 어제와 같은 자리에 고양이가 살포시 쌓고 간 모래 산이 생겼다. 먼저 고양이 똥을 발견한 여진이 고양이에 대해 말한다. '영역', '깨끗', '육식성' 등의 단어만 스친다. 솔직히 고양이한테 화가 나서 여진의 말이 귀에 들어오지도 않는다. 그래도 '모래'와 '똥'이라는 단어는 잘 들린다. 고양이는 깨끗한 모래에 똥을 싼다는 것. 집주인은 넓은 마당에 판석으로 징검다리 길을 내고 나머지 공간에는 세척 마사토를 깔았다.

여진은 스마트폰으로 검색한 고양이용 '두부모래' 사진을 보여준다.

"두부모래 알갱이하고 마사토 알갱이하고 비슷한가."

"길고양이 주제에 두부모래가 뭔지 어떻게 알겠냐?"라고 대꾸하면서 속으로는 '낭패다'라고 외친다. 여기가 길고양이의 고급스러운 화장실이 될 줄은 꿈에도 생각하지 못했다.

고양이 똥 앞에서 무릎을 꿇고 있는 여진은 배설물과 모래를 한가득 퍼서 쓰레기봉투에 담는다.

"모래가 좀 아깝네. 고양이 모래 삽을 사야겠다."

여진이 고양이가 싼 똥을 처리하는 모습을 보고 있자니 속이 부글거린다. 길에서 떠도는 작은 고양이마저 나를 무시하고 내 구역을 침범했다. 그것도 똥으로.

"모래 삽? 그걸 왜 사, 고양이가 똥을 못 싸게 해야지!"

"왜 소리는 지르고 그래?"

나도 모르게 큰소리를 쳤다. 민망함을 감추려고 여진의 손에 든 쓰레기봉투를 확 뺏는다. 쓰레기봉투는 똥과 마사토가 한가득 들어서 묵직하다. 온갖 음식이 뒤섞여 푹 썩은 것 같은 냄새가 비닐을 뚫고 나온다. 냄새를 피하려고 고개를 돌리자, 자리 잡고 있던 고양이와 마주친다. 어제처럼 대문 안 마당에 다소곳하게 앉아서 눈을 동그랗게 뜨고 있다. 저 묘한 것이 언제부터 우리를 보고 있었을까.

내가 꺼지라고 소리치기 전에 여진이 먼저 "나비야" 부른다. 여진이 다가가자, 고양이는 문틈 아래로 사라진다. 고양이의 주목을 받지 못한 여진은 실망한 기색으로 일어나다가 휘청인다. 나는 재빨리 여진을 부축한다. 고양이 똥보다 가벼운 것 같다.

"이렇게 비실거리면서 지금 누구 똥을 치우겠다고 그래? 앞으로 절대 하지 마."

"누가 보면 죽을병 걸린 줄 알겠다?"

"죽을 뻔했잖아!"

신경질적으로 바람이 거칠게 지난다. 여진의 파인 볼이 더 홀쭉해지는 것 같다.

나는 다른 모래로 모래가 팬 마당을 덮으며 "길고양이 새끼, 왜 똥을 싸는 거야"라며 투덜거린다.

여진은 "살아 있으니까, 똥도 싸지"라고 말하며 안으로 들어간다.

"어, 그 고양이 존재감, 참으로 대단하다!"

괜히 여진의 등에 쏘아댄다. 유치한데 고양이한테 완전히 패한 기분이다. 내게 고양이는 내 영역에 함부로 들어와 똥 무덤을 만들고 도망가는 그저 이기적인 동물일 뿐이다. 내 집은 아니지만, 내가 살고 있는 이상 내 구역이다. 이 구역만큼은 사수하고 싶다.

대충 씻은 후에 자전거를 타고 우체국으로 향한다.

전에는 눈에 들어오지 않던 길고양이들이 눈에 띈다. 볕이 좋은 어느 집 마당에 드러누운 고양이, 돌담 위에 앉아 꾸벅꾸벅 조는 고양이, 좁은 거리를 활보하는 고양이. 검은 고양이, 황색 고양이, 점박이 고양이 등 어딘가에 숨어 있다가 내가 지나가자 훌쩍훌쩍 뛰어나오는 것 같다.

나는 천천히 페달을 밟으며 상상한다. 길고양이들이 마당으로 들어와 사이좋게 각자의 영역을 나눠 똥을 싸는 장면, 그곳을 매일 여진과 둘이 치우는 모습은 상상만으로도 끔찍하다. 정면에서 바람이 분다. 소화되지 않은 음식이 역류하는 것처럼 역한 냄새가 내 구겨진 얼굴을 덮는다. 마을 전체가 고양이 화장실이 된 것 같다.

우체국으로 들어가기 전에 잠시 밖에 놓인 자판기에서 커피를 뽑는다. 다른 건 몰라도 이곳 자판기 라테는 스타벅스보다 낫다. 물론 그걸 위안으로 삼아, 이 지루한 시골 우체국에 오래 머무를 수는 없다.

커피를 마시며 '고양이'와 '고양이 똥 해결 방법'을 검색한다. 다가오는 인기척에 고개를 드니 금융 업무를 하는 춘미가 인사한다. 춘미는 나와 달리 다른 곳으로 발령 날까 봐 걱정한다. 여기서 무탈하게 일하다가 퇴사하는 게 꿈이다. 언젠가 국장이 춘미에게 이곳 근무가 답답하지 않냐고 물었을 때, 춘미는 시큰둥하게 답했다. "그건 힘이 없을 때 얘기죠." 맞는 말이다. 이곳 토박이이자 업무에 빠삭한 춘미가 국장이나 나보다 주도권을 쥐고 있다. 말투도 세고 표

정도 무뚝뚝하다. 그게 낫다. 괜히 친해지려 하지 않아도 된다. 나는 곧 떠날 사람이다. 언제가 될지 모를 뿐.

춘미가 내 옆을 지나가다가 한마디 툭 내뱉는다.

"고양이 키워요?"

"아뇨."

대화는 끝. 춘미는 무심히 우체국 건물 안으로 들어간다. 나는 커피를 급하게 비우고 춘미를 따른다. 먼저 "춘미 씨"라고 부르고. 그래도 춘미가 돌아보지 않자, 옆에 따라붙어서.

"나한테 왜 그렇게 물었어요?"

춘미는 힐긋거리며 동시에 미간을 움찔거린다. 나는 다시 묻는다.

"방금 나한테 고양이 키우냐고 물었잖아요."

"아, 그거요? 선배한테 고양이 똥, 뭐 그런 비슷한 냄새가 나서요."

나는 손바닥에 코를 박고 킁킁거린다. 점퍼도 열어 펄럭인다. 똥 냄새라니…… 아무 냄새도 안 나는데.

나의 부산스러움에 춘미가 돌아본다. 나는 머쓱하게 옷을 털면서 춘미에게 다가간다. 그리고 냄새의 근원, 고양이가 만든 성가신 일을 토로한다. 처음에는 덤덤하게 듣던 춘미는 이내 두 손을 모아 깍

지를 끼고 탄성을 지른다.

"어머, 귀여워라!"

나는 두 가지 사실에 놀란다.

남의 집 마당에 똥 싼 고양이가 뭐가 귀엽다는 것인지, 하나.

무뚝뚝한 춘미의 초롱초롱한 눈망울과 터진 감탄에, 둘.

그러다 내가 "똥이 묽었다"라고 하자, 고양이의 장까지 걱정하는 오지랖까지.

"춘미 씨, 무뚝뚝한 줄 알았더니 의외네요?"

"제가요? 무뚝뚝은 늘 어금니 물고 있는 선배겠죠. 도무지 무슨 생각하는지 알 수도 없어서, 사람 아닌 줄요."

나는 그런 적이 없다. 없다고 생각한다. 어쩌면 경기에 임하기 전에 습관적으로 이를 악물고 각오를 다지는 선수처럼 이곳 생활에 임했을지도 모르겠다. 아니다. 경기에서 패하고 어금니 깨물며 울분을 참는 선수, 그게 지금 나다.

춘미는 계속 말한다.

"지금은 달라요. 고양이 때문에 무진장 짜증 났구나, 딱 보이는 게 사람 맞네."

나는 헤— 하고 선한 웃음을 짓는 춘미를 보며 어색하게 웃는다. 그러자 춘미는 '산'과 '들'이라는 두 마리 반려묘 쇼츠를 보여준다.

영상을 보는 춘미의 눈꼬리는 내려가고 입꼬리는 쓱 올라간다. 하지만 그들이 귀엽고 애틋한 것은 춘미에게 해당한다. 난 고양이 똥만 해결되면 된다.

춘미는 눈치가 빠르다. 내 밋밋한 표정을 보고, 고양이가 좋아하는 모래를 없애보라고 제안한다. 그건 내 집이 아닌 이상 어렵다. 그다음은 고양이가 싫어하는 물과 시큼하고 새콤한 향을 뿌리는 것.

"그런데요, 여기 고양이 중에 바닷가에 사는 고양이도 있어요."

결국, 시큼한 향을 뿌리는 것이 가장 간단한 방법이다. 내가 검색한 내용과 일치한다. 나는 추가로 묻는다.

"고양이 퇴치 스파이크도 있던데, 그런 건 어때요?"

"흥― 불쌍해라. 고양이가 다치지 않을까요?"

여진이건 춘미건 왜 다 고양이 걱정뿐인지.

점심시간이 되자마자 점심도 거른 채 하나로마트로 가서 가장 저렴한 식초를 사고 집으로 달린다. 대문을 열고 들어가자, 정원 앞에 서 있던 여진이 놀란다.

뭐 하고 있었는지 묻자, 여진은 손을 털면서 정원을 가리킨다.

"왜, 왜, 정원에 고양이가 또 똥 쌌어?"

"아니. 그게 아니라."

나는 여진을 보지도 않고 잔뜩 사 온 식초 뚜껑을 따며 말한다.

"이제 걱정 안 해도 돼. 고양이가 시큼한 냄새 싫어한대."

"식초 냄새도 심할 텐데?"

"고양이 똥 냄새보다 낫지. 고양이 똥 냄새는……."

바다의 짠 해풍까지 뒤섞인, 푹 절인 젓갈이 썩은 듯한 구역질 나는 냄새.

그렇게 여진에게 설명했더니, 여진은 코를 막는다. 얼마나 역한 냄새인지 실감하는 모양이다. 하지만 여진의 대꾸는 나의 예상을 깬다.

"그 정도까지는 아닌데, 예민이 너무 과하네."

나는 예민하지 않다는 것을 여진의 말에 흔들리지 않고 식초를 뿌리는 것으로 보여준다.

"뿌려두면 고양이 접근 금지되고, 당연히 고양이가 똥 쌀 일은 없겠지."

여진은 내 얼굴을 조각조각 뜯어보다가 이마에서 멈춘다.

"그렇다고 점심도 안 먹고, 그렇게 최선을 다해 달려왔어?"

나는 손으로 이마를 쓱 닦는다. 얼마나 열심히 달려왔던지, 이마에서 땀이 흐르는 줄도 몰랐다.

"점심이 중요한 게 아니지. 고양이 퇴치 스파이크도 주문해뒀어."

"퇴치? 그런 게 있어?"

"서울에서 비둘기 퇴치 스파이크도 했었잖아. 그거랑 비슷해."

여진은 돌담을 빙 둘러보고 넓은 마당도 보며 고개를 절레절레 흔든다. 이 넓은 곳을 다 채우지 않는 이상 소용없다는 것 같다. 나의 무모한 도전에 조용히 반격한다.

"굳이 그럴 필요까지 있을까?"

"어쨌든. 난 싫다."

"뭐가?"

여진이 묻는다. 나는 못 들은 척 마사토가 깔린 마당에 식초를 흩뿌린다. 특히 고양이가 똥을 쌌던 자리에는 듬뿍 뿌린다. 대문 앞에도 식초를 뿌린다. 테라스에 서 있던 여진은 집 안으로 들어간다. 아직 여진의 질문에 답하지 못했는데.

도대체 뭐가 싫은 걸까?

고양이 똥이 싫은 것인지 똥을 싸는 고양이가 싫은 것인지 아니면 여진이 고양이 똥을 치우는 게 싫은 것인지 고양이 똥을 치우는 허약한 여진이 싫은 것인지 그냥 이 작은 영역도 지키지 못한 내가 싫은 것인지…… 이러는 내가 싫다.

그러면서도 남은 식초를 실컷 뿌린다. 거실 창문가에 선 여진이 나를 보며 웃고 있다. 설마, 비웃는 건가? 아니면 작고 마른 고양이 한 마리에게 한 뼘의 공간도 내줄 수 없다는 나의 옹졸함을 경멸하는 건가?

식초를 다 뿌리자, 여진이 창문을 연다. 내게 꼭 뭐라고 할 것 같아서 재빠르게 자전거에 오른다. 뒤에서 여진이 부르는 소리가 닿지 않도록 부지런히 페달을 밟아 우체국으로 달린다.

우체국 고객들이 자꾸 나를 본다. 내 몸에서 나는 땀과 식초가 뒤섞인, 시큼하게 쉰 냄새 때문인 것 같다. 고양이뿐만 아니라 사람도 멀어지게 한다.

칼같이 퇴근하고 싶은데, 서무와 우정 지원 업무까지 동시에 처리하느라 일이 늦어진다. 오늘은 유난히 농산물과 해산물 택배도 많은 날이다. '고양이 똥'으로 대화를 나눴던 춘미가 돕는다. 만약 같이 퇴근하면 도와준 춘미에게 밥을 사줘야 할까, 고민한다. 춘미는 확실히 눈치가 빠르다. 끝까지 남기보다는 어느 정도 일이 마무리되어 갈 즈음 퇴근한다. 나도 서두른다.

자전거로 퇴근하는 저녁은 쌀쌀하다. 어둠도 빠르다. 시골엔 밤이 일찍 찾아오는 것을 알았지만, 해도 너무 이르다. 일곱 시가 조금 넘었을 뿐인데 마을에는 인적도 없이 가로등만 서 있다. 나도 어둠만큼 빨리 집에 도착해서 마당을 확인하고 싶다.

코끝이 시리게 달리다 보니 어느새 시큼한 향이 코밑까지 도달한다. 대문을 열고 들어가서 정원 등이 비추는 마당부터 살핀다. 다행히 모래가 쌓인 곳은 없다. 으쓱해진다. 킁킁거리며 냄새로도 확인한다. 아쉽게도 옆집 대추나무 아래 버려진 쿰쿰한 음식물 쓰레기 냄새는 돌담을 넘어온다. 어째 고양이 똥 냄새 같다. 고양이가 옆집에서 밥을 먹고 이곳을 화장실로 이용했던 게 아닐까. 그렇다는 확신이 든다. 순간, 고양이가 활보한 넓은 영역이 부럽다.

그제 뿌린 식초 덕인지, 어제도 고양이는 나타나지 않았다. 비까지 내렸다. 역시 고양이는 시큼한 냄새와 물을 싫어하나 보다. 나도 비가 싫다. 정확히는 밤에 천창으로 떨어지는 폭우가 싫다. 폭우가 천창을 부수고 가슴으로 떨어질 것 같다. 팀장이 나를 밀어낸 힘만큼 세게, 억울함을 풀지도 못하고 이곳까지 밀려왔을 때처럼 막막하게. 그런 생각이 잠을 방해하고, 그래서 힘들게 잠이 들었다가 힘겹게 깬다. 돌아보니 여진은 없다.

여진은 마당에 쪼그려 앉아 있다. 또 고양이 똥이 있던 자리다. 아직 축축한 땅 위로 눅진한 냄새가 퍼진다. 고양이 똥 냄새가 확실하다. 비 덕분에 마사토는 더 깨끗해졌고, 나무들이 중심을 못 잡고 휘청거릴 만큼의 강한 바람에 식초의 잔향도 사라졌다. 그러니까 식초의 효과는 이틀을 넘기지 못했다.

여진은 싫은 내색도 하지 않고 주어진 임무인 양 고양이 똥을 처리 중이다. 힘없는 머리카락이 사방으로 날린다. 나는 여진의 손에 든 삽을 뺏는다. 망설일 것도 없이 모래 삽을 바닥에 던진다.

여진이 어이없다는 듯 미간을 찌푸린다.

"왜 그래?"

"똥을 언제까지 치울 건데."

"어?"

"언제까지 살 수 있을 것 같냐고!"

여진은 비음을 길게 빼며 고개를 갸웃거린다. 마치 바람에 흔들려 기운 것처럼. 여진은 그만큼 말랐다. 당황한 내 표정을 본 여진은 피식거린다.

"내가 곧 죽을 것 같아?"

나도 내가 왜 그런 말을 뱉었는지 모르겠다. 나는 당황을 감추고 설명을 덧붙인다.

"뭔 소리야……? 그러니까 여기 오래 안 살 건데, 그땐 똥 못 치워주는데. 왜 자꾸 버릇 들이냐고……."

여진은 모래가 빠지도록 구멍이 숭숭 뚫린 모래 삽을 가볍게 줍는다. 이어서 별거 아닌 일이라는 듯 뾰족한 어깨를 으쓱 올린다.

"그다음 여기 사는 사람이 치우겠지. 뭐가 힘든 일이라고."

문제는 똥을 치우는 것이 아니다. 길고양이가 이 마당 한가운데를 당당히 차지한 것이 문제다. 그것에 대한 나의 대응이 일일천하로 끝나고 말았다는 것. 그래도 희망은 있다. '고양이 퇴치 스파이크'가 아직 남았다.

서울이었으면 벌써 받았을 '고양이 퇴치 스파이크'는 도착하지 않았다.

출근하고 자리에 앉아 배송 현황을 확인한다. 아직도 '상품 준비 중'이다. 분명 '당일 출고'라는 안내를 확인하고 주문한 물건이었다. 고객센터로 전화한다. 오전 아홉 시 전이라 그런지 받지 않는다.

며칠 전 스파이크 상품을 찾을 때, 함께 스파이크 상품을 검색해 준 춘미가 말했다.

"당일 출고 찾으세요. 여긴 서울보다 좀 늦어요. 그리고 우체국으로 받는 게 나아요. 선배님 사는 곳은 격일로 배송하는 택배회사도 있거든요."

다음 주부터 직무교육 출장이라 빠른 배송을 원했다. 고민하다가 춘미가 고른 물건으로 주문하고 배송지를 우체국으로 했다. 춘미가 나보다 젊고 고양이도 키워서 더 좋은 상품을 선택했다고 생각했는데, 지금 이대로라면 상품이 언제 준비되어 배송될지 의문이다. 춘미의 말을 듣는 게 아니었다.

가만, 고양이를 사랑하니까, 방해했으려나? 하, 어쩌면…… 젠장.

당장 내일 받을 수 있는 스파이크 상품을 다시 찾는다.

출근한 춘미가 자리에 앉으며 묻는다.

"스파이크 배송, 아직이래요?"

나는 눈도 마주치지 않고 "네"라고 무심히 답한다.

"선배님 부인도 고양이 똥 치우는 거 성가셔해요?"

"지금 와이프보고 똥이나 치우라고요?"

퉁명스러운 나의 대답에 어색한 기류가 흐른다. 고양이 똥으로 좁혀졌던 나와 춘미 사이 거리를 다시 고양이 똥으로 벌려놓는다. 나는 입을 꾹 닫고 오전 열 시까지 주문 시 오후 한 시에 출고되는 상품을 주문한다. 그리고 이미 주문했던 제품은 '상품 취소'를 신청한다. 신청은 됐지만 '상품이 이미 발송됐다면 취소는 불가'라는 안내가 나온다. 확실히 해야겠다. 고객센터 전화를 붙들고 오전 아홉 시가 되길 기다린다.

아홉 시를 기다리는 건 나만이 아니다. 이미 들어와 대기하고 있던 고객들. 1분이라도 늦어지면 항의한다. 왜 그렇게 게을러터졌나고, 바쁜데 빨리 해달라고.

나는 게을러터지지도 않았고, 그들이 생각보다 그리 바쁘지 않은 것도 안다. 구시렁거리며 투덜거리는 그들과 눈도 마주치지 않고 입도 다문 채 대기 번호 버튼만 누른다. 창구 앞 저울에 무거운 소포가 탁 놓인다. 빠른 배송으로 빨리 처리해달라고 채근한다. 서울에 사는 자식이 빨리 먹어야 한다는 내용물은 생선이다. 여기서 보내지 않아도 자식은 잘 먹고 살 텐데 왜 저리 무거운 짐을 손에서 놓지 못할까. 나는 소포를 들어 송장을 붙인다. 생선인데 왜 고양이 똥 냄새가 나는 것일까. 이 우체국 안에 똥 냄새가 진동한다.

문자 도착 알림에 눈을 뜬다. 집으로 재주문한 '고양이 퇴치 스파이크'가 도착했다. 내 선택이 탁월했다. 나는 고양이가 도망가는 것보다 더 빠르게 밖으로 나간다.

여진이 슬그머니 비닐봉지를 뒤로 숨긴다. 모래 삽도 들려 있다. 나는 여진을 지나쳐 택배 상자를 뜯는다. 플라스틱으로 된 검은색 스파이크 수십 개가 둥글게 말린 채 담겨 있다. 수많은 둥근 침이 빽빽하게 올라선 모습에 소름이 돋는지 여진은 인상을 구긴다.

"너무 모난 거 아니야? 사람도 위험하겠는데?"

나는 직사각형 안에 비좁게 자리 잡고 올라온 침을 뚫어지게 본다. 이게 나의 뾰족한 마음인가, 모난 구석인가? 여진의 시선은 스파이크에 가 있지만 사실은 내게 하는 말인지 모른다. 나는 일부러 직사각형 스파이크를 꾹꾹 누른다. 안전하다는 것을 보여주고, 대문 앞부터 고양이가 이동할 만한 경로를 고민하며 스파이크를 깐다. 생각보다 스파이크 면적이 넓지 않다. 고양이가 매번 같은 자리에 똥을 싸는 게 다행이다. 몇 번이나 스파이크를 연결했다 뜯기를 반복하며 영역을 넓힌다. 하얀 마사토가 까맣게 덮인다. 여진에게도 "어때?"를 계속 묻는다.

해조류 김, 등이 울퉁불퉁한 악어, 뾰족한 고슴도치, 시커먼 거머리…….

여진이 웃으며 대답한 것들이다. 그리고 마지막에 말한 이미지를 내가 반복한다.

"뭐? 털 솟은 검은 고양이 등? 지금 나 비웃지? 지난번에도 비웃더니."

여진은 고개를 젓는다.

"좋아서 웃는 거야. 네 표정이 보여서."

춘미도 그런 비슷한 얘기를 했었던가?

"지금은 신난 것 같고"라고 여진이 덧붙인다.

신난 것은 아니지만 애써 부정하지는 않는다. 지금은 내가 선택

한 스파이크가 빠르게 도착해서, 출장 가기 전에 깔 수 있어서 좋았을 뿐이다. 고양이가 이걸 밟을 때마다 나의 분노를 느낄 것 같은 기대감도 있다. 게다가 어제 퇴근하면서 사 온 식초까지 사방으로 잔뜩 뿌리면서 자극적인 냄새에 입술을 콧구멍까지 쑥 올렸을 뿐.

신발을 벗고 맨발로 직접 스파이크를 밟아보던 여진이 마사토를 가리키며 말한다.

"식초가 마른 자리 모래는 유난히 하얗다? 진짜 두부모래 같지?"

그렇다면 이젠 고양이가 싫어하는 두부모래가 되겠지. 나는 평소보다 더 많은 식초를 뿌린다. 아야, 하는 소리에 돌아보니 여진이 쪼그려 앉아 있다. 발바닥도 모자라 손바닥으로도 스파이크를 누르며 확인하는 모양이다. 고양이가 다칠 리는 없다.

고양이는 다치지 않았다. 대신 여진이 아팠다.

난 직무교육을 마치지 못하고 천안에서 서울로, 서울에서 제주로, 제주에서 병원으로 향했다. 이동하는 내내 아무것도 할 수 없어 휴대폰만 붙들고 있었다. 전화받지 않는 내게 춘미가 보낸 전보 같은 메시지만 반복해서 확인했다. '선배 아내 제주대학병원으로 이송 중'.

메시지를 받고서야 춘미와 통화했다.

취소 신청했던 스파이크는 우체국으로 이미 발송된 상태였다. 상품을 전해주려고 집으로 갔던 춘미가 쇼크 온 여진을 발견했다. 춘미는 미안해했다. 나의 퉁명스러운 태도에 택배 상자를 받고도 모른 척했다는 것. 그래도 고양이가 궁금해서 한번 들러본 것. 만약 하루라도 더 일찍 갔다면 여진의 쇼크는 막았을 것이라는 후회.

가정일 뿐이다. 춘미는 잘못이 없다.

여진의 급성 패혈증은 나 때문이다. 그날 스파이크를 만지던 여진의 '아야' 하는 짧은 비명을 듣고도, 여진의 손가락 상처가 붉게 변했다가 점점 푸르러지는 것을 보고도 무시했다. 만약 그 상처가 고양이 등처럼 까맣게 변했다면 한 번 더 살폈을까. 모르겠다. 나의 관심은 오로지 고양이와 똥, 그리고 뾰족한 스파이크와 냄새나는 식초뿐이었다. 여진의 면역력이 좋지 않다는 것을 알았으면서 나는 손바닥만 한 작은 영역을 지키기 위해 집요한 작전을 펼치고 있었다.

지금 여진은 사경을 헤매는 중이다. 나는 여진 앞에서 어금니를 꽉 깨문다. 여진을 중환자실에서 벗어나게 할, 나만의 집요한 방법은 찾을 수 없다. 의식이 몽롱한 여진 곁에서 여진의 냄새를 맡는다. 여진에게 아무 냄새도 나지 않는다. 오히려 내 몸에서 나는 쉰 냄새에 여진이 고통스러워하는 것 같다. 나의 악취를 없애고 와야겠다.

출장 때 들고 갔던 짐을 갖고 방부목 대문을 연다. 대문 옆에는 뜯지도 않은 '고양이 퇴치 스파이크'가 놓여 있다. 춘미가 들고 온 것이다. 마당에 깔아놓았던 고양이 스파이크도 다 눌린 채 여기저기 널려 있다. 긴급했던 여진의 상황을 보는 것 같다.

짭짤한 해풍에 눈 밑이 따갑다. 맹맹해진 코끝에 콧물도 걸린다. 손으로 쓸어내는데, 익숙한 냄새가 난다. 손바닥을 쿵쿵거리며 마당에 소복하게 올라온 똥 무덤인 모래 산을 응시한다. 식초 향이 바람에 사라지고, 스파이크도 치워진 자리를 고양이가 차지한 것이다. 치워지지 않은 고양이 똥이 왜 그리 서글픈지 모르겠다. 그냥 지나간다.

씻지도 않고 침대에 눕는다. 여진에게 가야 하는데, 천창 너머 하늘만 지겹게 쳐다본다. 이상하게 밝은 밤이다. 시커먼 구름에 가려 달도 보이지 않는데 말이다. 이불로 내 얼굴을 가린다. 그러지 않으면 자꾸 여진의 자리를 확인할 것만 같다.

이불 속에서는 소리가 잘 들린다. 천창에서 빗방울이 떨어지다 멈추는 소리, 낙엽이 휩쓸려 가며 뒹구는 소리, 한동안 신경도 쓰지 않았던 닭 우는 소리도 들린다. 닭들이 살아 있구나, 안도한다.

그새 잠이 들었었다. 이불을 내려 옆을 본다. 여진의 자리는 비었다. 일어나 여진을 찾듯 방을 나간다. 여진이 있는 것처럼 마당부터 확인한다. 고양이 똥을 덮은 모래 산은 바람에도 그대로다. 파삭하게 마른 나무만 휘청거린다. 그 사이로 집주인이 가꾸지 않았던 장미가 보인다. 정원에서 볼이 발그레하도록 서 있던 여진을 이제야 떠올린다. 테라스에서 여진이 그것을 감상할 때, 나는 뭣 하고 있었을까.

지금도 테라스 의자에는 여진의 모자만 놓여 있다. 의자에 앉으며 모자를 잡다가 물컹한 느낌에 멈칫한다. 얼음장처럼 차가운 모자 안에 고양이가 웅크리고 있다. 나는 입술을 꽉 깨물고 양손에 힘을 준다. 고양이가 여진의 의자까지 차지하고, 모자를 안방처럼 사용하는 것인가. 애초에, 이 고양이만 아니었다면 여진은 괜찮았을지 모른다.

꺼져! 모자를 뺏는다.

고양이는 미동도 없다. 죽었나? "재수 없게"라는 말이 저절로 나온다. 눈에 안 보이게 멀리 던져버리고 싶다. 고양이를 꽉 잡는다. 그러자 내 차가운 손바닥에 온기가 스민다. 미세한 떨림이 파고든다. 내가 떨고 있다.

나는 고양이를 모자에 담고 의자에 앉는다. 얼어 있던 냄새가 서서히 녹으며 코끝에 닿는다. 똥을 모래로 덮는 고양이, 식초 뿌리는 나, 정원을 가꾸는 여진 그리고 고양이가 꿈틀거리며 살아나는 지금.

나는 고양이를 안고 한참을 그대로 앉아 있다.

강혜림 | 2016년 제주로케이션 활성화를 위한 중단편 시나리오 공모 최우수, 제7회 교보문고 스토리공모전 단편 부문, 2020년 김유정 신인 문학상 소설 부분 당선, 2023년 창작의 날씨 서치─라이트 공모전 대상 등을 수상했다. 단편 「용옹기이」 「각자의 사정」 「미세한 문제」, 웹소설 『특별인사고충처리TF팀』 등을 발표했다.

떠나도 괜찮아

양정규

벽에는 연분홍색 페인트가 칠해져 있었다. 빛이 약간만 기울어도 그 색은 옅은 핏자국처럼 보였다. 습기가 오르면 더욱 그랬다. 물론 그런 생각을 하는 사람은 나뿐이었다. 엄마와 오빠는 그 페인트 색을 보고 '복숭아처럼 따뜻한 색'이라고 말했다. 아파트 상가 맨 끝, 막다른 골목에 자리한 우리 빵집 간판에는 '몽글 베이커리'라는 글자가 쓰여 있었다.

문을 열고 들어가면 버터 냄새가 났다. 아침에는 따끈한 냄새였고, 밤이 되면 하루 종일 식어 있던 기름과 섞인 냄새로 바뀌었다. 기분 좋게 배고파지는 냄새라기보다는, 우리 집에서 나는 우울을 잠시 덮어주는 냄새였다. 마치 오래된 냉장고 냄새를 향수로 가리는 것처럼. 그래도 사람들은 이 냄새를 맡으면 대체로 좋다고 말했다. 그게 중요했다. 괜찮아 보이는 것들이 실제로 괜찮은지는 아무도 따지지 않았다.

아빠는 근처 대학병원의 정신병동 야간 경비원이었다. 엄마는 야간 경비야말로 아빠가 할 수 있는 유일한 일일 거라고 말했다. 아빠는 술을 좋아했고, 취하면 울었다. 취하지 않아도 크게 다르지 않았다. 엄마는 가끔 아빠를 향해 '아무짝에도 쓸모없는 인간'이라고 말했다. 그 말은 어느 순간부터 아빠의 직업이나 이름보다 더 자주 우리들 대화에 오르내렸다.

그런 아빠가 죽은 건 겨울의 끝자락이었다. 하루에도 몇 번씩 눈이 내렸다가, 금방 비로 바뀌던 시기였다. 그날 나는 회사에서 주문 확인 메일을 정리하고 있었다. 사수가 나를 부를 때마다 의자를 반쯤 밀고 일어나, 복도로 나갔다 돌아왔다. 엑셀 창과 메신저 창이 번갈아 떴다 사라졌다. 그 틈에 휴대전화가 한 번, 두 번, 진동했다. 화면 모서리에 '엄마'라는 두 글자가 떴다가 사라졌다. 나는 전화를 받지 않았다. 점심도 제대로 못 먹은 날들이 이어지던 터라, '왜 꼭 바쁠 때만 전화를 할까' 하는 생각이 먼저 들었다. 잠깐이면 된다면서 한 시간씩 붙잡고 있었던 예전 통화들이 떠올랐다. 그날도 분명

전기요금이 올랐다든가, 밀가루가 또 올랐다든가, 그런 이야기일
거라고 짐작했다. "지금 회의 중이야"라고 말하는 것조차 귀찮을 만
큼, 머리가 복잡했다. 엄마 전화는 금방 잊혔다. 나는 직원 휴게실
로 내려가 커피 자판기 앞에 섰다. 종이컵이 반쯤 찰 때까지 바닥만
내려다보고 있다가, 구석 테이블에 앉아서 커피를 한 모금 마셨다.
그때 옆에서 의자가 밀리는 소리가 나더니, 김 대리가 내 옆으로 성
큼 다가와 휴대전화를 들이밀었다.

"이거 봤어? 정신병자들이 또……."

나는 그저 그런 일상적인 가십거리, 포털 메인에 한 번씩 떠올랐
다가 사라지는 사건쯤으로 짐작했다. 무심코 고개를 돌려 화면을
들여다봤다. 휴대전화 화면에는 흔들리는 영상이 재생 중이었다.
어두운 병원 복도가 나왔다. 누군가가 급히 찍은 것처럼 화면이 요
동쳤다. 하얀 형광등 아래로 사람들이 우르르 뛰어가고 있었고, 그
뒤로 푸른색 로고가 잠깐 스쳤다. 나는 처음에는 알아보지 못했다.
김 대리가 화면을 멈추고, 로고가 나온 부분을 확대했다. 익숙한 글
자들이 눈에 들어왔다. 아빠가 근무하는 병원의 이름이었다. 그때
까지도 나는, 이게 정확히 무엇을 의미하는지 선명하게 떠올리지

못했다. 대신 아주 구체적인 생각이 하나 떠올랐다. 아까 엄마가 걸어온 전화. 나는 자리에서 벌떡 일어나 엄마에게 전화를 걸었다. 연결음이 한참 동안 울렸다. 꽤 오래 전화를 받지 않았다. 거의 포기할 무렵, 겨우 연결됐다.

"왜 이렇게 늦게 받아."

내 목소리가 다급하게 튀어나오자, 수화기 너머에서 숨을 고르는 소리가 들렸다. 오빠의 목소리는 낯설 만큼 쉰 상태였다.

"병원 응급실로 빨리 와."

그게 전부였다. 설명은 없었다. 오빠는 그 말을 내뱉고 나서, 뒤쪽에서 누군가 부르는 소리가 들리자 그대로 전화를 끊었다. 나는 가방도 제대로 챙기지 못한 채 회사 밖으로 뛰어나왔다. 택시를 잡아타고 병원 주소를 말하는 동안, 창밖의 풍경이 이상하게 납작해 보였다. 건물들도, 사람들도, 신호등도 종이처럼 얇아서, 손으로 잡아당기면 찢어질 수 있을 것만 같았다. 택시는 신호마다 멈춰 섰다. 나는 그때마다 휴대전화를 쥔 손에 힘을 더 줬다. 병원에 도착했을 때,

응급실 앞은 생각보다 조용했다. 바닥의 흰 타일 위로 누군가 흘린 커피 자국이 넓게 번져 있었다. 접수창구에 서 있던 간호사는 내 얼굴과 내 손에 쥐어진 휴대폰을 번갈아 보다가, 아무 말 없이 고개를 옆으로 까딱했다. 나는 시선을 따라 복도 끝까지 걸어갔다. '응급실'이라는 글자를 지나, '장례식장'이라는 글자가 보이기 시작했다.

오빠는 장례식장 안쪽에서 상복을 대여받느라 정신이 없었다. 상조회사 직원과 가격과 치수를 이야기하고 있었다. 나를 본 오빠는 눈 아래가 벌겋게 부어 있었다. 엄마는 분향소 한쪽 의자에 앉아 울고 있었다. 손에는 오래된 사진 몇 장이 구겨진 채 쥐어져 있었다. 엄마는 나를 보자마자 말했다.

"영정 사진이 없는데 어떡하니. 사진이, 멀쩡한 게 하나도 없어."

엄마는 '아빠가 죽었다'는 말 대신 '영정 사진이 없다'라는 말을 먼저 했다. 그게 더 급한 문제인 것처럼. 오빠는 상복을 받아 들고 이쪽저쪽 뛰어다녔고, 장례식장 직원은 어디에서 영정 사진을 출력할 수 있는지 설명했다. 나는 그 사이에 끼어 서 있었지만, 아무 역할도 하지 못했다.

조금 뒤, 장례식장 안에 걸린 TV에서 사건 뉴스가 흘러나왔다.

'조현병을 앓고 있던 환자'라는 표현과 함께, '우발적 범죄'라는 자막이 떴다. 병동을 이탈한 환자가 휘두른 흉기에 찔려 야간 경비원이 죽었다는 멘트가 흘러나왔다. 칼날은 폐를 비껴가지 않았다고 말했고, 우리는 그 말이 얼마나 정확한지 굳이 확인하지 않았는데 TV에선 '우발적'이라는 자막만 반복해서 흘렀다. 나는 멍하니 화면을 바라보다가, 그제야 낮에 김 대리가 보여준 영상이 뉴스 속 화면과 이어지는 걸 알아챘다. 같은 병원 로고, 같은 복도, 같은 형광등. 뉴스는 금방 다른 사건으로 넘어갔다.

그 뒤의 일들은 빠르게, 그리고 동시에 아주 천천히 지나갔다. 장례식이 끝날 때까지, 나는 내가 어떤 행동을 했는지 정확히 기억하지 못한다. 상복을 입고 절을 몇 번 했는지, 국화꽃을 몇 송이 올렸는지, 몇 사람의 손을 잡았는지, 그런 건 전부 흐릿하다. 다만 분향소 구석에서 엄마가 영정 사진을 계속해서 똑바로 맞추고 있었다는 것만은 이상할 만큼 선명하다. 제자리에 가만히 놓여 있던 영정 사진을, 엄마는 자주 일어나 매만지며 각도를 바로잡으려 했다. 마치 그 작은 각도가 전체 사건의 책임이라도 되는 것처럼.

아빠의 장례가 끝난 뒤, 몽글 베이커리의 공기는 더 눅눅해졌다. 엄마는 웃는 법을 잊은 사람처럼 입을 꼭 다물고 팔리지 않는 빵을 처다볼 뿐이었다. 오빠는 팔 힘이 눈에 띄게 약해졌다. 전에는 빵 반죽을 탁탁 내리칠 때마다 공기가 한 번씩 환기되는 느낌이었는데, 이제는 반죽이 손에서 미끄러져 내려왔다. 식빵 모서리는 쉽게 주저앉았고, 크루아상은 부풀어 오르기를 그만둔 것처럼 보였다. 손님들은 예전보다 말을 아꼈다. "요즘 좀 힘드시죠" 같은 말들 역시 우리에겐 식은 커피처럼 썼고 달갑지 않았다.

아빠가 죽고 나서도 세상은 아무 일 없이 흘러갔고 봄은 어김없이 찾아왔다. 나는 아침 일곱 시에 출근하면 밤 열 시는 되어야 퇴근해 열한 시쯤 상가 앞에 도착했고 빵집 셔터를 내리는 건 어느새 내 몫이 됐다. 피곤에 전 표정의 엄마와 오빠는 내가 퇴근하면 기다렸다는 듯 위층 집으로 올라갔고, 난 셔터를 내린 뒤 빵집 안쪽 창고방으로 들어가 잠을 청했다. 싱크대 옆, 밀가루 포대와 통조림 박스 사이에 겨우 난 틈새로 들어갈 수 있는 작고 눅눅한 방. 그 방에 침대 대신 접이식 매트리스와 아이보리색 요를 깔고 누우면, 천장에 달라붙은 페인트 가루 틈으로 저녁 장사 때 튀긴 기름의 냄새가 아주 조금씩 스며들었다.

그즈음 고양이 한 마리가 우리에게 왔다.

퇴근 후 셔터를 내리기 전, 남은 빵은 할인 라벨을 붙여 박스에 넣고, 유리 위에 손바닥 자국이 남았는지 확인했다. 그러곤 진열대를 한 번씩 훑어보곤 하는데 그날따라 진열대 밑에서 작고 탁한 움직임이 느껴졌다. 허리를 굽혀 들여다보니, 뭉친 먼지와 바닥의 어두운 틈 사이에서 삼색 털 한 덩이가 웅크려 있는 것이 보였다. 코끝만 반짝였다. 털은 기름때와 먼지로 엉겨 있었고, 눈 주변에는 말라붙은 눈곱이 굳어 있었다. 나는 소스라치게 놀라 위층으로 올라간 오빠에게 전화했다.

"진열대 밑에 웬 고양이가 있어!"

오빠는 곧바로 빗자루를 들고 내려와 진열대를 툭툭 치며 소리쳤다.

"나가!"

그때 엄마가 뒤따라 내려와 빗자루를 붙잡았다. 손목을 꺾듯 오빠 손에서 빗자루를 빼앗아 들더니, 쪼그려 앉아 웅크린 고양이를 내려다봤다.

"놔둬. 그냥 둬."

엄마 목소리는 마른 나뭇잎들이 비질에 부서질 때 나는 소리 같았다. 화를 내는 것도, 불쌍해하는 것도 아니었다. 그저 더 이상 힘을 쓰지 않겠다는 사람의 목소리. 엄마는 카운터 아래에서 남은 우유를 꺼내 작은 종이컵에 부었다. 며칠 지난 빵을 잘게 뜯어 놓았다. 고양이는 몸을 더욱 웅크리다가, 천천히 목을 빼 종이컵으로 다가갔다. 아무에게도 미안해하지 않는 모습으로, 조심스럽게 우유와 빵 부스러기를 먹었다.

다음 날도, 그다음 날도 고양이는 진열대 밑에서 나갔다 들어왔다. 우리는 녀석에게 이름을 붙이지 않았다. 이름이 생기면 책임이 생기고, 책임은 늘 상실로 끝난다는 사실을 모두 알고 있는 사람들 같았다. 그래서 녀석은 그냥 '고양이'였다. 부를 일이 없어 부르지도 않는 이름.

나는 밤마다 셔터를 내린 뒤, 창고방에 들어가기 전에 고양이를 한 번씩 확인했다. 오븐과 진열대 사이 따뜻한 틈에서, 고양이는 매번 살아 있었다. 엄마와 오빠는 위층 집으로 올라가고, 빵집 전체가 나와 고양이 둘뿐이 되는 시간. 나는 매트리스를 펴기 전에 바닥에 쪼그려 앉아 고양이에게 말을 걸었다.

"있잖아, 아빠 말이야."

고양이는 눈을 반쯤 감고 나를 보거나, 아예 다른 곳을 바라보았다. 나는 그 침묵이 마음에 들었다. 답을 기대하지 않아도 되는 대상에게만 꺼낼 수 있는 말들이 있었다. 아빠의 죽음이 '우발적'이라고 불리던 장면, 엄마가 장례식장에서 흘리지 못한 눈물, 오빠가 영정 사진을 들고 가다 한 번 떨어뜨린 일, 그런 것들을 고양이에게 하나씩 말해주었다.

엄마가 아빠를 정말 미워했는지, 아니면 미워한다고 말할 정도로 가까이 서 있지 못했는지, 그 질문도 고양이에게 했다. 때로는, 아빠를 미워한다고 말하던 엄마가 사실 제일 오래 아빠 옆에 서 있었던 건 아닐까, 그런 생각이 들었다. 고양이는 대답 대신 아주 느릿하게 눈을 감았다 뜨곤 했다. 그 느린 깜빡임이 어떤 종류의 인정 같기도 했다. 아무것도 모르지만, 그래도 듣고 있겠다는 식의.

봄이 깊어지자, 고양이는 진열대 밑에만 있지 않았다. 해가 질 무렵이면 문 근처로 나와 유리문 틈 사이로 바깥 공기를 맡았다. 손님이 문을 열고 들어오면, 고양이는 재빨리 오븐 뒤로 숨었다. 그러다가 손님이 나가고 한참 지나야 슬쩍 다시 모습을 드러냈다. 엄마는 그때마다 바닥을 쓸며 중얼거렸다.

"털만 좀 덜 날리면 좋을 텐데."

문제는 손님들이었다. 처음에는 "귀엽다"며 사진을 찍던 사람들이, 어느 날부터 "고양이 털이 빵에 들어가면 어떡하냐"고 불평하기 시작했다. 카운터 앞에서 툭 던지듯 흘러나온 말들이 공기 중에 떠다녔다. 단골이었던 옆 오피스텔 경비 아저씨는 슬그머니 다른 빵집으로 옮겼다. 오빠의 이마에 주름이 늘어났다. 계산대를 정리하던 오빠가 씁쓸하게 말했다.

"결국, 이 빵집은 고양이 때문에 망할 거야."

엄마는 말없이 재고 장부를 넘겼다. 손가락 끝이 밀가루와 잉크로 더러워져 있었다. 장부를 덮고 나서야 작은 빗을 꺼내 고양이에게 다가갔다. 아무도 보지 않는 틈을 타, 고양이의 등을 조심스럽게 빗어주었다. 그 손길에는 아빠에게 한 번도 내어준 적 없는 종류의 다정함이 있었다. 나는 그 모습을 보고, 엄마가 지금 고양이에게 빚을 갚고 있다는 생각을 했다. 죽은 사람에게는 더 이상 줄 수 없는 무언가를, 길에서 떠밀려 들어온 존재에게 대신 흘려보내는 것. 쓸모없음에 대한 잔인한 말들 대신, 뒤늦게 찾아온 미안함. 이런 감정이었을까?

매일 드나들던 고양이의 발길이 어느샌가 뜸해지더니 여름이 가까워지던 어느 새벽, 젖은 숨소리 같은 것이 들려왔다. 창고방에서 막 잠이 쏟아질 때쯤이었다. 나는 이불을 걷어차고 오븐 옆으로 달려갔다. 바닥 한편이 젖어 있었다. 고양이가 몸을 동그랗게 말고 있었고, 그 배 밑에 꼬물거리는 것들이 붙어 있는 것처럼 보였다. 조금 더 가까이 다가가자, 세 마리의 새끼가 떨리는 다리로 바닥을 더듬고 있었다. 몸집은 한 손에 다 들어올 만큼 작았다. 눈은 아직 뜨지 못했고, 털은 젖은 빵가루처럼 들러붙어 있었다.

고양이는 내 쪽을 올려다보았다. 눈동자는 번들거렸다. 나는 그 눈을 오래 바라보다가, 문득 그런 생각을 했다. 통제할 수 없는 것들은 이렇게도 불어난다는 거구나. 아무도 허락하지 않았는데, 저 혼자 제 몸을 나누어놓고선, 나보고 보라고 하는 것 같았다.

새끼들은 이틀 동안 고양이의 몸에 달라붙어 있었다. 엄마가 된 고양이는 자리를 거의 떠나지 않았다. 오븐에서 나오는 잔열과 자신의 체온 사이에 새끼들을 끼워 넣고, 아주 드물게만 물과 밥을 먹으러 움직였다. 나는 퇴근 후 그 옆에 쪼그려 앉아 있었다. 회사에서 들었던 욕설과 메일 속 문장들보다, 새끼들이 젖을 빠는 소리가 더 진짜 일처럼 느껴졌다. 세상이 어떤 방향으로 흐르는지와 상관없이, 그들은 먹고 있었고 숨을 쉬고 있었다.

사흘째 되는 날 아침, 엄마 고양이가 문 쪽으로 나갔다. 엄마가 아침 장사를 위해 문을 열었고, 고양이는 문이 완전히 열리기도 전에 틈을 비집고 나갔다. 꼬리가 유리문을 스치는 소리가 작게 났다. 그게 마지막이었다.

고양이는 돌아오지 않았다.

새벽 일찍 빵집 문을 열러 온 엄마는, 오븐 옆에서 여전히 젖을 찾는 새끼들만 보았다. 바닥에 옹기종기 모여 울음 같은 소리를 내는 세 마리. 엄마는 한동안 말을 하지 못했다. 그 침묵은 장례식장에서 영정 사진을 바라볼 때의 그것과 닮은 면이 있었다. 아무 말도 하고 싶지 않지만, 아무 말이라도 하지 않을 수 없다는 표정.

나는 진열대를 정리하다가 툭 말해버렸다.

"도망갔나 봐."

오빠는 얼굴을 찡그렸다. 반죽을 치대던 손을 멈추고 말없이 우리를 보다가, 결국 입을 열었다.

"도망? 원래 길고양이였잖아. 원래 천성은 어쩔 수 없는 거야. 그냥 새끼들을 버린 거라고. 먹이를 구하러 갔다가 못 구하면 새끼를 버리기도 한대."

오빠의 말은 합리적이었고, 동시에 잔인했다. 그 잔인함이 엄마의 속죄 같은 걸 부정하는 것 같아서, 나는 오빠를 미워하고 싶어졌다. 하지만 바닥의 새끼들은 정말로 젖을 찾지 못해 몸이 축 늘어지고 있었다. 우유를 바로 줄 수는 없는 일이었다. 빵집에는 늘 우유가 있었지만, 고양이에게 우유는 좋지 않다는 사실을 우리는 알고 있었다.

결국 약국에 가서 새끼 고양이용 분유를 샀다. 작고 비싼 통. 통을 들고 돌아오는 길에, 나는 그게 우리가 통제할 수 없는 상황을 조금이라도 조절해보려는 소심한 장치 같다고 생각했다. 우발적이라는 단어에 맞서, 아주 작은 계획을 세우는 일.

밤이 되자, 빵집에는 나와 새끼들만 남았다. 나는 작은 주사기 모양의 젖병에 분유를 타 새끼들의 입안에 밀어 넣었다. 새끼들은 입을 크게 벌리지 못했고, 혀도 서툴게 움직였다. 나는 그 좁은 입이 숨이 막히지 않도록 한 방울씩 천천히 눌렀다. 분유를 조금 삼킨 새끼의 배는 아주 조금 도톰해졌다. 그게 전부였다.

나는 새끼 중 하나를 손바닥 위에 올려놓고 말했다. 목소리가 나 자신에게 들릴 만큼만 작은 음량으로.

"너희 엄마는 왜 갔을까. 도망간 걸까, 아니면 우리 아빠처럼 갑자기 사라진 걸까."

아빠는 우발적인 사고로 사라졌고, 고양이는 자발적인 외출로 사라졌다. 사라짐의 방식은 달랐지만, 남겨진 쪽의 당혹감은 비슷했다. 우리는 언제나 잃고 난 뒤에야 그 존재의 무게를 제대로 느낀다. 너는 아직 이름도 없는데, 벌써 잃어버릴 준비를 해야 하는 걸까. 그런 질문들이 아직 고양이의 체온이 가시지 않은 공간에 떠다녔다.

며칠 후, 우리는 새끼들에게 이름을 붙이기로 했다. 이름이 생기면 책임이 생기고, 책임은 상실로 끝난다는 걸 알면서도 그러기로 했다. 아마도 이미 충분히 잃을 것을 잃었다고 생각해서였을 것이다. 엄마가 빵 반죽을 떼어 내던 손으로 새끼들의 턱을 받쳐 들었고, 나와 오빠는 서로를 보았다. 나는 장난처럼 말했다.

"첫째는 파이, 둘째는 타르트, 셋째는 스콘 어때?"

오빠가 어이없다는 듯 웃음을 터뜨렸다. 엄마도 조금 늦게 따라 웃었다. 아주 오랜만에 빵집 안에서 마른기침이 아닌 웃음소리가 났다. 이름을 부르자, 세 마리는 비슷한 눈꺼풀로 우리를 봤다. 아직 듣지 못하는 귀, 아직 이해하지 못하는 이름. 그래도 뭔가 시작된 것 같았다. 몽글 베이커리에는 이제 죽음의 기억 대신 세 마리의 작은 생명이 살고 있었다.

새끼 고양이들은 빠르게 성장했다. 털은 복슬복슬해졌고, 귓바퀴는 얇은 빵 껍질처럼 반투명해졌다. 파이는 사람의 발을 따라다니는 버릇이 생겼고, 타르트는 진열대 위로 점프하는 법을 익혔다. 스콘은 가장 작고 조용했다. 오븐 옆 따뜻한 자리에서 자는 것을 제일 좋아했다. 빵집에는 여전히 손님이 거의 없었다. 빵보다 고양이가 더 많아 보이는 날들이 이어졌다.

엄마는 늦은 밤마다 내려와 분유 대신 사료를 주고, 모래 화장실을 치워주었다. 그럴 때마다 오빠는 계산대 앞에 서서 텅 빈 진열대를 보고 한숨을 쉬었다.

"결국 이 빵집은 고양이들 때문에 진짜 망할 거야."

그 말은 점점 사실에 가까워지고 있었다. 매출은 바닥을 쳤고, 밀가루 주문량은 눈에 띄게 줄었다. 그래도 엄마는 고양이들을 내쫓지 않았다. 어느 날 밤, 내가 주방에서 설거지를 하는 동안 엄마와 오빠가 작은 목소리로 말싸움을 하는 소리가 들려왔다. 나는 물을 잠시 멈추고 귀를 기울였다.

"분양 보내든 그냥 밖에 풀어놓든 하자. 이대론 정말 안 돼."

오빠의 말끝에, 엄마가 잠시 숨을 고르는 소리가 들렸다. 그리고 낮게, 그러나 분명하게 말했다.

"그건 우리 몫이야. 녀석이 우리한테 남기고 간 거잖아."

엄마의 말속에는 아빠에 대한 마음도 들어 있었다. 해주지 못했던 것들, 미워한다고 말하면서도 끝내 버리지 못했던 것들, 죽고 나서야 깨달은 쓸모. 아빠에게 빵 한 조각 마음 편히 건네지 못했던 마음이, 이제 고양이들의 사료 봉투와 모래 봉투로 바뀌어 흘러가고 있었다.

어느 비 오던 초가을 아침, 엄마가 나를 흔들어 깨웠다. 창고방 문을 벌컥 열고 들어온 엄마의 얼굴은 하얬다.

“스콘이 없어졌어.”

막내가 사라진 것이다. 빵집 문은 굳게 잠겨 있었고, 셔터도 내려진 상태였다. 우리는 가게 구석구석을 뒤졌다. 오븐 아래, 배수구 근처, 진열대 안쪽까지. 결국 창고방 윗부분, 환기구가 조금 열려 있는 것을 찾았다. 스콘은 몸집이 가장 작았다. 그 틈으로 충분히 나갈 수 있는 크기였다.

엄마는 상가 복도를 몇 번이고 왔다 갔다 했다. 계단을 오르내리고, 쓰레기 분리수거장까지 훑어보았다. 이름을 불러봤자 돌아오지 않을 거라는 걸 알면서도, 엄마는 하루 종일 스콘의 이름을 불렀다. 그 얼굴에는 아빠를 찾던 때와 비슷하면서도 다른 종류의 절박함이 떠올라 있었다. 아빠에게는 분노와 미안함이 섞여 있었지만, 스콘에게는 순수한 상실만 남은 듯했다.

“어쩌면 자기 엄마를 만나고 있을지도 몰라.”

엄마가 말했을 때, 나는 대답을 하지 않았다. 길고양이들의 세계는 우리가 상상하는 것보다 훨씬 조용하게 이어져 있는지도 몰랐다. 떠난 엄마 고양이와 사라진 막내가 같은 곳에 있을 것이라는 상상은 너무 편리하지만, 전혀 도움이 되지 않는 종류의 위안이었다.

그날 밤, 나는 파이와 타르트를 더 세게 껴안았다. 출근하기 전에 창문과 환기구, 셔터, 문고리를 몇 번씩 확인했다. 집착에 가까운 점검이었다. 두 마리를 잃지 않기 위한 최소한의 행동처럼 느껴졌다. 문 닫는 소리에 놀란 파이가 울음소리를 냈다. 나무 바닥에 발톱 긁는 소리가 신경을 긁었다.

"놔줘."

엄마가 말했다. 설탕 봉지가 반쯤 비어 있는 주방에서, 엄마는 식빵 틀을 닦다가 손을 멈추고 나를 보았다.

"파이든 타르트든, 가고 싶으면 가게 놔줘."

"엄마는 또 보내려고? 또 떠나는 거 보려고?"

내 목소리는 조금 떨렸다. 엄마는 싱크대에 팔꿈치를 괴고 잠시 눈을 감았다가 말했다.

"붙잡는다고 남아 있는 건 아빠 하나로 족하다."

그 말은 이상하게도 가볍고 무거웠다. 붙잡고 있어서 남았던 건 아니었는데, 엄마의 머릿속에서는 그렇게 정리된 모양이었다. 붙잡으려 할수록 더 비참한 결말로 밀려난 사람. 통제하려 했던 모든 것이 통제할 수 없는 방향으로 부서져 나가던 그 겨울. 엄마는 이제 그 정황을 고양이들에게 반복하고 싶지 않은 것 같았다.

나는 결국 집착을 놓기로 했다. 어느 저녁, 셔터를 반쯤 내린 상태에서 안쪽 유리문을 활짝 열었다. 바닥에는 빵 부스러기 대신 고양이 모래가 조금씩 흩어져 있었다. 파이와 타르트는 문 근처로 다가와 바닥 냄새를 맡았다. 나는 고양이들을 바라보며 말했다.

"가고 싶으면 가. 너희 엄마를 따라가든, 우리 아빠처럼 사라지든, 그건 너희 몫이야."

고양이들은 문밖을 오래 쳐다보았다. 복도 끝의 형광등이 윙윙거리는 소리가 들렸다. 통제할 수 없는 바깥 공기와, 따뜻한 오븐 옆의 공기가 그 사이에 흐르고 있었다. 파이는 한 발짝 문밖으로 나갔다가, 금방 돌아와 내 발등 위에 앉았다. 타르트는 복도 공기를 한

번 깊게 맡더니, 오븐 쪽으로 몸을 돌렸다. 둘은 결국 떠나지 않았다. 문밖을 몇 번 서성이다가, 다시 오븐 옆으로 돌아가 몸을 웅크렸다.

그 순간 나는 이상한 안도감을 느꼈다. 우리가 통제를 포기했을 때에야 비로소 머물러주는 것들이 있다는 사실. 붙잡지 않겠다고 마음먹는 데까지 걸린 시간과, 돌아오는 데 걸린 몇 걸음 사이의 거리. 그게 우리의 1년을 설명해주는 어떤 단위처럼 느껴졌다.

겨울 첫눈이 내리기 직전, 집주인이 월세 인상을 통보했다. 오빠의 얼굴이 더 어두워졌다. 공장 야간조를 병행하면서 빵집을 지키는 것은 이제 불가능해 보였다. 장부를 펴보지 않아도, 이 가게가 곧 끝날 거라는 걸 모두 알고 있었다. 어느 날 밤, 우리 세 식구는 카운터 안쪽에 모여 앉았다. 엄마는 말을 꺼내지 못했고, 오빠가 대신 입을 열었다.

"이사하자. 빵집은, 여기서 끝내자."

엄마는 한참 동안 아무 말도 안 했다. 대신 다음 날, 가게 문을 닫고 혼자 남은 시간에 진열대를 닦았다. 유리 안쪽에 남은 빵가루를 손가락으로 훑어 내고, 낡은 오븐 손잡이를 천으로 문질렀다. 그리고 나서야 진열대 앞에 서서 울었다. 그것은 빵집에 대한 눈물이라기보다는, 이곳에서 함께 있던 아빠와 고양이와, 떠나버린 것들과, 통제할 수 없었던 모든 것들을 한데 묶어 흘리는 눈물처럼 보였다.

이사하는 날, 오빠는 공장에서 가져온 낡은 골판지 상자로 고양이 집을 만들었다. 상자 옆면에 작은 창문을 내고, 바닥에는 얇은 담요를 깔았다. 그 담요는 예전에 아빠가 경비원 숙소에서 쓰던 것이었다. 엄마는 그 담요를 상자 안에 얌전히 넣었다. 손길은 조심스러웠지만, 동시에 놓아주는 동작처럼 보였다. 아무짝에도 쓸모없다고 말하던 아빠의 담요가, 이제는 아무짝에도 쓸모없는 고양이들에게 가장 따뜻한 자리가 되고 있었다.

우리는 파이와 타르트를 이동장에 넣었다. 녀석들은 낯선 골판지 벽을 발로 차며 울었다. 엄마는 이동장 손잡이를 두 손으로 꼭 쥐었다. 마치 두 마리의 생명줄을 들고 있는 사람처럼. 셔터가 마지막으로 말려 올라가고, 간판 아래에 '임대' 스티커가 붙었다. 몽글 베이커리의 겨울은 거기서 끝났다.

새집은 빵집에서 버스로 서너 정거장 떨어진 빌라였다. 거실은 작고, 창문 밖으로는 고양이 대신 빨래들이 매달려 있었다. 처음 며칠 동안 파이와 타르트는 소파 밑에 숨어 나오지 않았다. 엄마는 부엌에서 국을 끓였고, 오빠는 공장 냄새를 묻힌 옷을 베란다에 널었다. 나는 회사에서 돌아와 현관에 서서 한동안 신발만 바라보다가, 결국 고양이들이 숨은 소파 옆 바닥에 앉았다.

손을 내밀자, 파이가 먼저 나왔다. 얼굴 주변에 붙은 먼지를 털며 내 손등에 머리를 비볐다. 타르트는 조금 더 늦게, 조심스럽게 뒤를 따랐다. 나는 두 마리를 번갈아 안았다. 빵 냄새 대신 섬유유연제 냄새가 나는 집에서, 이상하게도 예전보다 숨을 쉬기 쉬웠다.

밤이 되면, 나는 내 방에서 파이와 타르트에게 하루 이야기를 들려준다. 회사에서 있었던 사소한 모욕들, 오빠가 공장에서 겪은 일화들, 엄마가 새 일거리를 찾기 위해 돌아다닌 이야기들. 아빠와 죽음에 대한 질문은 어느새 줄어들었다. 아빠의 노트는 이삿짐 상자 맨 밑에 깔려 있고, 나는 그 위에 양말과 티셔츠를 올려두었다. 언젠가 다시 꺼내 보게 될지 아닐지는 모른다. 지금으로서는 새로 생긴 일상들이 더 우선순위다.

고양이들은 여전히 나의 말에 별다른 반응을 하지 않는다. 단지 내가 말을 잠시 멈추면 천천히 눈을 감았다가 뜬다. 그 느린 깜빡임은 전에 가게에서 보던 것과 같다. 다만 이제 그 눈에는 바깥 복도 대신 얇은 커튼과 좁은 천장이 비친다. 파이와 타르트는 완전히 집 고양이가 되었고, 우리는 더 이상 빵집 주인이 아니라, 고양이를 키우는 사람들이 되었다.

어느 밤, 나는 불을 끈 방 안에서 두 마리를 양옆에 두고 누워 있었다. 창문 틈으로 겨울 공기가 조금씩 들어왔다. 파이의 몸은 여전히 뜨거웠고, 타르트의 숨소리는 일정했다. 나는 두 마리의 털을 번갈아 쓰다듬으며 속삭였다.

"너희는 절대 나가지 마. 하지만 가고 싶으면 가도 돼."

입 밖으로 나온 말을 듣고 나서야, 그게 얼마나 모순된 문장인지 깨달았다. 그러나 딱 그만큼이 우리가 1년 동안 배운 전부 같았다. 붙잡지 않으려고 노력하면서도, 여전히 떠나지 않기를 바라는 마음. 통제할 수 없음을 인정하면서도, 그 안에서 작은 온도를 지키려는 마음.

몽글 베이커리는 사라졌다. 간판은 철거되었고, 연분홍 벽은 다른 가게의 색으로 덮일 것이다. 하지만 그 안에서 우발적으로 태어나고, 우발적으로 사라지고, 우발적으로 남아버린 것들은 여전히 우리 곁에 있다. 빵집의 실패와 아빠의 죽음, 엄마 고양이와 스콘의

실종 뒤에 남겨진 건, 겨우 두 마리의 고양이와 좁은 빌라 한 채뿐이다.

그런데도 가끔, 나는 이렇게 생각한다. 우발적으로라는 말로밖에 설명할 수 없는 삶 속에서, 이 작은 집이 우리에게 허락된 하나의 집합 같다고. 통제할 수 없는 것들과 함께 버티기 위해 필요한 최소한의 온기. 그 온기가 식지 않도록, 오늘도 나는 야근 후 집으로 돌아와 파이와 타르트의 털 속에 손을 묻는다. 그리고 나지막이 속삭인다.

떠나도 괜찮다고, 그래도 오늘은 같이 있자고.

양정규 | 추계예대 졸업, 2017년 〈국제신문〉 신춘문예 단편소설로 등단했다. 단편집으로 『실전, 모국어』를 출간했다. 현진건문학상 우수작품, 경기우수작가, 아르코 우수작품, 요산문학상 지원작가 등으로 선정되었다.

사랑과 혁명

이수경

미쳐가고 있는 것 같아요.

네가 말했다.

조증인가도 싶고.

ㅎㅎㅎ 의성어를 붙이며 너는 말했다.

차에 시동을 걸고 집 앞 골목을 빠져나갈 때쯤.

분리결제라고 해야 하나? 물건을 가져와서 일부는 신용카드로, 나머지는 현금으로 계산하겠다는 거예요, 손님이. 그러니까 카드와 지폐와 동전으로. 그런 건 한 번도 안 해봤거든요. 번거로운 일이라 짜증이 나야 하는데, 무슨 생각이 들었냐면, 아, 고맙다, 나를 괴롭히는 이 일이 그렇게 처리하는 법을 배우게 하겠구나, 그런 생각을 하고 있는 거예요, 내가. 그 사람에게 고맙다는 인사라도 하고 싶은 걸 간신히 참았어요. 그때 생각했죠. 미쳐가고 있구나……

호호호.

진심으로?

뭐가요?

고맙다는 인사…….

예, 진심으로요.

편의점 일에 관한─지금의 너에 관한─ 이야기였다.

전날 일요일 오후, 너는 불경을 들으며 일본어 과제를 하다가 집 근처 편의점에서 열두 시간 아르바이트를 마치고 새벽이 되어서야 집으로 돌아왔다.

그래서 매주 월요일 아침엔 남쪽으로 두 시간, 버스를 세 번이나 갈아타고 가야 하는 대학에 자동차로 너를 데려다주고 수업이 끝날 때까지 기다렸다가 데려오기를 두 달째. 스물두 살 너의 주말 아르바이트 두 달째.

득도를 하는구나, 네가.

그렇죠? 막 하늘을 날 것도 같고. 호호호.

일주일 넘게 오가던 비가 안개처럼 다시 내리기 시작했다.

미친 비네.

나는 자동차 앞 유리창에 번지는 비의 흔적을 바라보며 그렇게
말했지만, 아름다운 비라고 생각했다.

오늘은 만 원을 보냈어요, 엄마.

휴대폰 은행 앱을 열어 돈을 보낸 뒤 내릴 준비를 하며 네가 말
했다. 도서관을 지나 인문대 건물이 보일 때쯤.

왜 그렇게 많이?

지난달 알바비를 받았거든요.

통학을 시켜주는 월요일 아침마다 고맙다는 표시로 네가 보내주
는 5천 원으로 나는 저렴한 커피를 사 마시고 편의점 삼각김밥으로
점심을 먹고 원 플러스 원 캔 콜라를 사서 가방에 넣은 뒤 교정과
연결된 숲속 벤치에서 책을 읽거나 인문대 건너편 학생회관 주변
을 어슬렁거리며 시간을 보내곤 했다.

오, 그래? 오늘은 학식을 먹어봐야겠다, 흐흐흐.

내가 너처럼 '흐흐흐'를 붙이며 웃자, 너는 후드티 모자를 덮어쓰
고 차에서 내려 인문대 쪽으로 뛰어갔다, 우산도 없이.

나는 학생회관 모퉁이 이파리가 풍성한 첫 번째 나무 아래 차를
세우고, 운전석에 앉은 채 책을 펼쳤다. 책장을 넘기며 창밖을 보았
다. 숲과 벤치와 교정이 천천히 젖어 들고 있었다. 한국어학당이 있
는 학생회관 출입문 밖에서 비를 피하며 서성이는 외국인 학생들

의 모습이 보였다. 막 물들기 시작한 단풍잎 같고 젖은 겨울나무 같고 명도가 다른 그림자 같은.

지난주 월요일 집으로 돌아가는 길에, 우리는 그들에 관한 이야기를 나누었다.

네가 그들 중 한 명에 관한 이야기를 꺼냈다. 1학년 교양과목 시간에 '킨'이라는 유학생을 도와준 적이 있다고.

코딩 수업이었어요. 한 여학생이 교수가 칠판에 쓴 내용을 번역기로 돌려 보고 있더라고요. 쉬는 시간에 설명을 좀 해줬죠, 내가. 영어는 조금 할 수 있으니까. 그쪽도 한국말은 좀 하고. 그러다가 이름과 나이를 묻고, 국적을 알게 되고……. 군부 통치를 피해 한국에 왔대요, 킨 누나는.

거긴 아직 여자가 공부하기 어려운 곳이라지? 그나저나 외국인 학생이 정말 많구나.

그들이 없으면 대학을 유지하기 어렵다나 뭐라나.

그렇게 되었구나, 대학은.

누나는 잘 지내려나?

킨?

킨 먓, K,h,i,n, M,y,a,t. 전통적인 느낌의 이름이랄까? 작년에 졸업해서 돈 벌러 갔대요, 킨은.

어디로?

공장으로.

차창 밖으로 히잡을 두른 여학생과 머리카락을 노랗게 물들인 동양인 학생과 푸른 눈의 학생과 자전거를 탄 유학생들이 고양이처럼 스르르 지나갔다.

*

맹세도 이제 어른이 되었어요.

새벽에 두어 시간 눈을 붙이고 방에서 나오며 네가 말했다. 고양이 '맹세'가 너를 따라 나왔다.

맹세가 네 방에서 잔 거야?

고양이와 너를 번갈아 보며 내가 물었다.

며칠 전부터요. 자다 깨어 물을 마시러 나오면 맹세가 다가와서 야옹야옹하는 거예요. 얼른 들어가 자라고 하는 듯. 그러곤 침대로 올라와 등을 돌리고 엎드려 밤새도록 지키고 있어요.

고양이는 따라다니는 종이 아닌데.

우리가 맹세를 사랑해주지 않으니까.

사랑하지 않는 건 아니야.

고양이가 눈을 맞추며 야옹야옹하고부터는.

우리가 그 울음을 알아들을 것만 같은 뒤로는.

쟤는 정말 말을 거는 것 같아.

고양이는 집사를 자기들과 같은 종으로 인식한대요.

정말? 우리가 고양이로 보인다고?

아마도.

생후 한 달 된 수컷 페르시안 종 아기 고양이를 집으로 데려왔을 때, 우리 중 고양이를 좋아하는 사람은 없었다. 그해 특목고에 입학해 기숙사에 있던 너는 2주나 한 달에 한 번씩 집으로 돌아와 "안녕? 맹세!" 하며 스치듯 네 방으로 들어갔고, 학교를 졸업한 후에는 방문을 닫고, 깊은 우울과 절망에 잠겨 있었다, 갓 스무 살에.

네 아빠는 동물을 사람의 집에 갇혀 살게 하는 건 학대라 여기는 사람이었으며, 나는 동물에게든 사람에게든 거리가 필요했다. '맹세'라는 이름을 지어준 것은 대학에 입학해 막 연애를 시작한 네 누나 주희였는데, 주희도 줄곧 집을 떠나 기숙사에서 지냈기 때문에 이름을 붙여준 것이 사랑의 시작이자 끝인 셈이었다.

찬이라는 의대생이었나? 어떤 아이야? 내가 물었을 때, 주희는 말했다.

너무 잘난 애야. 도무지 모난 곳이 없어, 찬이는. 그래서 닿을 곳이 없어. 부딪치고 부서지며 박힐, 그런 곳. 너무 매끄러워서 자꾸 미끄러지는 기분이야, 엄마.

몇 달 뒤 주희의 연애는 끝났고, 화분 속 나무둥치에 몸을 웅크리고 있거나 우리 중 누군가 가까이 가면 연한 갈색 털을 세우고 바르르 떨던 아기 맹세는 그들의 종답지 않게 부르지 않아도 따라다니는, 이따금 '말'을 거는 푸른 눈의 어른 고양이가 되었다.

네가 불경을 들으며 과제를 하고—왜 불경 같은 걸 듣느냐고 내가 물었을 때 불교의 본질은 없음, 비어 있음, 공空이기 때문이라고 너는 말했다— 편의점 주말 아르바이트를 시작한 얼마 뒤부터 맹세의 사료 그릇 옆에 고양이 간식이 놓였고, 어떤 날엔 사료 통 앞에 츄르 봉지가 있었고, 물그릇에 새 물이 채워졌다. 어느 날부터는 네 방문이 열려, 맹세가 소리 없이 드나들었으며, 손가락으로 뭉친 털을 쓰다듬어 풀어주는 너를 볼 수 있었다.

아빠는 이따금 이름 대신, 고양아, 부르기도 했다.

사랑하지 않는 건 아니잖아, 우리가.

*

안개의 입자 같던 비가 빗방울이 되어 툭툭 떨어졌다.

정오 무렵 학생회관 주변은 피부색과 언어가 다른 학생들로 붐볐지만, 큰소리가 날 만한 일은 일어나지 않았다. 소리 내어 웃고 떠들고 장난을 치는 사람도, 사소한 소란이나 다툼도 없었다. 노래와 장단, 구호 같은 것도 들리지 않았다. 헐렁한 청바지와 후드티에 운동화를 신은, 버건디, 차콜, 네이비…… 같은 짙은 색 계열의 비슷한 옷차림을 한 그들 속에 블라우스와 짧은 스커트, 구두 같은 것으로 멋을 낸 사람은 없었다.

지나치게 차분하고 고요해, 정지된 화면처럼 느껴졌다.

나는 편의점에서 원 플러스 원 콜라를 사 들고 식당 앞 키오스크에서 돈가스 정식 1인분을 주문했다. 식당 입구에 누구나 먹을 수 있는 수프 한 통이 놓여 있었다. 너는 자주 그 수프로 점심을 때운다고 했다. 배가 아주 고플 땐 두 번, 세 번, 다섯 번까지 떠 먹은 적이 있다고.

밥을 사 먹지, 내가 말하면, 돈이 아까워서요, 흐흐흐, 너는 태연하게 웃으며 말했다.

배고픈 사람에게 빵을 사주고 싶어요.

언젠가 네가 그런 말을 한 적이 있다.

아마도 고등학생이었을 때, 『전태일 평전』을 읽고.

만일 그래야 한다면, 저도 그럴 수 있을 것 같아요.

그럴 수?

예, 그렇게.

전태일의 최후를 두고 하는 말이었다.

그럴 수 있지, 그런 생각을…… 젊으니까, 우리도 젊었으니까, 그 땐 그런 때였으니까.

등골이 서늘했으나 나도 태연한 척했다.

그럴 만한 일이 그때만 있었던 건 아니겠죠.

그렇긴 한데…… 그러진 마라.

묽게 끓인 공짜 수프는 맛이 없었고, 돈가스 정식은 가격에 비해 먹음직스럽지 않았다. 검은 피부의 유학생이 돈가스가 올려진 쟁반을 들고 앉을 자리를 찾다가, 내가 있는 테이블을 살짝 건드리며 지나갔다. 창가에 길게 배치된 일인용 탁자 위에 식판을 올려놓고 되돌아온 유학생이 내 앞에 서서 말했다.

미안해요.

놀랍도록 분명한 한국어 발음으로, 또박또박.

'미안해요'를 맨 처음 배웠겠지, 이 아이는.

괜찮아요, 나는 괜찮아요.

두 번이나 괜찮다고 말해주었지만, 그 애가 한 번 더 말했다. 미안해요.

창가로 돌아가 등을 보이고 앉은 그의 배경은 아름답거나 미친 비가 내리는 초가을 한국.

어떻게 여기까지 왔을까, 저 아이는.

남학생 몇 명이 식판을 들고 창가 자리에서 일어섰다. 세네갈, 수단, 케냐, 남아프리카공화국, 콩고민주공화국……. 나는 운전석에서 펼쳐본 책 속 국가명, 아프리카 열사熱沙의 나라들을 떠올렸다. 주변 학생들보다 월등하게 크고 강하고 단단해 보이는 몸, 자기들끼리는 자신들의 언어로, 지나가는 학우에겐 영어로 가벼운 인사를 건네며 잔반통에 남은 음식을 깨끗이 비우고 식당 밖으로 사라지는 그들은 30만 년 전 그 땅에 출현한 첫 인류Homo sapiens의 후손들이겠지.

그들의 조상은 뛰어난 노동자, 농부였다고 책에 쓰여 있었다.[*]

전쟁에서 붙잡혀 노예가 되었던 세네갈 출신 무슬림 학자 오마르Omar가 "심판의 날에 이르면 아프리카라고 불리는 우리 땅, 크바

---

[*] 류대영, 『새로 쓴 미국 종교사』, 푸른역사, 2024, 127쪽 참조.

크비[K-ba K-b-y]라고 불리는 강가에 있고 싶다"고 했다는 그곳, 그 대륙의 후예. 그런데 여긴 그들이 있기에 충분히 아름다운 곳일까.

어딘가에서 피아노 소리가 들려왔다.

맞은편 창가에 놓인 낡은 피아노 앞에서 한 한국 학생이 연주를 시작했다. 솜씨가 썩 괜찮지는 않았으나 귀에 익은 선율이었다.

누가 피아노를 치고 있어.

나는 너에게 문자메시지를 보냈다.

〈썸머〉라는 곡일 거예요.

네게서 곧바로 답장이 왔다.

듣지도 않고?

열에 아홉은 그 곡을 치거든요. 초등학교 앞 피아노 학원 기억하죠? 내가 처음 바이엘을 배웠던 딩동댕 음악학원. 거긴 늘 그 곡을 치는 누나들이 있었어요. 작곡가 히사이시 조가 한국에 온 적도 있어요.

너는 조금 긴 메시지를 보냈다.

수업 중?

쉬는 시간. 흡연장에서 문 교수를 만났어요.

현대문학 교수?

아니, 소설창작 교수. 이번 학기가 마지막 강의래요. 내년엔 학과가 없어질 거라고. 철학과도 국문과도…….

공부 잘하는 아이들이 모여 있는 고등학교에서 소설책만 읽으며 3년을 버텼다는 너는 졸업 후 아무것도 하지 않고 방에서만 지냈고, 1년 뒤 대입 원서를 썼다. 문예창작학과에 입학해 처음 쓴 소설의 제목은 「태일」, 정신과 폐쇄병동에 입원해 있는 스물세 살 군인의 이야기였다. 만일 그래야 한다면 그럴 수 있을 것 같다고, 그럴 만한 일이 그때만 있었던 건 아닐 거라며 내 마음을 서늘하게 했던 너는, 태일이라는 이름을 가두고 밥 대신 수프만 여러 번 떠 먹는 대학생이 되었는데.

이제 들어가 봐야 해요.

소나기가 쏟아지듯 연주가 끝났을 때, 유리창에 톡톡 부딪히던 빗방울은 가는 빗줄기가 되어 내리고 있었다.

배고프겠다.

제가 배고픈 걸 잘 참아요.

그런 걸 잘 참는구나, 너는.

곧 폐강될 수업에 들어간 네가 인문대 앞에서—어쩌면 통째로 허물어질 그곳에서—, 그런 얼굴로, 그런 눈빛으로 비를 맞으며 돌아올 때까지 내 마지막 메시지는 '읽지 않음'으로 남아 있었다.

'그런 걸 잘 참는 사람이 되었구나, 너는.'

*

너를 기다리며, 나는 피아노곡 〈썸머〉를 반복해 듣고 있었다.

'모두의 마음속에 살아 있는 여름을 어떻게 표현할까' 고민하다가 만들었다는 일본 단편영화 〈기쿠지로의 여름〉 OST, 히사이시조의 피아노 연주곡 〈Summer〉.

……마음속에 살아 있는 여름을 어떻게 표현할까.

뿌옇게 김 서린 식당 창가에서 이어폰을 꽂고, 네가 알려준 음악을 들으며, 배고픈 날 네가 다섯 번을 떠 먹은 적이 있다는 묽은 수프를 먹으며, 실과 책, 내 친구의 친구, 강과 풀숲과 올리브그린 같은 그 여름의 단어들을 떠올리고 있었다.

나의 증조부가 누에를 치고 사철나무를 심고 오리를 키운 강 하류 농장에, 차례를 지내러 오가며 바라본 드넓은 땅, 눈 내려앉아 끝없이 눈부시던 뽕나무밭에, 뽕잎 아래 하얀 누에가 꿈틀대던 할아버지의 오두막 같은 작은 집과 마당이 있던 자리에, 그곳, 그 땅에 공장이 세워졌다.

아저씨는 왜 부자예요?

어머니가 부자지, 나는 아니야.

아홉 살이나 열 살이었던 겨울, 아저씨네 이층집 응접실에서 눈 내린 정원의 크리스마스트리를, 방울과 종과 금실과 은박지로 싼 초콜릿과 빨간 줄무늬 지팡이 사탕과 과자로 장식된 전나무를 힐끔대며 내가 물었을 때, 검은 뿔테 안경을 쓴 결핍 없는 눈으로 그렇게 말하던 증조부의 외손자는 어머니의 돈으로 무역회사를 차리고, 할아버지의 땅에 공장을 세웠다.

국내 최초의 전통산업인 섬유산업은 한국의 자연과 인간이 합작해 만들어 낸 신기원이었다는데. 섬유제조에 필수적인 깨끗한 물과 적절한 습기와 천혜의 기후 조건과 길쌈으로 길들여진 한국인의 솜씨가 한국을 섬유 왕국으로 만들어 냈다는데.

그런 이유로, 강변의 비옥한 뽕나무 농장은 스웨터를 짜서 수출하는 방직공장으로 대체되었다.

아저씨네 공장에서 일해보는 건 어때?

열아홉 살 겨울방학이 끝나갈 무렵, 엄마가 말했다.

엄마는 내게 새 구두와 블라우스와 반듯하게 주름 잡힌 치마로 차려 입히고, 어렵게 구한 양담배 한 보루와 미제 화장품을 선물로 들고, 봄볕 따스한 일요일 아침에 나를 앞세워 아저씨네 집으로 갔다.

날카로운 철망과 유리 조각이 박혀 있는, 그러나 곧 초여름 장미 넝쿨이 감싸안아 꽃을 피울 아저씨네 높은 담장 아래서 엄마는 내

블라우스 앞깃을 만져주며 말했다.

꽤 큰 공장이라더라. 이 집 아저씨는 똑똑한 사람이야.

키가 쑥 자란 전나무 너머 응접실 유리창으로 검은 뿔테 안경 대신 빛나는 금테 안경을 쓴 아저씨의 모습이 보였다.

저금리, 저유가, 저달러……. 지금은 호황이란다.

아저씨가 소파에 앉으며 알아들을 수 없는 말을 시작하자, 엄마는 가방에서 양담배와 미제 화장품을 꺼내 탁자 위 크리스털 재떨이 옆에 올려놓았다.

남미의 정글에서, 중동, 아프리카의 열사에서, 곧 우리 손으로 만든 옷을 입게 될 거다.

손가락으로 금테 안경을 밀어 올리며 아저씨가 말했다.

내 공장에 와서 일을 배워라.

아저씨는 말했다.

스무 살 초여름, 동이 트기도 전 새벽에, 나는 출퇴근용 봉고차를 타고 강을 거슬러 할아버지의 땅, 아저씨의 공장으로 갔다. 내 친구의 친구와 또 다른 친구들도.

구름 같던 오리 떼는 어디로 갔을까. 명주실을 품은 누에들은 어디에 있을까. 붉게, 까맣게 오디가 익어가던 여름은, 눈 내려앉아 끝없이 눈부시던 겨울은…… 나는…… 어디로 가고 있는 걸까.

승합차에 태워져 강변을 지날 때마다 하루 전, 열흘 전, 1년 전…… 시간이 거꾸로 흘러, 물결이 가던 방향을 돌려, 몸이 흔들리고 마음이 흔들리고 작고 작아져 열아홉, 열여섯, 열 살, 세 살…… 마침내 나는, 나라는 존재는 씨앗처럼 작아져 다른 세상으로 떠밀려가고 있는 것만 같았다.

일제 중고 자동편직기의 구조와 작동 원리를 배우고 원사의 종류와 이름과 번호를 외우고 일본어와 영어 타자기 자판을 익히는 것이 내가 할 일이라고 아저씨는 말했다.

출근길 강변엔 자주 안개가 피어올랐다. 나뭇잎과 풀들은 무섭게 자랐다.

너는 왜 일을 안 해?

무더워진 여름 어느 날, 잡곡이 섞인 밥과 시래깃국과 콩자반으로 점심을 먹던 친구의 친구가 물었다.

친척 아저씨가 사장이야.

나는 얼떨결에 그렇게 대답했다.

아저씨?

응, 사장님.

니네는 부자구나.

나는 아니야, 아저씨네가 부자지.

그러면 넌 여기서 뭘 하는 거냐?

젓가락으로 밥과 콩자반을 집어 먹던 친구의 친구가 내게 물었다.

1분에 영타 300타를 치면 서울 본사로 보내줄 거래.

누가?

아저씨…… 아니, 사장님이.

본사에 가선 뭘 하는데?

나도 몰라.

나도 오래는 안 있을 거야, 네 아저씨 공장에서.

작업복에 묻어온 오일 냄새와 실밥과 먼지가 뒤섞여 떠다니는 컨테이너 식당 안에서 조금 자란 단발머리를 고무줄로 묶고 급하게 밥을 먹던 친구의 친구가 작고 빠른 목소리로 말했다.

그러면 넌 뭘 할 건데?

내 이름은 은주야, 이은주.

대답 대신 이름을 알려주며 친구의 친구는 남은 밥을 국에 말아 후루룩 마셨다.

난 은영이…… 이은영.

알아. 사장님…… 아니, 네 아저씨랑은 성이 다르구나.

아저씨…… 아니, 사장님은 우리 증조할아버지의 외손자야. '외'

자가 붙은 친척이니까 성이 다르지.

은주는 말끔히 비운 식판을 퇴식구에 올려놓고 지름길이 있는 문으로 갔다. 나도 은주를 따라갔다. 햇볕이 뜨겁게 쏟아져 두 얼굴 위에 내려앉았다. 발길이 드문 수풀 속, 뒤엉켜 자란 풀들과 나뭇가지가 시야를 가려 컨테이너 식당에서 공장까지의 거리는 더 멀게 느껴졌다. 은주의 뒷모습도 희미해 보였다. 은주는 질긴 덩굴을 헤치며 빠른 걸음으로 걸었다. '그러면 넌 뭘 할 건데?' 생각하며 나는 풀이 뭉개진 자리를 밟고 갔다.

우리 사이의 거리가 열 뼘도 안 되게 가까워졌을 때, 은주가 작업복 주머니에 손을 넣고 꼼지락거리다가 작고 앙증맞은 립스틱 하나를 꺼내 보이며 말했다.

발라볼래?

나는 고개를 끄덕였다.

장밋빛 중간 핑크, 22번 Rose······.

화장실 거울 속 22번 실의 색으로 물든 두 개의 입술. 두 개의 얼굴.

그러나 조금도 예뻐 보이지 않았다. 스무 살 우리의 얼굴이 예쁘지 않아서 내가 조금 슬픈 표정을 짓고 서 있자, 은주는 립스틱 뚜껑을 닫아 주머니에 넣은 뒤, 생각에 잠긴 듯 중얼거렸다. 우리 언니는 서울에 있는 명문 여자대학교에 다녀. 나랑은 성이 달라. '외'자가 붙어서. 외사촌! 근데 오래는 안 다닐 거래, 명문 여자대학교에. 언니가 뭘 할지 나는 알아.

너한테 보여줄 게 있어.

은주가 속삭이듯 말했다.

일제 자동횡편기를 통과해 화려한 몸체로 변신하는 실들, 인디언핑크, 다크 브라운, 라이트 민트, 올리브그린, 에메랄드, 베이비 블루, 거울에 비친 장밋빛 중간 핑크……, 그 불안하고 낯선 색의 이름을 외우며 진초록색 방직기계 사이를 배회하던 여름. 삑, 실 끊김, 센서가 울리면 "실이 걸렸어요!" "실이 끊어졌어요!" 직원에게 알리고, 땡볕이 내리쬐는, 이따금 소나기가 내리는 풀숲 샛길을 뛰어 식당으로 가서 은주와 함께 밥을 먹고, 퇴근 두 시간 전부터는 스웨터 샘플과 원사 견본책이 어수선하게 널린 사무실 한쪽 책상 앞에 앉아 영타 연습을 하거나 '와타시와(나는)'나 '아나타와(너는)'로 시작하는 일본어 문장을 암기하며 시간을 흘려보내는 동안—사실은 아무것도 하지 않았던, 다만 거기 있는 내가 있을 뿐인—, 하루가, 한 달이, 여름이 가고 있었다.

어느 날 본사에서 내려온 아저씨가, 아니 사장님이, 사무실로 나를 불러서 물었다.

영타는 좀 늘었니? 일본어는?

언젠가 일본어 과제를 하는 너에게 내가 물었던 적이 있다. 부자를 일본어로 뭐라고 해?

오카네모치. 네가 알려주었다.

아나타와…… 오카네모치……데스까? 당신은 부자인가요?

내가 말하자, 너는 흐흐흐 웃었다.

스무 살의 나도 그렇게 더듬거렸을 것이다.

아나타와…… 오카네모치……데스까?

아저씨도 너처럼 하하하 소리를 내며 웃었다.

나는 또 너에게 물었다.

'일'은? 일본어로 일은 어떻게 말해?

그러나 너의 대답은 간단치 않았다.

일? 어떤 일을 말하는 거예요, 엄마?

그러니까…… 나는 일이…… 일을…… 일은…….

그러니까요, 엄마, 의미가 불분명해요. 직업을 말하는 건지, 노동을 의미하는지, 사건을 뜻하는 건지, 존재나 운명 같은 추상적인 말인지, 가령…….

어느 저녁, 네 아빠가 방에서 나오지 않는 너를 불러내 앞으로 무슨 일을 하며 살 거냐고 물었을 때, 아무 일도 안 하는 일에 대해 생각하고 있다고 너는 추상적이고 의미가 불분명한 대답을 했지. 그날 밤 네가 시 한 편을 들려주었다. 시간을 멈추는 힘, 그 힘으로 우리는 미래로 간다, 무엇이 되지 않을 자유, 정지에 이르렀을 때, 씨앗처럼, 멈춤의 힘으로 피어난다.[*]

아무것도 하지 않고 엎드려 있던 어느 밤, 너는 더듬거리며 시를 읽었다.

어떤 의미였을까, 그것은. "너는 왜 일을 안 해?" 물었던 내 친구의 친구에게, 금테 안경을 빛내며 "내 공장에 와서 일을 배워라" 했던 증조부의 외손자에게, 나에게, 너에게, 그것은 무엇일까.

와타시와 시고토가 아리마센……. 나는 일이 없어요.

스무 살의 나는 그렇게 말했을 것이다.

그러나 그 의미가 무엇인지 알지 못해 고개를 숙였을 것이다.

시고토…… 그런 말을 배웠구나. 또 뭘 배웠니? 아저씨가 말했다.

남미와 아프리카 열사에서 우리 손으로 만든 옷을 입게 되면 모두가 걱정 없이 '오카네모치'가 될 수 있나요? 포장 라인 내 친구의 친구는 그런 일을 하는 건가요? 내 친구의 친구에게 나의 일은 무엇이라고 대답해야 하나요? 아무도 가르쳐주지 않았기에 나는 아

---

* 백무산의 시 「정지의 힘」(『이렇게 한심한 시절의 아침에』, 창비, 2020)에서 부분 인용.

무 말도 할 수 없었다.

그만 나가 봐도 된다.

탁자 위에 펼쳐둔 신문을 집어 들며 아저씨가 말했다.

그래, 세상은 바뀌고 있지…….

등 뒤에서 아저씨의 목소리가 들렸다.

그것이 증조부의 외손자에게서 들은 마지막 말이었고, 마지막 목소리였다.

포장 라인 내 친구의 친구는 손이 빨라지고 나는 자판을 보지 않고도 1분에 영타 300타를 칠 수 있게 되었지만, 화려한 원사로 직조된 스웨터는, 한국인의 몸에는 지나치게 큰 사이즈의 그 옷들은 남미의 정글로, 중동과 아프리카로 가고 있었겠지만, 어머니가 부자였던 아저씨도 부자가 되고 있었겠지만, 세상은 무엇에서 무엇으로 바뀌고 있다는 것인지, 나는 어디로 가고 있는 것인지.

실이 걸렸어요! 실이 끊어졌어요!

기계음처럼 반복되는 내 목소리를 듣고 뛰어와 끊어진 실을 연결하고 오일 상태와 게이지를 점검하던 직원은, 주문서와 도안과 샘플과 원사를 대조하며 쉴 새 없이 어디론가 전화를 걸던 디자이너는, 찜통 같은 컨테이너 식당에서 잡곡이 섞인 밥을 퍼 주던 아주머니는, 경리 사원과 내 친구의 친구와 다른 친구들은 어디로…….

플라스틱 바구니에 쌓인 수백 장의 스웨터와 투명한 비닐 포장지와 박스들이 널린 2층 포장 라인 구석 자리에서 내 친구의 친구가 보여준 것은 어느 책에선가 낱장으로 뜯어낸 문장의 8품사 명사편. 우리 언니…… 명문 여자대학교에 다니는……, 저번에 비 오는 날, 언니한테 내 이름을 췄어, 주민등록증, 이건 비밀인데, 언니는 그걸로 진짜 노동자가 될 거래, 소곤대던 친구의 비밀.

진짜 노동자? 그게 뭔데?

나도 몰라. 그래서 나도 오래는 못 있어, 네 아저씨 공장에서. 그러면 내가 둘이 되거든.

그러면 너는 뭘 할 거니…….

대답을 듣지 못하고 끝나버린 여름.

*

"힘들게 지나온 시간이 꼭 그런 것만은 아닐지도 몰라요."

네 누나 주희가 이런 말을 한 적이 있다. 의대생 찬이와 연애가 끝난 뒤 우울해하는 주희에게 스무 살 내 사진을 보여주었을 때. 사진 속 얼굴이 너무나 활짝 웃고 있어서, 눈과 입과 뺨, 온 얼굴로 웃고 있어서 보기만 해도 웃음이 나는.

사랑에서 미끄러진 주희를 웃겨주고 싶어서 꺼내 본.

주희와 나는 많이 웃었다. 한참을 웃다가 "막막하고 암울했던 시절인데, 어떻게 저렇게 웃을 수 있었을까" 내가 말하자, 그 애가 차분한 목소리로 이렇게 말했다.

"그러니까 엄마, 이제 미래를 생각해봐요."

네가 돌아올 시간이 다 되어가고 있었다.

매주 월요일 오후, 우리는 언제나 같은 시간, 같은 장소에서 만났다. 그래서 네가 돌아올 오후 네 시가 가까워지면 나는 자동차에 시동을 걸어 에어컨을 틀어놓고, 캔 콜라 두 개를 손에 쥐고 너를 기다렸다. 학생회관 모퉁이, 이파리가 풍성한 첫 번째 나무 아래 서서.

온종일 내린 비에 떨어진 나뭇잎이 젖은 벤치와 보도블록 위에 무늬를 만들었고, 버스정류장 앞으로 긴 줄이 이어지고 있었다. 그들이 없으면 대학을 유지하기 어려울 거라는 너의 말처럼, 베트남, 미얀마, 남아프리카공화국, 남미의 베네수엘라, 인도, 스리랑카……, 절반은 다른 대륙, 다른 땅에서 온 학생들. 단풍나무 같고 겨울 산 같고 갈색 털의 아기 고양이를 닮은.

"고양이는 사람처럼 자면서 꿈을 꾸는 동물이래요."

“그래?”

“예. 혁명이죠.”

“혁명?”

“사랑이고…….”

감긴 눈꺼풀이 떨릴 때, 수염과 꼬리와 발이 움찔거릴 때, 작은 소리를 내며 입이 움직일 때, 잠든 것 같지만 꿈을 꾸고 있는 거라고, 사랑이나 혁명은 고양이의 꿈처럼 아무도 모르게, 오는 줄도 모르게, 웅크린 작은 고양이가 어느 날 푸른 눈의 늠름한 고양이가 되어 야옹야옹 말을 걸며 다가오는 것처럼……이라고, 언젠가 너는 말했다.

비 오는 초가을 한국, 저들은 무슨 꿈을 꾸며 여기까지 왔을까.

서둘러 식판을 비운 뒤 빠른 걸음으로 풀숲을 걸어, 계단을 두 칸씩 뛰어올라, 『성문종합영어』에서 뜯어낸 책장을 몰래 꺼내 보던 포장 라인 내 친구의 친구는, 그 애의 이름으로 ‘노동자’가 되었을 외사촌은, 방직공장 사장이었던 증조부의 외손자는 어떤 꿈을 꾸며…….

나는 지금도 자판을 보지 않고 영타를 칠 수 있고 원사의 색과 이름을 기억하고 있지만, 그것은 어디에도 쓰이지 못했다. 저금리, 저유가, 저달러, 섬유산업이 수출 100억 달러 신기록을 세우던 호황의 시절, 영세, 중소 업체들은 경쟁을 이기지 못하고 파산하고 몰락했다. 아저씨의 공장도. 모든 것이 날아가버렸다. 강변, 할아버지의 비옥한 땅이, 부자 어머니의 돈이, 날카로운 철망 위로 장미꽃이 피던 이층집 담장이, 눈 내린 정원과 전나무가…… 비싼 값에 사들인 일제 편직 기계와 끊어진 실을 연결하던 직원과 디자이너와 포장 라인 친구들과 마지막엔 아저씨가. '세상이 바뀌고' 있었지만, 아저씨는 한국이 아닌 곳으로 도망치듯 떠났고—그곳은 아름다웠을까—, 다시 돌아오지 못했다.

곧 네 모습이 보일 것이다.

그러나 오후 네 시에서 10분이 지나고 20분이 지나도 너는 오지 않았다.

곧 폐강될 강의를 마친 문 교수가—그 교수의 소설창작 강의를 너는 특별히 좋아했다— 너희를 조금 더 붙잡고 있을지도 몰랐다. 흡연장에서 문 교수를 만나 조금 긴 이야기를 나누고 있을지도 몰랐다.

너를 기다리며 SNS에 올라온 어느 작가의 산문 한 편을 다 읽고, 그 소식, 네가 쓴 소설 속 이름이 떠오르고, 그래야만 한다면 그럴 수 있을 것 같다며 등골을 서늘하게 했던 네가 떠오르는, 그 여름, 흩어진 씨앗들이 도착한 자리를, 온종일 너의 교정에서 마주친 얼굴들을 생각해야 했던 그 '일'을, 내가 알아버릴 때까지, 와야 할 너는 오지 않았다.

"서기 20○○년 소혹성 ○○의 심야 배송 노동자는 오후 8:30분부터 다음 날 오전 7시까지 10시간 30분, 주 6일을 일하다가 '개처럼 뛰고 있긴 해요 —AM 5:24'라는 문자메시지를 남기고 쓰러져 죽었다. 제련소 냉각탑 청소 작업을 하던 하청노동자는 이물질에 맞아 숨졌고, 제련소 옥상에서 작업하던 노동자는 열사병으로 숨졌고, 탱크 모터 교체 작업을 하던 노동자는 비소 중독으로 숨졌고, 제지공장 열아홉 살 청년은 홀로 설비 점검을 하다가 의식을 잃어 죽었다. 열아홉 살 청년이 쓰러진 공장에서 유독 물질 황화가스가 검출되었다. 청년이 쓰러져 죽은 공장에는 백여 명의 청년들이 근무하고 있었다. 8월 13일에는 에어컨 설치를 하던 스물일곱 살 노동자가 폭염에 쓰러져 방치되어 죽었고, 리튬 배터리 공장에서 불이 나 8명 부상, 23명의 외국인 노동자가 숨졌고, 회사 대표는 비숙련 노동자 불법 투입, 대피 경로의 총체적 부실 등의 죄목으로 구속되었다. 8월 7일, ○○건설 공사 현장에서 이동하는 굴착기에 부딪혀 하청노동자가 사망했고, 6월, 경북 청도군 댐 공사 건설 현장에서 50대, 20대, 두 하청노동자가 잠수 작업 중 사망했고,

3월, 경기도 의왕시 공사 현장에서 노동자가 추락해 사망했고, 7월에는 울산 남구의 공사 현장에서, 인천 서구 공사 현장에서…… 사망했다."*

https:www.korea.co.kr/arti/society/society_general/1231737……

산문 아래, 기사 하나가 링크되어 있었다.

"○○공단 25살 여성 K씨가…… ○○대학교 국제통상학과를 졸업한 유학생으로…… 대학에 중요한 현금 공급원인 그들은…… 출입국사무소의 단속 중…… 인간 사냥처럼…… 너무 무서워…… 친구에게 마지막 메시지를…… ○○의 꿈은…… 추락했다."**

마침내 네 모습이 보였다. 비를 맞으며 나무 아래로 가까워지는 너를 보았지만, 나는 링크된 기사를 닫고, 서둘러 운전석에 올랐다. 너는 차 문을 열고 조수석에 앉아 눈을 감았다.

비에 젖은 네 눈꺼풀과 손이 파르르 떨렸다. 네 입이 꿈을 꾸듯 움찔거렸다.

---

* 인터넷 언론사인 민중의 소리에 실린 「이수경의 삶과 문학」 중 "그늘이 없는 세계"에서 인용.
** 2025년 10월 28일, 대구 성서공단에서 아르바이트를 하던 스물다섯 살 베트남 유학생 '뚜안'이 법무부와 출입국 관리 사무소의 강제 합동 단속을 피하다 3층에서 추락해 숨졌다.

엄마…… ㅎㅎㅎ.

사랑이고 혁명이고 미래일 네가 ㅎㅎㅎ, 울기 시작했다.

이수경 | 2016년 〈동아일보〉 신춘문예에 단편소설 「자연사박물관」으로 등단. 소설집 『자연사박물관』 『너의 총합』 장편소설 『마석, 산70–7번지』 등을 출간했다. 대산창작기금, 김만중문학상 신인상, 부마항쟁문학상 등을 수상했다.

이동식 복도

권혜린

두꺼운 유리문 너머로 네 개의 다리가 보였다. 양쪽에 목발을 짚은 윤서였다. 정면을 쳐다보며 서 있었다. 자동문이 아니라 손으로 여닫아야 하는 유리문은 목발러들에게 최악이다. 목발을 짚은 채 몸으로 밀었다가 안 밀리면 반동으로 튕겨 나가 뒤로 넘어질 수 있다. 그러니 윤서도 누군가가 문을 열어줄 때까지 기다리는 것이다. 뛰듯이 걸어갔다. 유리문을 안쪽으로 당겼다. 원래는 밀어야 하지만 부딪힐 수도 있으니 반대 방향으로 힘을 주었다. 문이 열리자 윤서가 치아를 드러내며 웃었다. 눈꼬리가 위로 약간 올라가 가만히 있으면 새침해 보이는데 웃으면 눈이 반달로 접혀 인상이 부드러워 보인다. 피부가 하얘서 페르시안 고양이 같았다.

두-각, 두-각, 두-각. 네 개의 다리가 안으로 들어왔다. 진짜 고양이만큼은 아니겠지만 다리들의 균형이 어느 정도 맞아 보였다. 사흘 전까지만 해도 목발질이 어색했는데 그사이에 늘었다. 겨드랑이에 꽉 끼우지 않고 목발과의 사이에 손가락 세 개가 들어갈 정도로 잘 띄웠다. 목발 위쪽의 딱딱한 부분에 검은색 패드도 덧대었다. 다리보다 겨드랑이가 더 아프다면서 울상을 짓는 윤서에게 알려준 거였다. 겨드랑이가 아니라 팔에 힘을 줘야 했다. 무릎과 골반도 뒤로 빠지지 않았다. 재활 시간에 자세 교정을 잘 받은 것 같았다. 혼자서 연습도 많이 했을 것이다. 20대라는 것도 한몫했을 테다.

목발로 걷는 건 목발 없이 걷는 것보다 체력 소모가 몇 배는 커서 한겨울인데도 윤서의 이마에는 땀방울이 맺혀 있었다. 움직임이 둔해질까 봐 두꺼운 옷도 못 입어서 얇은 바람막이에 패딩 조끼만 입었는데도 말이다. 윤서는 다섯 걸음 만에 건물 안으로 들어왔다. 감사 인사도 빼놓지 않았다.

"고맙습니다, 선생님."

선생님이라고 불러주는 환자들은 거의 없어 들을 때마다 귀가 간지러웠다. 환자들에게 이동 기사는 재활에 가야 하는 시간에 어디선가 나타나는 사람일 뿐이다. 같은 유니폼을 입고 있어 누군지 구분하지도 않는다. 호칭도 붙이는 일이 없는데 윤서는 예외였다.

애교 많은 고양이 같았다. 나도 웃으며 고개를 끄덕였다. 열린 문으로 나가 나무 밑에 섰다. 유일한 흡연 구역이었다. 남색 그물 조끼에 달린 주머니에서 전자 담배를 꺼냈다. 환자들이 많은 공간에서 일하니 금연해야 하는데 쉽지 않았다. 여기에 있는 게 마음 편했다. 병원에서 유일하게 머무를 수 있는 장소였다.

→

나는 복도에 산다. 하루에 여덟 시간 동안 복도에 서 있거나 복도를 걸어 다닌다. 하루에 2만 보 이상 걸어야 할 때도 많아 종아리는 늘 부어 있다. 족욕과 마사지를 매일 하지만 풀리기도 전에 다시 붓곤 했다. 때로는 내가 아니라 복도가 움직였으면 좋겠다고 생각했다. 이동식 복도처럼. 하지만 일은 불러도 오지 않는다. 내가 일을 향해 이동해야 한다. 이동하는 건 언제나 복도가 아니라 나였다.

이동 시간이 되면 병실로 갔다. 침대에 누워 있는 할머니나 할아버지를 일으켜 휠체어에 앉혀야 했다. 그들은 한 번에 일어나주는 법이 없다. 주박 할머니가 특히 심했다. 병실에서 노래를 부르는 일이 많아 주크박스 할머니, 줄여서 주박 할머니로 불렸다. 남편도 죽고 자식도 떠나고 혼자 남았다는 신세 한탄이 들어간 가사인데도 주박 할머니가 걸걸한 목소리로 부르면 속으로 어깨춤을 췄다. 유일하게 흥이 없어질 때가 재활 시간이었다. 어떻게든 빠지고 싶어서 노래하던 입으로 불평을 늘어놓았다. 병실 침대 머리맡에 있는 선반과 휠체어에 거는 목걸이 명찰에 재활 시간이 나와 있는데도, 나를 등진 채 시간이 안 되었다고 벽에 대고 말했다. 주박 할머니를 설득하는 것도 내 역할이다. 프라이팬에 올려놓은 버터처럼 부드러운 말들로 마음을 녹여야 한다. 고개를 계속 돌리지 않는다면 감정에 호소할 수밖에 없다.

"계속 누워 있고 싶은데. 귀찮은데. 아픈데. 해봤자 소용없던데."

"조금만 참고 견디면 더 좋아질 거예요. 나이가 더 많은 분들도 씩씩하게 재활을 받고 있는걸요. 갔다 와서 쉴 시간은 충분해요. 드라마도 보실 수 있구요."

"……."

"저와 가주셔야 퇴근할 수 있어요. 퇴근 못 하면 저는 복도에서 자야 돼요."

주박 할머니의 입만 바라보았다. 그 입에서 버티기에 실패한 뒤 나오는 최후의 말이 흘러나왔다.

"나 좀 일으켜줘."

조심스럽게 부축해야 했다. 힘이 좋은 남자 기사들은 공주님 안

듯이 번쩍 안기도 했다. 노인들보다 조금씩은 젊은 기사에게 안긴
이들은 수줍어했다. 흐흐, 하는 웃음을 흘리기도 했다. 나는 그러지
못해 양쪽 겨드랑이 밑을 받쳤다. 허리를 쓰지 않도록 스쿼트 자세
로 양팔에 힘을 주었다. 도와주면 좋을 텐데 주박 할머니는 힘을 주
지 않았다. 힘이 빠진 노인은 몸무게와 상관없이 무거웠다.

"다리에 힘을 조금만 줘보세요."

"거참, 귀찮게 하네. 이런다고 빨리 나을 것 같지도 않은데."

나의 말은 애원이 되어갔다. 끙, 하면서 발바닥에 힘을 주는 것만
으로도 고마웠다. 휠체어에 주박 할머니를 앉히자마자 한숨이 나
왔다. 가장 위험할 수도 있는 일이 끝났다. 휠체어를 밀고 병실을
빠져나왔다.

재활실로 가는 엘리베이터 앞에 휠체어 군단이 대기하고 있었다.
다섯 개씩 일렬로 선 줄이 네 개. 스무 개의 휠체어가 차례를 기다
렸다. 이동 기사는 다섯 명이다. 한 명이 네 개의 휠체어를 맡아야
했다. 나 외에는 다 남자들이다. 여자 이동 기사가 한 명 더 있었지
만 사흘 전에 그만두었다. 박 씨는 이동하고 싶지 않다고 했다. 노
인들보다 자신의 관절이 더 안 좋아진 것 같다고 했다. 이제 복도가
아닌 방에서, 서거나 걸으면서가 아니라 앉아서 일하고 싶다고 했
다. 그는 아들이 운영하는 치킨집 카운터 자리로 갔다. 아들이 시급

을 제대로 쳐줄 리 없다. 거의 무급으로 일할 것이다. 하루 종일 치킨 냄새를 맡으면서. 병원의 소독약 냄새보다는 나을지도 모른다.

"어유, 오늘 머리 스타일이 아리따우시네요."

김 씨가 휠체어 손잡이를 잡고 앉아 있는 노인에게 말을 걸었다. 긴 머리를 오른쪽으로 모아 땋아서 분홍색 꽃 장식이 달린 머리끈으로 묶었다. 여기에서는 외모를 칭찬하는 말을 해야 한다. 모두 같은 환자복을 입고 있어 모자나 머리핀, 머리띠나 스카프로 최대한 멋을 낸다. 그걸 알아봐주는 게 좋다. 노인은 환하게 웃었다. 재활병원에 5년째 장기 입원 중인 환자이다. 가족들은 3년 전부터 발길을 끊었다. 간호사와 의사들보다도 이동 기사들을 더 자주 본다. 일주일에 한 번씩 목욕을 시켜주고 머리를 감겨주는 요양 보호사들은 대부분 무뚝뚝했다. 말할 힘을 아껴서 목욕시키는 데 썼다. 말없이 머리를 감겨주고 몸을 타월로 벅벅 밀어댄다. 그러니 우리가 친구처럼 말을 걸어줘야 한다. 그게 이들의 유일한 친목이다.

→

윤서는 재활병원에서는 보기 드물게 젊은 환자였다. 호기심이 많은 환자이기도 했다. 취미로 클라이밍을 하다가 떨어져서 오른쪽 발목이 골절되었다고 했다. 후외상성 관절염이 올 가능성이 많고 예후가 나쁜 삼복사 골절이었다. 전치 12주가 나왔다고 말하면서도 웃고 있었다. 고양이처럼 늘어지게 있고 싶었는데 다친 김에 쉬어 가는 거죠. 윤서를 재활실에 데려다주기 위해 처음으로 윤서의 침대로 다가갔을 때 윤서가 말했다. 병실 가장 안쪽에 있는 창가 자리였다. 머리를 양 갈래로 땋고 있어서 어리게 보았는데 스물일곱 살이라고 했다. 나와 딱 30년 차이가 났다. 어렸을 때부터 별명이 고양이라고 했다. 고양이를 닮았다는 걸 잘 아는 것 같았다. 통통하고 흰 팔에 털이 보이는 것 같아 눈을 세게 한 번 감았다가 떴다.

6층에 있는 재활실에서 2층의 병실까지 윤서가 탄 휠체어를 밀었다. 마지막 이동이었다. 석식을 다섯 시에 먹고 야간에는 재활이 없어 일은 네 시가 넘으면 끝났다. 하품이 계속 나왔다. 어제 보일러가 고장 나 전기장판에만 의지해 잤더니 추워서 다섯 번이나 깼다. 그때마다 화장실에 갔고 잠이 안 와 결국 밤을 새웠다. 보일러는 내일 수리된다고 했으니 오늘은 찜질방에 가는 게 나을지도 몰랐다. 집에서 쉬는 것보다야 못하겠지만 조금이라도 잠을 자는 게 중요했다. 몸이 재산인 일이었다. 이동에 제한 있는 사람들을 이동하게 해주는 일을 하는 이들은 이동에 제한이 생기면 안 된다.

윤서의 침대에 도착한 뒤 침대 옆에 휠체어를 바짝 붙였다. 윤서는 휠체어 손잡이를 붙잡은 채 천천히 일어섰다. 체중부하를 100프로 허락받기는 했지만 발바닥과 종아리, 허벅지 근육이 회복되지 않아 허리를 펴고 서지 못했다. 부축해주려고 손을 뻗었다. 다시 거두었다. 윤서는 곧바로 침대 난간을 붙잡고 엉덩이를 붙였다. 화장실 갈 때 휠체어로 간다고 하더니 꽤 안정적인 자세였다. 고양이처럼 유연성이 좋았다. 한번 연상하니 윤서가 자꾸 페르시안 고양이로 보였다. 하긴, 아까 주박 할머니를 병실에 데려다주고 나왔을 때 윤서가 내리막에서 휠체어를 미끄럼틀처럼 타는 걸 보았다. 실수로 미끄러진 줄 알고 소리를 지를 뻔했다. 마무리 인사를 하려고 했는데 다시 하품이 나왔다. 윤서가 내 눈을 쳐다보며 말했다.

"제가 복도에 있을게요. 제 침대에서 조금이라도 쉬세요. 무척 피곤해 보이세요."

"어휴, 그러면 안 돼요. 근무시간에 누워 있는 거 들켰다가는 쫓겨나기 딱 좋지."

"휴게실은 없어요?"

"탈의실 하나가 있고 휴게실은 따로 없지만, 있어도 쉴 시간이 없어요. 서 있는 게 우리 일이지. 복도와 엘리베이터가 내 일터고."

"전 여기 와서 이동 기사라는 직업이 있다는 걸 처음 알았어요."

"일반 병원에서는 간병인 선생님들이 이동까지 해주니까 모를 거예요. 여긴 재활하러 가는 길에 다치면 안 되니까 이동 기사들이 따로 있는 거고. 이것도 큰 병원에나 있는 거지 작은 병원들은 없어요.”

윤서와 말하다 보니 하품이 멈췄다. 퇴근하고 찜질방에 갈 시간이었다. 윤서는 내일 드디어 목욕한다며 들떠 있었다. 이동 침대에 생선처럼 눕혀져 비늘이 벗겨지듯 몸이 박박 밀리면 생각이 달라질 수도 있겠지만 윤서의 기분을 망치고 싶지 않았다. 나야말로 오늘만큼은 다른 사람의 손에 나의 몸을 맡기고 싶었다. 세신사를 둔 찜질방이 있으려나. 돌봄으로 돌아가는 세계에 관해 생각했다. 나의 돌봄을 필요로 하는 사람들에 관해서도.

→

“제가 이번 주 안으로 보내드린다고 했잖아요. 여기까지 오시면 어떡해요?”

엘리베이터에서 내렸을 때 윤서의 목소리가 들렸다. 평소보다 세 배는 커진 목소리였다. 병실로 들어가는 자동문 앞 소파에 한 여자가 앉아 있었다. 윤서는 그 앞에서 휠체어에 앉은 채였다. 여자는 고개를 저으며 말했다.

"그렇게 말하는 사람들 중에서 원고를 제때 보내는 사람을 한 번도 본 적이 없어요. 이미 한 달 늦은 상황 아니에요?"

"일부러 그런 것도 아니고, 다쳐서 그런 건데요. 수술하고 한동안 정신없었어요. 제 상황도 전화와 메일로 다 말씀드렸는데요."

"머리나 손을 다친 게 아니잖아요?"

"병원에 입원 안 해보셨죠? 완전 어수선하다구요. 일에 집중할 수 있는 환경이 아니에요. 게다가 저는 수술 병원에서 한방병원, 재활병원까지 몇 번이나 옮겨 다니느라 정신없었어요. 통깁스를 하면 다리를 계속 거상하고 있어야 하는데 누워서 그림이 제대로 그려지지도 않구요."

"일하다 다친 것도 아니라면서요?"

"그게 무슨 상관이에요?"

"놀, 다, 가 다쳤다면서요. 그만큼 여유가 있었다면 원고부터 보내주셔야 하는 거 아니에요?"

"아니, 제가 그래서 뭐 산재 신청이라도 했나요? 운동하다가 다친 거고, 건강을 위한 거고, 저를 위한 권리를 행사한 거예요."

"그래도……."

"게다가 다친 건 이전 원고를 다 보내고 난 뒤의 일이라구요. 이렇게 환자복 입은 상태로 마주하는 것도 불편해요. 앞으로는 전화나 메일로 연락해주세요."

　윤서는 그 말을 한 뒤 휠체어에서 일어나려고 했다. 양손으로 휠체어 손잡이를 짚고 허리를 들었다. 위험한 행동이었다. 달려가서 윤서의 양어깨를 부드럽게 눌렀다. 윤서도 자신의 행동을 깨달았는지 어깨가 움찔거렸다. 어깨를 짚은 채 여자에게 말했다.

　"지금 독감이 유행 중이라 면회 시간이 5분으로 제한되어 있습니다. 시간도 초과된 것 같고 마스크도 안 쓰셨네요. 환자분들의 건강을 위해 이만 돌아가주세요."

　평소보다 더 부드럽게 웃었다. 여자는 미간을 찌푸린 채 입술을 달싹였다. 주변을 두리번거리며 문으로 들어가려는 다른 환자들과 이동 기사들, 간호사들을 보기도 했다. 소파에서 일어난 여자는 인사도 없이 엘리베이터로 향했다. 엘리베이터에 타서도 뒤돌아보지 않았다. 엘리베이터 문이 닫히고 움직이기 시작했을 때 윤서가 내 얼굴을 쳐다보았다. 눈에 물기가 어려 있었다.

　"먹고사는 게 힘들어요. 게을러서 안 보낸 것도 아닌데 사정도 안 봐주고. 다친 것도 억울한데 눈물이 절로 나네요."

　"그래도 잘리지는 않았으니……. 보통 골절 환자들은 회복 기간이 길어서 휴직으로는 부족해 퇴사하는 일이 많더군요."

　"그건 그래요. 골절 카페에서 눈물 젖은 후기 많이 봤어요."

윤서가 휠체어 바퀴를 굴리려고 했다. 오른쪽 손등에 그려져 있는 긴 꼬리가 보였다. 뱀인 줄 알았는데 들여다보니 고양이 꼬리였다. 윤서의 손 위에 내 손을 올렸다. 꼬리를 만지는 것 같았다. 휠체어를 천천히 밀어 병실로 갔다. 병실 번호도 외웠다. 203호. 윤서는 침대에 올라가지 않고 냉장고 문을 열었다. 냉장고 안에서 병으로 된 토마토주스를 두 병 꺼냈다. 하나를 나에게 내밀었다. 사양해야 하는데 그러지 못했다. 주스를 받아서 손에 쥐었다.

"제 원고 담당자예요. 두 달에 한 번, 잡지에 실리는 만화를 그리고 있어요. 1분이라도 늦으면 독촉하기 때문에 웬만하면 하루 전에 보내려고 하고 있어요. 이번에는 어쩔 수 없는 상황이었잖아요."

"그럼요. 누구도 막을 수 없지요. 평소에 그렇게 성실했으면 한 번쯤은 배려해줄 법도 한데."

"회사는 그게 진짜 안 되더라구요. 확 그만두고 싶기도 한데, 재활병원에 언제까지 있을지도 모르고…… 나중에 후유장해 신청도 하겠지만 보상도 얼마나 받을지 알 수 없어서 일을 다 그만둘 수가 없어요. 돈 없으면 아프면 안 되는데……."

땅! 윤서가 토마토주스 병을 땄다. 주스를 마시지 않고 뚜껑을 손에 들었다.

"뚜껑 따는 소리, 꼭 달리기 출발 소리 같아요. 지금 제대로 걸을 수도 없는데 걷는 법도, 뛰는 법도 잊어버릴까 봐 불안해요."

"……"

"지금 제가 가장 무서운 게 뭔지 아세요?"

"……뭔가요?"

"화재경보기가 울리는 거예요. 머릿속으로 시뮬레이션을 해봤는데, 영 답이 없어요. 지금 이 다리로 기어서 갈 수도 없고, 계단에서 콩콩이로 뛰지도 못하고. 그냥 그대로 죽는 거 아니에요?"

어떤 말을 해주어야 할지 알 수 없었다. 토마토주스 병을 땄다. 땅! 정말 그런가? 윤서의 말처럼 달리기 출발 소리로 들리지는 않았다. 뚜껑을 따는 소리일 뿐이었다. 불의 색을 닮은 토마토주스를 한 입 마셨다. 불처럼 맵지 않고 달콤했다. 케첩 맛이 나는 게 싫어서 평소에는 찾지 않는 주스였다. 두 입, 세 입을 연달아 마셨다. 역시 매운 말보다는 달콤한 말을 해주는 게 좋을 것 같았다.

"걱정 말아요. 화재경보기가 울리면 제일 먼저 윤서 씨한테로 올게요. 위급 상황이 생겼을 때 대피를 돕는 것도 내 일이니까요."

→

삐이이이이이이이이이이이익—

화재경보기가 울렸다. 석식 시간 10분 전이었다. 퇴근 시간이기도 했다. 퇴근하기 전에 환자들에게 택배를 가져다주려고 지하 1층의 택배 보관실에 와 있었다. 경보기 소리를 듣자 윤서의 말이 생각났다. 양치기 소년의 장난일 거야. 화재경보기가 고장 났을 수도 있고. 심장이 두근거렸지만 고개를 저었다. 지난번에도 한 보호자가 전자레인지에 쓰지 못하는 그릇을 넣었다가 연기가 나서 화재경보기가 울린 적 있었다. 윤서가 입원하기 전이었다. 윤서처럼 다리가 골절된 환자들이 그때 어떻게 했는지를 생각했다. 병실 문 앞의 복도까지 한 뼘 나온 게 전부였다. 엘리베이터를 탈 수도 없고 계단을 내려갈 수도 없어 제자리에 서 있기만 했다. 택배를 쥐었던 손에서 힘이 풀렸다. 택배가 바닥에 떨어졌다. 장난이나 고장이라고 할지라도 윤서에게 가봐야 할 것 같았다. 택배는 내일 가져다주어도 늦지 않았다.

입구로 가려고 할 때였다. 발목과 종아리가 축축했다. 아래를 보았다. 물이었다. 불이 아니라 물이 문제였다. 밖에서 물이 흘러 들어오고 있었다. 댐이 터진 것처럼 빠른 속도로 물이 찼다. 한 걸음 내디뎠다. 다리가 무거웠다. 조끼에서 휴대폰을 꺼냈다. 119에 신고했다. 물이 어디에서 들어오는지 알 수 없었다. 배수관이 터졌을 수도 있었다. 물이 허벅지까지 차올랐다. 몸이 떨리기 시작했다. 물

살을 헤치며 한 걸음씩 내디뎠다. 입구 쪽 문에 손이 닿았다. 문고리를 잡았다. 밧줄처럼 붙잡고 나가려고 했다. 물이 계속 들어오고 있어 쉽지 않았다. 여기 사람 있다고 외치고 싶었지만 소리도 나오지 않았다. 몸이 휘청거렸다. 문고리를 잡은 손에서 힘이 조금이라도 풀리면 엉덩방아를 찧을 것 같았다.

허벅지와 발목에 힘을 주었다. 이런 데서 혼자 마지막을 맞이하고 싶지 않았다. 복도에서 일하는 사람, 이동이 일하는 거고 일하는 게 이동인 직업이 이럴 때 도움이 되었다. 단련된 허벅지와 종아리 근육이 물속에서도 꼿꼿이 서 있게 해주었다. 문밖을 몇 걸음만 나서면 계단이 있었다. 난간을 붙잡고 계단을 올라가기 시작했다. 뒤를 보지 않기 위해 노력했다. 눈을 감고 싶었지만 참았다. 열 개쯤 되는 계단을 올라 코너를 돌아서 다시 열 개쯤 되는 계단을 올랐다. 드디어 물 밖으로 나왔다. 계단을 다 오르자 긴장이 풀렸다. 몸의 떨림은 멈추지 않았다.

난간을 붙잡은 손을 뗐을 때였다. 누군가가 나의 팔을 잡아당겼다. 뒤로 넘어갈 뻔했다. 심장이 탱탱볼처럼 아래로 떨어졌다가 튕겨 나갔다. 헉, 하고 숨을 몰아쉬었다. 고개를 돌렸다. 주박 할머니였다. 휠체어도 없이 어떻게 병실 밖으로 나왔는지 알 수 없었다. 주박 할머니가 내 쪽으로 한 걸음 더 다가왔다. 계단으로 굴러떨어질 것 같아 옆으로 한 걸음 피했다.

"……내…… 택배…… 줘."

"할머니, 급한 택배예요? 물 때문에 지금 택배가 다 젖었을 텐데……."

"지금…… 필요해."

"안에는 안 젖었을 수도 있으니 내일 제가 갖다드릴게요. 일단 여기에서 나가요. 저랑 같이 병실로 가요. 네?"

"싫어…… 지겨워…… 병원."

주박 할머니가 난간 쪽으로 방향을 틀었다. 계단으로 내려가려는 것 같았다. 물은 코너 아래쪽 계단까지 차올라 있었다. 주박 할머니의 팔을 붙잡았다. 주박 할머니가 내 손을 뿌리쳤다. 강한 힘이었다. 주박 할머니는 한 걸음씩 느리게 계단을 내려갔다. 다친 사람처럼 보이지 않았다. 그동안의 긴 재활이 효과가 있었나, 하고 생각할 정도였다. 주박 할머니를 따라 계단을 내려가려고 할 때였다. 다리가 미끄러졌다. 신발에 물기가 묻어 있어서 그런 것 같았다. 엎어졌다. 일어서야 하는데 다리에 힘이 들어가지 않았다. 쥐가 난 것 같았다. 물이 위쪽 계단까지 올라왔다. 주박 할머니의 몸이 물 위로 둥실 떴다. 주박 할머니가 수영이라도 하는 것처럼 팔과 다리를 허우적거렸다. 물은 곧 내 위로도 덮쳤다. 나처럼 물속에 잠긴 주박 할머니가 보였다. 주박 할머니를 부르고 싶었지만 입을 열자마자 물이 입속으로 들어왔다.

"언니!"

언니라니, 내 나이가 몇인데 언니 소리를 듣나. 조금 있으면 은퇴할 나이였다. 고개를 들었다. 고개를 들어도 물 밖이 아니었다. 물이 코와 입으로 동시에 들어왔다. 쥐가 난 다리를 주무르기 위해 팔을 다리 쪽으로 뻗었다. 다리에 닿지 못한 팔이 물속에서 나풀거렸다. 그 팔에 무언가가 닿았다. 물 밖으로 윤서의 얼굴이 희미하게 보였다. 윤서가 나에게 팔을 내민 것 같았다. 자세히 보니 팔이 아니었다. 목발이었다. 은색 목발을 힘껏 잡아당겼다. 은빛 고양이의 팔을 잡는 것 같았다. 윤서가 휘청거렸다. 넘어지지는 않았다. 목발을 잡은 손에 힘을 더 주었다. 몸을 일으켰다. 추웠다. 너무나도 추웠다. 여러 개의 발소리가 들렸다. 소방대원들이 온 것 같았다.

→

"전 노트북이 전투복이자 무기나 마찬가지인데…… 물가도 아니고 병원에서 노트북이 침수되었다고 하면 담당자가 믿어줄까요?"

다음 날, 윤서의 병실에 감사 표시를 하러 가던 중에 1층에서 윤서를 만났다. 병실에서는 집중이 안 되어서 몰래 카페에 가려고 내려온 거였다. 5년 넘은 낡고 얇은 가방이 노트북을 보호해주지 못했다고 했다. 노트북을 보상해주겠다고 하는 나의 말에 윤서가 고개를 저었다.

"어차피 노트북도 5년 넘게 쓴 거예요. 가방이랑 같이 샀는데 가방만큼 낡았겠지요. 퇴원하면 새로 하나 사려고 해서 그건 문제없는데, 그동안 원고를 못 하면 담당자가 난리 칠 것 같아서 벌써 피곤하네요."

윤서를 돕고 싶었다. 누구를 도울 처지가 아니기는 했다. 팔에 깁스를 하고 있기 때문이었다. 목발을 세게 잡아당겨서 왼팔의 인대가 늘어나 한 달 동안 반깁스를 하고 있어야 했다. 윤서는 자신 때문에 그런 거라고 미안해했다. 윤서가 미안해할 일이 아니었다. 오른팔이 다치지 않았으니 운이 좋았지만 오른팔이 멀쩡해서 일을 계속해야 한다는 건 불행이기도 했다. 일을 쉬는 것도 불안했다. 한 달이라도 공백이 생기게 하고 싶지 않았다. 이 일을 구하는 데 1년 넘게 걸렸다. 일은 애타게 불러도 오지 않을 때가 많았다. 자격증이 필요 없어 지원하기는 쉬웠지만 힘을 쓰는 일이다 보니 이동 기사는 대부분 남자를 뽑았다. 급식 담당자는 여자였지만 그 일은 나와 맞지 않았다. 여러 음식 냄새가 뒤섞인 곳에 있으면 헛구역질이

나왔다. 그러니 윤서가 일을 못 한다는 것에 마음이 쓰였다. 장소가 어디든 컴퓨터만 있으면 될 것 같았다. 나와 가까운 곳에도 컴퓨터가 있었다.

"……그럼, 우리 집에 가서 원고 할래요? 성능이 좋지는 않지만 집에 컴퓨터가 있기는 해요."

"헉, 그래도 돼요?"

"그럼요. 외박 허락받고 나 퇴근할 때 집에 함께 갔다가 내일 같이 출근해요."

나의 제안에 윤서는 카페로 가려던 발걸음을 돌렸다. 윤서와 함께 병실로 갔다. 윤서가 침대에 앉으며 말했다.

"선생님 집에 놀러 간다니 벌써 신나요! 그런데 실례되지 않는다면 선생님 성함을 여쭈어봐도……."

"……한미련 씨! 수간호사님이 찾으세요."

호칭이 언니에서 선생님으로 다시 바뀌었다는 걸 물어보기도 전에, 내 이름을 대답하기도 전에 이 간호사가 나를 불렀다. 한과 미련이 뚝뚝 묻어나는 이름이라 여기에서는 내 이름을 잘 알려주지 않았다. 이름이 필요 없는 일이기도 했다. 씨, 라고 나를 부르는 간호사의 말을 들으니 얼굴이 붉어졌다. 윤서의 얼굴에서도 웃음기가 사라졌다. 입꼬리를 겨우 올려 웃었다. 왜 갑자기 면담을 하는지 알 수 없었다. 면담 장소는 따로 없었다. 복도로 나가기만 하면 되었다.

이 간호사를 따라 병실을 나섰다. 복도에 수간호사가 서 있었다. 병실 문이 열려 있어 윤서도 이야기를 다 들을 수 있는 장소였다. 복도를 이동시키고 싶었다. 아무도 이야기를 듣지 못하는 곳으로.

"어제 물탱크가 갑자기 터진 이유를 찾고 있는데요. 혹시 뭐 알고 계신 거 없으세요? 택배 보관실에 가장 마지막까지 남아 있었으니까요."

"……잘 모르겠어요. 택배를 가져가려고 하던 차에 물이 들어와서 정신없었어요."

"가만히 있던 물탱크가 저절로 터진다는 것도 이상하잖아요? 퇴근을 앞두고 갑자기 택배를 찾으러 간다는 것도 이상해요. 급한 일도 아닌데."

"그냥, 그러고 싶었어요. 그게 뭐 잘못되었나요?"

범인으로 몰리는 것 같아 말이 날카로워졌다. 업무도 많고 책임자니까 예민할 수도 있지, 이렇게 넘기고 싶었다. 수간호사라는 위치가 스트레스를 많이 받는다는 것도 알고 있었다. 그래도 이건 아니었다. 내가 이리저리 이동한다고 해도 이 병원에서 일하고 있는 사람이었다. 수간호사가 미간을 찌푸렸다. 인상을 쓰고 있는 게 기본값인 사람인데 거기에 더 힘을 주니 빗길에 난 타이어 자국 같았다.

"……내 택배, 택배 찾으러 갔어."

복도로 나온 주박 할머니가 말했다. 수간호사가 표정을 풀지 않은 채 답했다.

"할머니한테 택배 올 게 있어요?"

"있어, 준배가 보낸 거."

"아드님이요? 병원에 안 오신 지 꽤 되지 않았어요?"

"못 오니까 택배 보낸 거지! 내가 갖다 달라고 했어!"

주박 할머니가 소리를 질렀다. 작은 체구에서 어떻게 저런 소리가 나오나 싶을 만큼 큰 소리였다. 복도뿐만 아니라 병실에 있는 사람들에게도 다 들릴 법했다. 수간호사가 귀를 막았다. 나는 귀를 막지 않았다. 수간호사가 귀를 막은 채 물었다.

"뭘 보냈는데요?"

"내가 그걸 어떻게 알아? 다 젖었는데!"

→

고장 난 보일러를 빨리 고친 게 다행이었다. 내가 사는 원룸에 들어온 윤서는 인테리어고 뭐고 볼 게 하나도 없는데도 계속 감탄했다. 이 나이 먹도록 자가 하나 없이 월세 사는 신세인데 부러울 게 뭐가 있나. 그나마 부양해야 할 가족이 없어서 빚이 늘어나지는 않았다. 이 원룸마저 사라질까 봐 동물도 키우지 못했다. 침대 옆 협탁에 있는 작은 몬스테라 화분이 전부였다. 그것도 박 씨가 퇴사하면서 집에 있던 화분에서 분갈이해 선물로 준 거였다.

한쪽 목발로 현관에 들어온 윤서는 벽을 짚은 채 신발을 벗었다. 주머니에서 물티슈를 꺼내 목발 밑부분을 닦았다. 고양이가 그루밍을 하는 것 같았다. 그러지 않아도 된다고 했지만 고개를 저었다. 외국처럼 신발 신고 집에 들어가는 문화도 아니고, 목발이 지금 자기의 발이나 마찬가지이니 당연히 닦아야 한다고 했다. 윤서가 다시 목발을 짚었다. 컴퓨터가 놓인 책상 쪽으로 걸어가 의자에 앉았다. 목발은 옆에 있는 벽에 세워두었다. 테이블이 없어서 화분을 바닥에 내려놓고 협탁을 한쪽 손으로 끌어 책상 쪽으로 가져갔다. 냉장고에서 플라스틱병 커피 두 개를 꺼냈다. 한 손으로는 주전자에 물을 끓여 커피 타는 것조차 번거로워서 박스로 사두길 잘했다. 윤서는 목이 말랐는지 커피를 한 번에 반 정도 마셨다.

"여기에서는 일이 진짜 잘될 것 같아요. 전 집에서는 집중이 안되어서 일을 못 하거든요. 그래서 카페나 도서관을 전전하며 일하는데, 제 방 하나 없다 보니 복도에서 일한다는 느낌이 많이 들어요. 처음에는 명찰과 명패가 있는 친구들이 부러웠는데, 사실 제일 부러웠던 건 고정된 책상과 방이었던 것 같아요."

"나 역시…… 방 없이 복도에서 일하고 있는걸요. 휠체어를 열심히 밀기만 하면 된다고 주문을 걸고 있지만 그 어느 것도 보장된 건 없네요. 조금만 삐끗하면 복도에서도 떨어지는 게 내 일이죠."

"병원 밖에서는 언니라고 불러도 돼요? 그때는 너무 급해서 언니라는 말이 저절로 나와버렸는데, 사실 언니라고 부르고 싶어요. 전 외동이라서 언니 있는 친구들이 제일 부러웠거든요."

"그래요, 그러도록 해요."

"아싸! 그럼 저 이제 일할게요. 마감 치고 나면 우리 치킨 시켜 먹어요. 지금 MT 온 것 같고 너무 신나요!"

입이 동굴처럼 벌어진 윤서가 귀여워 웃었다. 커피를 들고 침대로 향했다. 집에 왔지만 놀러 온 것 같았다. 윤서가 가방에서 패드를 꺼냈다. 컴퓨터와 연결해서 만화를 그리는 패드라고 했다. 침대에 누워 있으니 윤서가 그리는 만화가 잘 보였다. 만화에도 고양이가 나왔다. 흰색 고양이가 집사에게서 등을 돌리고 있었다. 집사와 고양이 사이에 검은 발자국들이 그려져 있었다. 집사가 말했다. 고양이는 왜 불러도 안 오는 거야? 고양이가 대답했다. 고양이는 불러도 안 가. 네가 찾아와야지. 집사가 말했다. 어떻게? 고양이가 다시 말했다. 어떻게든. 펜이 사각거리는 소리와 마우스 움직이는 소리가 편안했다. 졸음이 몰려왔다. 말풍선들이 뭉개지기 시작했다. 우리 집에 와 있는 흰색 고양이를 생각했다. 눈이 서서히 감겼다.

→

조심한다고 했는데도 깁스한 팔이 움직였는지, 염증이라도 생겼는지 팔이 더 아파 오기 시작했다. 깁스를 깨봐야 할 수도 있었다. 그것도 퇴근 이후에 처리할 일이었다. 퇴근할 때까지는 한쪽 팔로라도 휠체어를 밀어야 했다. 다른 이동 기사들은 나에게 가벼운 할머니들만 골라서 가도록 해주었다. 주박 할머니도 그중 하나였다. 한쪽 팔을 못 쓰니 쉽지 않았다. 휠체어에 탄 사람들이 발판에서 발을 떼어 같이 굴려주면 좋을 것이다. 원칙상 환자들이 발판에서 발을 떼는 것은 금지되어 있었다. 도와주고 싶은 호의에 그 말을 한다고 해도 한쪽 팔로 손사래를 쳐야 했다.

주박 할머니는 고개를 숙인 채 휠체어에 앉아 있었다. 오른쪽 팔로 휠체어 손잡이를 잡았다. 몸을 대각선으로 틀었다. 왼쪽 배를 왼쪽 손잡이에 대었다. 한 걸음 앞으로 나아갔다. 휠체어가 비틀거렸

다. 주박 할머니가 고개를 들었다. 뒤돌아 나를 보았다. 무표정이었
다. 화를 내는 것도 아닌데 어깨가 움츠러들었다. 깁스를 풀 때까지
휴직계를 내야 하나. 주박 할머니가 고개를 다시 앞으로 돌렸다. 그
때, 갑자기 휠체어가 움직이기 시작했다. 오른쪽 손이나 왼쪽 배에
힘을 주지 않았는데도 말이다. 왼쪽 손잡이를 움켜쥔 손이 보였다.
윤서의 오른손이었다. 손등에 있는 고양이 꼬리가 휠체어의 손잡
이와 연결된 것처럼 보였다.

"저 이제 드디어 목발 뗐어요!"

윤서가 웃으며 말했다. 나도 함께 웃었다.

"복도에서 열심히 연습한 보람이 있네. 한 걸음씩 뗄 때마다 안쓰
러웠는데."

"당분간 안전을 위해 지팡이 짚고 다녀야 하지만, 지금은 이 휠체
어를 지팡이처럼 사용하면 돼요. 저도 어차피 걷는 게 재활이니까,
운동 삼아서 같이 해요."

윤서가 왼쪽 손에 든 지팡이를 살짝 들어 보였다. 미끄럼 방지를
위해 네 개의 갈라진 고무 패킹을 단 검은색 지팡이였다.

"그래도 이런 거 시키면 안 되는데……."

"윤서식 재활법이니까요. 괜찮아요. 그럼 대신 이따 쉬는 시간에
자판기에서 음료수 하나만 사주세요. 병원에 있으니까 단 게 땡기

더라구요."

나는 흔쾌히 고개를 끄덕였다. 다른 이동 기사들은 우리를 보면서도 보지 않았다. 모른 척해줘서 고마웠다. 우리는 휠체어 손잡이를 한쪽씩 잡고 이동했다. 윤서는 휠체어 손잡이를 지팡이처럼 지탱하고 한 걸음씩 떼었다. 윤서가 있어 내 몫으로 주어진 네 개의 휠체어를 엘리베이터에 한 번에 실을 수 있었다. 엘리베이터에도 열림 버튼을 누르지 않고 빠르게 탔다.

"나 사실, 택배 뭐 보냈는지 알아."

엘리베이터가 올라가기 시작했을 때 주박 할머니가 말했다.

"뭔데요?"

"음악 들어 있는 통. 예전에 내가 들었던 거. 내가 병원에서 음악 듣고 싶다고 했거든. 전화기엔 음악 넣을 수가 없어."

"아, MP3 말씀하시는 거예요?"

"그게 뭔데?"

"아니, MP3가 아니라 이동식 주크박스일 것 같아요."

"주…… 뭐?"

"그런 게 있어요."

주박 할머니의 노래가 통에 담겨 이동하는 것을 상상했다. 병실 안에서만 듣는 것보다는 좋을 터였다. 2층에서 탄 엘리베이터는 6층까지 올라가는 동안 층마다 멈췄다. 엘리베이터에 간호사나 의사가 타면 윤서는 손잡이를 놓고 나와 조금 떨어져서 섰다. 6층에 도착했다. 밖에서 다른 이동 기사가 열림 버튼을 눌러주었다. 윤서와 리듬을 맞추어 주박 할머니의 휠체어를 밀었다. 뚜—꺅, 뚜—꺅, 뚜—꺅. 다른 세 개의 휠체어들도 똑같이 했다. 윤서와 손잡이를 하나씩 나눈 덕분에 내 몫으로 주어진 휠체어들이 엘리베이터 안에 들어갔다가 빠져나왔다. 매일 했던 일인데도 이인삼각을 하는 것처럼 새로웠다. 나의 복도가 조금씩 이동하고 있었다.

권혜린 | 제7회 교보문고 스토리공모전 단편 부문에서 수상하였으며, 장편소설 『불가사리 전선』(2010)과 『부어스, 별을 따는 사람들』(2021, 우수출판콘텐츠 선정작), 『2020 제7회 교보문고 스토리공모전 단편 수상작품집』(공저)을 출간하였다.

이별을 그딴 식으로 하는 사람

고은규

오전 7시 42분, 내가 탄 광역버스에서 비지스의 〈스테잉 얼라이브〉가 끈질기게 흘러나왔다. 운전기사는 예순 전후로 보이는 평범한 인상의 남자였다. 그는 〈스테잉 얼라이브〉 딱 한 곡만 반복해서 들었다. 음악 소리가 컸다면 나는 볼륨을 줄여달라고 말했을 것이다. 하지만 그는 차내 스피커가 아닌 자신의 휴대폰으로 음악을 들었고 딱히 시끄럽다고 하긴 애매한 볼륨이었다.

몇 해 전, 중이염을 앓은 이후 이어폰을 끼지 않았다. 그래서 나는 하차할 때까지 꼼짝없이 〈스테잉 얼라이브〉의 무한 루프에 빠져야 했다. 반복 재생되는 노래는 내 신경을 자극하기에 충분했다. 운수회사 고객센터 홈페이지로 들어갔다. 게시판에 글을 쓰려면

번거로운 회원 가입을 해야 했다. 나는 항의용 글쓰기를 포기하고 윤오에게 메시지가 왔는지 확인했다.

서른이 되던 해, 나는 컴퓨터 전문 서적을 출간하는 회사의 편집자로 일하다가 저자였던 윤오를 만났다. 그는 '멀티스레딩 완전정복'이라는 원고를 내가 다니던 출판사에 투고했다. 사장은 그의 원고를 매우 마음에 들어 했다. 우리는 평일 오후 9시경 남현동의 한 커피숍에서 만나 계약서를 작성하기로 했다. 알고 보니 그는 나와 같은 동네에 살았다. 그는 10시가 다 되어 같이 일하는 후배를 데리고 나타났다. 그들은 며칠 집에 못 들어간 것처럼 초췌해 보였다. 계약서에 도장을 찍은 윤오는 나를 보고 수줍게 웃었다.

윤오는 이메일로 해결할 수 있는 일도 핑계를 만들어 출판사 앞으로 왔다. 그때마다 내 앞에서 자잘한 실수를 했다. 이를테면 자기 손가락까지 넣고 문을 닫는다든지, 신발을 짝짝이로 신고 나온다든지 하는. 나는 그가 나사가 여러 개 빠진 사람처럼 느껴졌다. 한번은 책의 목차에 대해 상의할 것이 있다며 회사 앞으로 왔다. 새 옷을 사 입었는지 외투와 양복바지, 그리고 신발까지 아주 말끔해 보였다. 우리는 어느 고급 중화요릿집에 가서 식사를 하며 목차에 대해 이야기했다. 그런데 식사를 마치고 막상 계산대 앞에 서자 그가 허둥대기 시작했다. 외투 주머니 두 개, 조끼 주머니 두 개, 바지 주머니 네 개, 자기 옷에 달린 주머니란 주머니는 샅샅이 뒤졌다. 발갛게 상기된 그의 얼굴에서 땀이 줄줄 흘렀다.

"아, 작가님. 제가 계산할게요."

그는 지갑을 차에 두고 온 것 같다고 말한 후 식사비를 송금해주겠다고 했다. 그러고는 일단 같은 방향이니 차에 타라고 했다. 종각에서 남현동까지 가는 길은 험난했다. 예고도 없이 눈이 쏟아졌기 때문이다. 첫눈이었지만 마냥 즐겁지만은 않았다. 그런데 도로 한가운데서 그가 불안해하는 것 같았다.

"작가님, 무슨 일 있으세요?"

"아, 그게. 동희 씨 보러 후다닥 오느라…… 주유소에 못 들렀어요."

윤오는 당황한 내 얼굴을 보다가 씩 웃어 보인 후 그래도 괜찮다고 주유소까지 2킬로도 안 남았다고 했다. 하지만 가다 서다를 반복했기 때문일까. 도로 1차선에서 시동이 꺼졌다. 사정을 알 리 없는 사람들이 빨리 가라고 경적을 여러 번 눌렀다. 그는 비상등을 켜고 보험회사의 긴급 출동 서비스를 신청했다. 히터가 꺼지자 한기가 밀려왔다. 그런데 윤오가 다급한 목소리로 말했다.

"아, 저기 고양이가 있어요."

나는 반응하고 싶지 않았다. 고양이보다 더한 것이 있더라도. 그는 내 팔을 툭 친 후 손으로 어느 한 곳을 가리켰다. 하얀 눈 사이로 회색 털 뭉치 같은 것이 중앙선을 통통 뛰어다니고 있었다. 윤오는 차에서 내려 고양이가 있는 곳으로 뛰어갔다. 작은 털 뭉치가 자신도 네 개의 발이 있다는 걸 보여주려고 했던 것인가. 중앙선을 따라 더 빨리 내달리기 시작했다. 윤오와 고양이의 추격전은 생각보다 오래 걸렸다.

차로 돌아온 윤오는 자신의 목도리로 감싼 고양이를 나에게 보여주었다. 고양이가 앙칼지게 울어댔다. 긴급 출동 기사가 온 건 그로부터 30분이 지난 뒤였다. 기사는 주유구에 휘발유를 넣어준 후 20킬로미터는 갈 수 있다고 말했다. 윤오는 운전대를 잡기 전 나에게 고양이가 차 안 어딘가로 숨으면 정말 큰일이 난다며 잘 안고 있으라고 했다. 나는 얼떨결에 고양이를 안았다. 공포와 불안으로 얼룩진 고양이가 푸르스름한 눈으로 나를 뚫어지게 올려다보았다.

"너 엄마랑 헤어졌어?"

고양이 대신 윤오가 답했다.

"버린 거 같아요."

갑자기 가슴이 묵직해졌다. 나의 어느 한 시절이 떠올랐다. 그때 내 눈동자도 이렇게 푸르스름했을까. 생각에 잠겨 있는 나에게 윤오는 말했다.

"이젠, 얘를 어떻게 하죠?"

그의 질문에 나는 이유 없이 화가 났다. 그래서 쌀쌀맞은 목소리로 모르겠다고 말했다. 온 힘을 다해 버둥거리던 고양이가 잠이 들었는지 움직이지 않았다.

주유소까지 500여 미터를 앞두고 경사가 있는 4차선 도로를 만났다. 20여 미터 앞에서 달리던 승합차의 바퀴가 헛돌며 인도로 미끄러졌다. 윤오는 조수석의 창문을 내리고 승합차 운전자를 향해 소리쳤다.

"도와드릴까요?"

어느새 운전석 차 문이 열렸고 차 안으로 매서운 바람과 흰 눈이 들이쳤다. 윤오는 승합차 쪽으로 뛰어가서 승합차 조수석에서 내린 사람과 차 꽁무니를 밀었다.

차로 돌아온 윤오를 보자 웃음이 났다. 눈을 뒤집어쓴 것도 그랬지만 그의 목 뒤로 가격표가 한 개도 아니고 두 개가 나와 있었다.

"작가님. 택 제거 안 하셨나 봐요."

내가 그의 목 뒤를 가리켰다.

"아, 이런."

그는 콘솔박스에서 가위를 찾아 나에게 주었다. 나는 그의 외투와 조끼에 붙은 가격표를 잘랐다. 그는 곱슬머리였고 가까이서 보니 부드러운 결의 갈빛이었다. 나는 순간 그의 머리카락이 참 예쁘다고 생각했다. 그런데 윤오가 나를 빤히 쳐다보며 느닷없는 질문을 했다.

"동희 씨, 남친 없지요?"

그의 질문이 무례하게 느껴졌다. 나는 그의 예상을 빗나가게 해주고 싶었다.

"결혼할 남자 친구 있어요."

그는 당황해하며 어색하게 웃어 보였다. 그러고는 혼잣말처럼 말했다. 사장님은 그렇게 말씀 안 하셨는데.

윤오의 원고 '멀티스레딩 완전정복'은 컴퓨터 관련 책을 여러 권 편집한 인희가 담당하기로 했다. 나는 윤오의 원고가 어려웠기 때문에 담당자가 바뀐 걸 다행이라고 생각했다. 하지만 막상 담당자가 바뀌니 이상하게 마음이 복잡해졌다. 옆자리에 앉은 인희가 윤오와 통화를 하면 쾌활한 윤오의 목소리가 휴대폰 밖으로 흘러나왔다. 인희는 그의 말끝마다 과하다고 느껴질 정도로 크게 웃었다.

윤오의 책은 출간한 지 얼마 되지 않아 프로그래밍 분야에서 1위를 했다. 인희는 회의 때마다 저자인 윤오를 칭찬했다. 사장은 윤오의 다음 책도 우리 출판사에서 내야겠다고 했다. 구두상으로는 윤오도 이미 동의를 한 상태였다. 그런데 인희가 급성 맹장염으로 입원을 하던 날, 사장은 인희 대신 나에게 출간 계약서에 도장을 받아 오라고 했다. 나는 담담한 척했지만 어떤 기대감 같은 게 있었다. 첫눈이 오고 4, 5개월이 지난 시점이었다. 나는 그에게 전화를 걸었다.

"동희 씨가 어쩐 일로."

나는 건조한 목소리로 용건을 이야기했다. 그는 일이 바쁜지 통화 중에 여러 번 잠시만요, 라고 말한 후 누군가와 이야기를 나누었다.

"일이 밀려 언제 퇴근할지 모르겠네요."

"네, 그럼 작가님 가능한 시간에 연락 주시겠어요?"

그는 알겠다고 하고 전화를 끊었다. 내가 전화를 건 시간은 금요일 낮이었다. 금요일 저녁은 물론 토요일과 일요일 낮까지 그의 전화를 기다렸다. 청소기를 천천히 돌리고 옷장 정리를 하며 시간을 보냈다. 일요일 오후 세 시에 늦은 점심으로 짜장면을 시켜 먹고 욕실의 묵은 때를 벗겨냈다. 시간이 더디게 흐르는 것 같았다. 입욕을 하려고 욕조에 뜨거운 물을 받았다. 습기에 약한 구형 휴대폰을 랩으로 둘둘 감았다. 공기 진동이 차단돼서일까. 소리가 뭉개졌다. 물이 식어 뜨거운 물을 틀려고 할 때 휴대폰이 울렸다. 기다리던 윤오의 전화였다. 그는 내 말이 잘 안 들린다고 했다. 나는 잠깐 기다리라고 하고 물에 퉁퉁 분 손으로 랩을 벗겨냈다. 하지만 비누가 손안에서 스르르 빠지듯 휴대폰을 놓쳤다. 물에 빠진 휴대폰 화면이 검게 변했다. 나는 망연자실한 표정으로 휴대폰을 보았다.

욕조에서 나와 수건으로 머리카락의 물기를 대충 닦은 후 트레이닝복으로 갈아입었다. 그러고는 윤오가 산다는 집이 어딘지 가늠해보았다. 그의 집은 시장 근처였고 집 바로 앞에 만물 수리점이 있다고 했다. 그는 뜬금없이 망가진 라디오나 다리미가 있으면 자기 집 앞으로 와서 고치라고 했었다. 나는 그때만 해도 그와의 대화가 실없고 무의미하게 느껴졌었다. 4월 말, 일요일 오후 다섯 시 사십오 분, 봄기운으로 만물이 포근했다. 지나다니는 사람들도 어딘가 기분 좋게 나른해 보였다. 시장 입구까지 왔을 때 이상하게 심장이 두근거렸다. 나는 그를 만나면 이 말을 꼭 하고 싶었다.

"제가 일부러 전화를 끊은 게 아니에요. 혹시라도 오해하지 마시라고요."

시장 입구에서 만물 수리점 입간판을 찾는 건 어렵지 않았다. 그리고 만물 수리점 건너에 4층짜리 쌍둥이 빌라 두 개 동도 쉽게 찾을 수 있었다. 빌라는 층당 3세대이니 건물당 12가구, 두 개 동이니

총 24가구였다. 나는 집집마다 방문하여 윤오 씨의 집이냐고 물으면 어떨까 상상했다. 하지만 그 정도의 용기는 없었기에 쌍둥이 빌라를 마주 보고 딱 세 번만 소리쳐 부르기로 했다.

"박윤오 작가님!"

사람들이 지나가다가 나를 힐끔 쳐다보았다.

"윤오 씨!"

목청을 돋우어 한 번 더 크게 소리를 높였다.

"박윤오 씨…… 윤오 씨…… 윤오오……!"

그의 이름을 세 번보다 훨씬 많이 불렀다. 어느 집 창문인가가 세게 열렸지만 바로 더 세게 닫히는 소리가 들렸다. 빨간 벽돌 빌라 두 개 동의 창문을 하나씩 바라보다가 도대체 내가 왜 이러고 있는지 나 스스로 의아해했다. 집으로 가기 위해 몸을 돌렸다. 그런데 내 눈앞에 윤오가 우뚝 서 있는 게 보였다. 바라던 일이 일어났지만 어딘가 비현실적이어서 나는 넋이 나간 것처럼 그를 보았다. 그는 묘한 표정을 지으며 나에게 물었다.

"동희 씨, 여기서 뭐 하세요?"

"저, 제가 아까 통화 중에 휴대폰을 물에 빠뜨렸어요. 그래서 통화 연결이 안 된 거였어요. 그냥 끊은 게 아니었어요."

"그래서요?"

"아, 그랬다고요."

윤오의 표정이 조금씩 환해졌다.

"저기, 우리가 눈 오는 날 고양이 구조했잖아요. 기억나요?"

회색 털과 푸른 눈을 가진 그 작은 새끼 고양이가 기억이 안 날 리 없었다.

"그럼요. 기억나죠."

"내가 지금 키우고 있어요. 이름은 자바예요. 보러 갈래요?"

나는 고개를 끄덕였다.

캣 타워에 누워 있던 자바가 윤오를 보더니 급할 것 없다는 듯이 천천히 다가왔다. 그다음 자바는 나를 탐색한 후 발 냄새를 맡았다. 내가 어쩔 줄 몰라 하자 윤오가 슬리퍼를 꺼내 주었다. 나는 윤오가 준 허브차를 마시며 고양이의 걸음걸이, 그루밍하는 모습, 자기 꼬리와 싸우는 것을 보고 여러 번 웃었다.

윤오는 내가 만난 모든 사람을 통틀어 가장 낙천적인 사람이었다. 눈 오는 날 아기 고양이를 구조하고, 눈길에서 모르는 사람의 승합차를 밀어주었듯이 그는 나에게도 한없이 품이 넓고 너그러웠다.

출판사에서 느닷없는 해고 통보를 받았을 때였다. 나는 생존에 대한 공포를 느꼈다. 당장 월세는 어떻게 내야 하며, 학자금 대출금은 또 어떻게 갚아야 하나. 게다가 헌신했던 회사에서 쫓겨날 때의 심정이란 말로 형용하기 어려웠다. 울고 있는 나에게 자바가 다가와 내 눈물을 핥아주었다. 그날 윤오는 비장한 얼굴로 LP 판을 꺼냈다. LP 판과 골동품 같은 인켈 턴테이블은 팝송 애호가였던 아버지가 물려준 거라고 했다. 그는 〈스테잉 얼라이브〉를 틀었다. 그러고는 울적해하는 나에게 같이 춤을 추자고 했다.

그는 〈토요일 밤의 열기〉의 존 트라볼타처럼 하늘을 향해 손가락을 찌르고 자신감 넘치는 걸음걸이로 집 안을 걸어 다녔다. 나도 억지로 일어나 몸을 흔들어 보았다. 우리를 점잖게 바라보고 있던 자바가 이렇게 말하는 것 같았다. 산만한 인간들!

윤오는 후렴구에서 한 손은 귀 옆으로, 다른 한 손은 하늘로 뻗었다. 그러더니 엉덩이를 좌우로 흔들었다. 이어서 손을 앞뒤로 롤링하며 스텝을 밟다가 가볍게 점프했다. 나는 그 모습이 재미있어서 크게 웃었다.

"몇 호야? 작작 좀 해!"

빌라는 방음이 잘 안되었다. 나는 웃음을 참으며 전원을 껐고 위로 공연은 이만하면 충분하다고 말했다. 꽤 오랜 시간 동안 나를 이루는 정서는 슬픔과 외로움과 불안감이었다. 그런데 그날 문득, 내 앞에 밝고 긍정적인 세계의 입구 같은 것이 있는 느낌이었다. 윤오와 사귀었던 그 3년 7개월의 시간은 내 생애 가장 안정적인 마음의 시절이었다.

그러나 세상 만물이 그러하듯 사람의 감정 또한 언젠간 끝이 있는 것은 자연스러운 현상이라고 생각했다. 다만 그 시기가 내가 생각했던 것보다 더 빨리 찾아왔다.

윤오가 세 번째 책을 냈을 때였다. 판매는 잘되는 편이었다. 윤오 담당은 여전히 인희였다. 윤오는 출판기념회를 한 후 출판사 직원들과 회식을 할 거라고 했다. 그날은 이상하게 기분이 나빴다. 자정이 지나도 윤오는 전화를 하지 않았다. 혹시나 싶어 인희의 SNS를 보았다. 사람들의 흥에 겨운 모습이 찍힌 사진이 여러 장 업로드되었다. 술을 잘 마시지 않는 윤오가 그날은 많이 취한 듯 보였다. 내가 사준 넥타이는 어디로 갔는지 매고 있지 않았다. 윤오는 게슴츠레하게 뜬 눈으로 카메라가 아닌 인희를 바라보고 있었다.

토요일 새벽 3시경, 잠이 오지 않아 곤욕스러웠다. 냉장고에는 요리에 쓰고 남은 오래된 청주가 있었다. 그걸 한 컵 마시고 기절하듯 잠으로 빠졌다. 그러나 겨우 두 시간을 잤을 뿐이었다. 새벽 5시였고 다시 잠들기는 어려울 것 같았다. 윤오에게 문자도 전화도 오지 않았다.

유난히 바람이 찬 늦가을의 새벽이었다. 윤오가 사는 빌라 1층의 현관 센서 등에 불이 들어왔다. 어딘가 눈에 익은 여자가 총총걸음으로 나와 골목으로 사라졌다.

윤오의 집 비밀번호를 누르고 안으로 들어갔다. 단 한 번도 느껴보지 못한 낯선 공기가 나를 덮쳤다. 잠에서 깬 자바가 나에게 다가왔다. 나는 쪼그려 앉아 자바를 부드럽게 쓰다듬은 후 허리를 폈다. 테이블 위에 놓인 술병이 눈에 들어왔다. 그리고 의자 등받이에 걸쳐진 캐멀색의 여성용 스웨터. 인희가 입고 있던 것이었다.

잠에서 깬 윤오가 흐린 눈으로 나를 보았다. 그는 아무 말도 하지 않았다. 그가 오해하지 말아달라고 했다면 어땠을까. 그는 이상하리만치 해명하려는 의지조차 없었다. 그냥 미안하다고만 했다. 나는 더는 버틸 수 없어 윤오의 집을 나섰다. 윤오에게 못한 질문을 인희에게 하고 싶었다. 어제 무슨 일이 있었던 거야? 나 사실 박윤오 여자 친구야. 그러나 인희에게 그러고 싶지 않았다. 처음엔 눈물이 났다. 그러나 시간이 지날수록 담담해졌다.

그는 나에게 오지 않았다. 아니, 이후에 딱 한 번 내가 아파 회사에 못 나갔다는 걸 어찌 알았는지 죽을 포장해서 오긴 했다. 나는 약국에 들렀다가 오는 길에 집 앞에서 윤오와 마주쳤다. 그가 내미는 죽을 바닥에 집어 던졌다. 음식물이 바닥을 어지럽혔다. 마당을 쓸던 이웃집 여자가 음식을 길바닥에 패대기치면 어떻게 하냐고 소리를 질렀다. 나는 집으로 들어왔지만 이웃 여자의 성화에 그는 바닥에 버려진 음식물을 수습하느라 많이 곤란해 보였다. 윤오와의 관계가 수습이 불가능한 음식물같이 느껴졌다. 유리창 너머로 그를 보며 드디어 우리의 관계가 이렇게 허무하게 종료가 되었다고 생각했다.

아빠의 외도로 파탄이 난 가정에서 자란 나는 사람 관계에 불신이 많았다. 아빠 때문에 상처가 많은 엄마는 자기 연민으로 평생을 괴로워한 사람이었다. 내가 다가가면 엄마는 버거워하기만 했다. 윤오와 헤어지면서 내 과거의 슬픔까지 한꺼번에 밀려왔다.

그 일이 있고 일주일 뒤, 윤오는 대만으로 두 달간 출장을 떠나야 했다. 이미 봄부터 계획이 잡혀 있던 출장이었다. 내가 먼저 연락을 했다. 자바는 내가 봐주겠다고. 나는 윤오가 집에 없을 때 자바를 데리고 왔다. 그는 돌아오는 대로 자바를 데려가겠다는 문자를 보냈다. 나는 윤오가 없는 시간 몸이 자주 휘청거렸다. 하지만 자바의 밥을 챙기고 화장실을 치워야 했다. 내 기분을 아는지 모르는지 자바는 부쩍 애교를 부렸다.

문득, 이대로 살면 안 될 것 같았다. 변화를 주지 않으면 이 무기력을 이겨낼 수 없을 것 같았다. 나는 임대인에게 전화를 걸어 이사를 가게 됐다고 말했다. 임대인은 귀찮아하며 계약 기간이 끝나려면 9개월이 더 남았다고 말했다. 나는 방이 빠질 때까지는 집세를 내겠다고 한 후 이사를 감행했다. 윤오가 돌아오기 딱 2주 남은 시점이었다. 나는 자바를 다른 집에 맡길 수 없어 이사하는 집으로 데리고 갔다.

새집에서 짐 정리를 하는데 순간순간 분노가 솟구쳤다. 내 부모까지 미워졌다. 내가 할 수 있는 가장 훌륭한 복수가 무엇인지 생각했다. 휴대폰 번호를 바꾸는 것. 윤오가 돌아왔을 때 나와 자바가 없어진 걸 알면 그의 기분은 어떨까. 나는 그가 새 연인에게 푹 빠져 있더라도 나와 자바가 사라진 걸 알았을 때 적지 않은 상실감을 느낄 거라고 생각했다. 그 생각을 하니 기분이 좋았다.

매일매일을 살아냈다. 다행히 시간이 흐를수록 안정이 찾아오긴 했다. 그렇다고 윤오를 완벽하게 잊을 순 없었다. 어느 나른하고 포근한 봄날이었다. 꼭 내가 젖은 머리를 대충 말리고 윤오의 집 앞으로 찾아간 그날과 같은 봄날, 땡처리 물건을 파는 매장 앞에서 〈스테잉 얼라이브〉가 흘러나오는 걸 들었다. 그와 대수롭지 않은 대화를 나누다가 깔깔 웃었던 일들이 꿈처럼 느껴졌다. 그리고 나를 위로해주기 위해 그가 추었던 춤이 떠올랐다. 눈물이 핑 돌며 마음이 아렸다.

그는 나에게 어떤 존재였을까. 나는 그에게 좋은 연인이었을까. 그날은 누군가에게 위로를 받으면 좋겠다고 생각했다. 그러나 나에겐 자바를 빼고는 아무도 없었다. 여성 커뮤니티 익명 게시판에 글을 하나 올렸다. 현재 나는 이렇게 엉망으로 지낸다고. 그런데 그들은 위로는커녕 벌떼처럼 달려와 악의와 조소가 담긴 댓글만 달았다. 아니, 제가 뭘 그렇게 잘못했나요? 나한테 왜들 이리 화를 내는 거예요? 나도 참지 못하고 댓글을 남겼다. 그런데 그들의 댓글 하나가 오래오래 내 기억에 남았다.

이봐요! 이별을 그딴 식으로 하는 게 어디 있어요?

윤오에 대한 미련은 없었지만 궁금할 때가 있었다. 나는 인희의 SNS를 찾았다. 윤오와 헤어지고 윤오와 인희의 SNS를 훔쳐보는 일은 없었다. 내 자존심이 허락하지 않는 이유도 있었지만, 실수로 내가 그들을 훔쳐보고 있다는 단서를 남기는 것은 정말 끔찍한 일이었기 때문이다.

인희의 SNS에는 돌배기 아이 사진이 가득했다. 아기는 윤오를 닮은 것 같기도 하고, 닮지 않은 것 같기도 했다. 나는 인희의 과거 게시물을 클릭했다. 웨딩 사진이 보였다. 그런데 인희의 옆에는 내가 모르는 남자가 있었다. 나는 윤오의 SNS도 찾았지만 비공개 계정이었다. 신문 기사를 검색했다. 경제지에 윤오의 인터뷰가 실려 있었다. 그는 예전처럼 환하지 않았다. 많이 마르고 얼굴이 검고 꺼칠해 보였다. 그의 책도 검색을 해보았다. 나와 헤어진 이후로 더는 출간을 하지 않은 것 같았다.

그 일이 있고 꼭 일주일이 지난 주말 밤, 모르는 번호로 전화가 왔다. 내가 살던 아파트는 이중주차가 일상이었다. 그래서 시도 때도 없이 차를 빼달라는 전화가 걸려왔다. 전화벨이 울렸을 때 내가 사이드 브레이크를 잠그고 온 거라고 생각했다. 그런데 전화를 받자마자 익숙한 목소리가 나를 불렀다.

"동희야."

"……."

"늦은 시간에 미안. 나 윤오야."

윤오는 늦은 밤의 고요와 어울리지 않게 활달한 목소리였다.

"아, 어쩐 일이야."

"네 휴대폰 번호 알아내느라 한참 걸렸다."

그는 멋쩍은 듯 허허 웃었다.

"아, 그냥…… 그냥 우리 자바 잘 지내고 있나 궁금해서."

그가 나의 자바라고 하지 않고 우리 자바라고 하는 말이 어딘가 어색했다. 나는 자바 쪽으로 고개를 돌렸다. 자바는 거대한 회색 털 뭉치가 되어 있었다.

"혹시 자바 돌려달라고 전화한 거야?"

"아니 아니, 전엔 그러고 싶었지만, 이젠 그러지 않는 게 좋을 것 같네."

나는 달리 할 말이 없었다. 엄밀히 말하면 자바는 그의 고양이였다.

"이 번호로 자바 사진 좀 보내줄래?"

"응, 그럴게."

"우리 자바가 지금 몇 살이야? 다섯 살인가?"

"일곱 살."

"벌써? 일곱 살이면 사람 나이로 몇 살쯤 된 거야?"

"한 마흔 살? 아니면 오십? 나도 잘 모르겠어."

"아, 자바도 나이가 많네. 자바 아픈 데는 없고?"

"건강검진상으로는 아무 이상 없어. 비만만 조심하면 된대."

"다행이다. 그리고 동희야, 고마웠다."

침묵까지 포함하여 6분 27초 만에 우리는 전화를 끊었다. 그리고 그것이 그와의 마지막 통화였다. 나는 그날, 윤오와의 통화는 잘한 일이라고 생각했다. 이제 그를 미워하지 않는다는 걸 알게 되었기 때문이다. 어쩌면 윤오에 대한 아무렇지 않은 감정은 그즈음 승운을 만나고 있어서인지도 모른다.

　윤오와 헤어지고 2년이 지났을 즈음 승운을 만났다. 승운은 회사 동료인 미선의 사촌 오빠였다. 미선은 사촌 오빠를 만나보면 어떻겠냐고 했다. 엘리베이터 정비기사인데, 자격증만 20여 개를 가지고 있다고 했다. 내가 전혀 반응을 하지 않자 미선은 "오빠가 고양이를 싫어하지 않아"라고 말했다. 나는 좋아한다보다 싫어하지 않는다는 그 말이 마음에 들었다.

　승운은 말수가 적고 무뚝뚝한 성격이었다. 처음 만난 날 커피숍에서 두 시간 동안 마주 보고 있었지만 그는 상대에게 궁금한 것이 없는 사람처럼 행동했다. 그나마 다행인 건 그 두 시간이 불편하지 않았다는 것이다. 여섯 시가 됐을 때 우리는 생선구이 전문점에 갔다. 나는 삼치를, 그는 고등어를 시켰다. 주문한 음식을 기다리는 와중에 그는 동료의 전화를 받았는데, 급한 일이 생긴 것 같았다. 그는 양해를 구한 후 통화를 이어갔다. 그사이 솥 밥이 나왔다. 나는 내 밥과 그의 밥을 빈 그릇에 퍼놓고 솥에 뜨거운 물을 부었다. 식당 안은 소란스러웠기 때문에 그가 무슨 이야기를 하는지 들리지 않았다. 나는 내가 먹을 삼치의 살과 뼈를 바른 후, 그의 고등어를 건너다보았다.

"가시 발라드릴까요?"

그는 웃는 건지 찡그리는 건지 모를 미소를 지어 보였다. 나는 그의 고등어의 살점과 가시를 깔끔하게 분리했다. 그는 통화를 하면서 내 손을 유심히 보았다.

다음 날, 미선에게 전해 들은 이야기는 어이가 없었다. 상대방을 위해 생선 살을 예술적으로 발라내는 사람은 처음 만나본다고. 정말 감동적인 순간이었다고. 승운이 나를 마음에 들어 하는 이유를 듣고 헛웃음을 흘렸다. 그런데 문득 윤오가 떠올랐다. 그 역시 생선구이를 먹을 때면 살을 발라서 밥공기 뚜껑에 놓아주었다. 과거의 나도 윤오가 나를 위해 섬세한 젓가락질을 하는 것을 좋아했다. 나는 윤오에게 배운 걸 승운에게 시연하고 있었던 것인가.

화젯거리가 없는데도 승운과 나는 주말마다 만나 영화를 보고 저녁을 먹었다. 어떤 날은 너무 따분해서 내가 맥줏집에 가서 술을 마시자고 했다. 내가 맥주 세 잔을 마실 동안에 그는 반 잔을 채 마시지도 않았는데, 얼굴이 새빨개졌다. 그것도 잠시, 머리가 어지럽고 속이 메슥거린다고 했다. 나는 약국으로 뛰어가 술 깨는 약을 사다가 그에게 주었다. 그의 주량은 맥주 한 모금인 것 같았다. 과음을 한 그를 부축해서 택시에 태웠다. 그리고 숨을 몰아쉰 뒤 그에게 말했다.

"12월 31일에 우리 집에 올래요?"

나는 혼자 있고 싶지 않아 승운과 미선을 초대했다. 미선은 우리 셋이 모이면 심각하게 재미없는 하루가 될 거라고 했다. 나는 재미는 없지만, 맛있는 음식은 있을 거라고 말했다. 유튜브를 보고 라자냐를 만들고 포카치아와 그린샐러드를 준비했다. 승운은 약속한 오후 6시 정각에 케이크와 꽃다발을 사 들고 왔다. 한겨울에 은방울꽃이라니. 은방울꽃의 꽃말이 무어냐고 물으려다 말았다. 낯간지러운 꽃말이 나오는 것이 싫어서였다.

미선을 기다리며 음식을 데우고 와인하고 같이 먹을 카망베르와 말린 과일도 준비했다. 자바가 승운을 예의 주시했다. 승운이 자바에게 여러 번 "안녕?"이라고 말했지만 낯선 방문객에게 쉽게 반응할 리 없었다.

미선의 전화가 온 건 약속 시간에서 30분이 지났을 때였다. 나는 샐러드를 볼에 담다가 승운이 하는 '아이고' '어쩌다' 등의 말을 들었다.

"왜요? 무슨 일 있대요?"

승운이 걱정스러운 얼굴로 말했다.

"이모가 넘어졌는데 지금 응급실이라고."

"많이 다치셨대요?"

"사진을 찍어봐야 알겠지만."

미선이 오지 않아 둘이서 식사를 해야 했다. 소파 아래 직사각 테이블 위로 음식을 옮겼다. 승운은 음식을 흘리지 않으려는 듯 조심스럽게 입으로 가져갔다. 나는 그에게 와인을 따달라고 했다.

"저만 한잔 마실게요. 승운 씨는 드시지 마세요. 여기서 약국이 많이 멀어요."

나는 한껏 농담을 한 것이다. 그는 호응해주듯 이를 드러내고 웃었다. 우리는 TV를 보면서 식사를 한 후 제야의 종소리를 들었다. 나는 한 잔만 마시려고 했지만 어느새 와인 한 병을 다 마셨다. 그러고는 안 해도 좋을 소리를 늘어놓았다. 이를테면 다음 날 후회할 걸 뻔히 알면서도 하게 되는 이야기 같은 것.

"승운 씨, 난 열세 살 이전 기억이 희미해요. 엄마 말에 따르면 내가 행복했던 기억을 싹 지운 거래요. 희한하죠? 불행한 기억을 지웠다면 이해가 되는데 말예요."

부모의 이혼으로 나는 먼 친척 집에 맡겨졌다. 차도 다니지 않는 첩첩산중이었다. 내가 지내야 하는 집 안으로 들어가는 순간부터 생생하게 기억이 났다. 공기는 끈적끈적했고 사람들은 눈빛이 매섭고 말투가 거칠었다. 나는 그 봄에 버려졌지만 다행히 그해 겨울에 엄마한테 돌아갈 수 있었다. 하지만 다시 만난 엄마는 그들과 별반 다르지 않았다. 엄마는 나를 보자마자 아빠가 다른 여자랑 외국으로 도망을 가버렸다고 했다.

"엄마도 힘들었겠죠. 그래요. 난 엄마를 이해해요. 하지만 그래도 그렇지. 내가 감기로 몸이 아팠을 때 엄마한테 날 좀 안아주면 안 되냐고 물었거든요. 우리 엄마가 그때 뭐라 한 줄 알아요? 동희야, 니가 널 안아. 엄마도 너무 힘들어. 엄마는 내 부탁을 매번 거절했어요. 나는 거절 속에서 성장했어요."

승운은 부동의 자세로 내 이야기를 찬찬히 듣고 있었다.

"승운 씨, 내가 전 남자 친구 이야기를 했었죠? 지나고 보니 알겠더라고요. 내가 그 사람하고 문제가 발생했을 때 뭔가 거절당할 것 같은 공포를 느끼고 능동적 피해자가 되려고 한 것 같아요. 버려지기 전에 내가 먼저 그를 떠나자고……."

승운은 별다른 반응 없이 나를 지그시 바라볼 뿐이었다. 조언과 위로 없이 그저 내 이야기를 끝까지 듣고 있는 그의 모습이 많이 좋았다. 승운은 새벽 1시가 지나 그만 가보겠다며 자리에서 일어났다. 그를 문 앞까지 배웅해줬다. 나는 그에게 조심히 가라고 말한 후 그의 손을 잡았다. 오늘 고마웠어요. 나는 그에게 쏟아지듯 기대 허리를 안았다. 그도 내 어깨를 가만히 안아주었다. 설레는 마음보다 뱃멀미를 하던 선상에서 드디어 내려온 기분이었다.

　가을장마라고 했다. 승운의 오피스텔에 문제가 생겼다. 부실 공사로 인한 누수로 실내까지 물이 새어 들었다. 집 안의 가전 대부분이 회생이 어려웠고 걸을 때마다 빗물이 찰박거렸다. 나는 그에게 내 집에 와 있으라고 했다. 그는 고마워했고 트렁크 두 개를 가지고 왔다. 그러나 자바는 우리와 생각이 달랐던 모양이다. 자바가 승운을 좋아하는 것 같진 않았어도 공격할 정도로 적의를 가진 줄은 몰랐다. 승운이 나와 함께 산 지 꼭 이틀이 지난 날부터 자바는 승운을 공격했다. 그가 소파에 앉아 있다가 물을 마시려고 일어나는 순간, 갑자기 달려들어 손을 물었다. 순식간의 일이었다. 승운의 손가락에서 피가 뚝뚝 떨어졌다. 자바는 무엇이 분한지 무섭게 으르렁거렸다. 상처가 깊어 병원에서 치료를 받고 파상풍 주사를 맞았다. 그다음 날은 연휴가 시작되는 첫날이었다. 나는 승운과 자바를 집에 두고 미용실에 갔다. 미용사가 내 머리를 만질 때 나는 무심코 휴대폰을 꺼내 CCTV를 보았다.

　성이 난 자바가 발코니 창 앞에서 꼬리를 잔뜩 세운 채로 있었다. 거실 바닥은 검붉은 점들이 찍혀 있었다. 확대해 보니 피였다. 승운에게 전화를 걸었다. 그러나 승운의 휴대폰은 소파 위에서 울렸다.

나는 CCTV 마이크를 켜고 소리를 질렀다.

"승운 씨!"

승운이 멋쩍은 표정으로 발코니 창에 얼굴을 붙인 채 CCTV 쪽을 향해 손을 흔들었다. 확대를 해보니 얼굴, 목, 팔 등에서 피가 흘렀다. 7킬로그램이 안 되는 고양이가 70킬로그램이 넘는 남자를 저토록 무력하게 만들 수 있다는 게 믿어지지 않았다.

"자바! 너 미쳤어?"

미용실 안의 손님들이 일제히 나를 보았다. 나는 미용사에게 사정을 이야기하고 집으로 뛰어갔다.

집에 오자마자 자바를 욕실에 넣었다. 집 안은 CCTV로 본 것보다 더 끔찍했다. 바닥과 카펫이 피로 번져 있었다. 승운은 반쯤 넋이 나간 채로 중얼거렸다.

"190센티에 130킬로 넘는 선배하고 싸운 적 있어. 믿거나 말거나 내가 한 방에 KO시켰어. 근데, 자바는, 그 선배보다 100배는 센 것 같아."

승운의 상처를 보자 참았던 눈물이 쏟아졌다. 나는 승운에게 점퍼를 입혔다.

"병원에 가야 해."

“괜찮아. 약 바르면 돼.”

“약으로 될 게 아니야.”

인근 병원은 모두 문을 열지 않아 대학병원 응급실로 가야 했다. 팔과 허벅지와 목은 두 바늘씩 꿰맸다. 의사는 성형외과적 처치를 꼭 받으라고 했다. 심각한 흉터가 남을 거라며.

집에 왔을 때 욕실에서 자바의 울음소리가 흘러나왔다. 안타까운 마음에 욕실 문을 열었지만 내 마음이 도로 싸늘해졌다. 자바는 다시 승운에게 달려들려고 했다.

“그만해!”

나는 욕실에 걸린 수건으로 자바의 머리를 때렸다. 자바가 멈칫하는 사이 승운은 그 틈에 침실로 들어갔다. 자바는 승운이 사라진 방을 향해 격렬하게 으르렁거렸다.

침대에 누워 있는 승운의 손을 보았다. 손톱에 핏물이 굳어 있었다. 물수건으로 손을 닦아주다가 나는 소리 내 울었다.

“뭐 이런 일로 울어?”

“승운 씨, 눈 좀 붙이고 있어. 먹을 걸 좀 만들게.”

거실로 나오자 자바가 평소처럼 내 다리 사이를 미끄러지듯 지나갔다. 사료를 달라는 거였다. 나는 그릇에 사료를 담아주었다. 순해진 자바가 사료를 먹었다. 그러나 승운이 있는 방문이 조금 열리자 다시 달려들었다. 승운이 쾅 소리가 나게 문을 닫았다. 나는 자바를 발코니로 몰아넣었다.

"자바! 사람 공격하는 건 용서 못 해."

문을 열고 나온 승운이 퉁퉁 부은 얼굴로 말했다.

"이제, 화장실 좀 가도 될까?"

나는 승운이 화장실에서 나왔을 때 그의 눈을 피하며 말했다.

"승운 씨, 혹시 다른 데 가 있으면 안 될까?"

승운이 무표정한 얼굴로 나를 응시했다. 나는 시선을 피했다. 내 눈에 그가 버림받은 사람처럼 보였기 때문이다.

"자바가 미쳐 날뛰잖아."

승운이 문득, 내가 고양이보다도 못한 존재냐고, 네가 지금 나를 버리는 거냐고 물을 것만 같았다.

몇 날을 고민하다가 윤오에게 전화를 걸었다. 헤아려보니 그가 자바는 잘 있는지 궁금해서 전화를 건 날로부터 꼭 1년이 지난 시점이었다. 윤오가 자바를 데려간다면? 가슴이 부서지는 듯한 통증을 느꼈다. 그러나 나는 자바를 윤오에게 보낼 수 있을 것 같았다. 하지만 윤오는 내 절절한 사정이 담긴 문자에 답변을 하지 않았다.

심지어 전화도 받지 않았다. 신호가 가는 걸 보면 차단을 한 건 아니었다.

SNS 메시지로도 저간의 사정을 적어 보냈다. 하루 뒤 메시지 읽음 표시가 떴다. 하지만 사흘이 지나도록 답변이 없었다.

—내가 딴 맘 먹고 연락하는 것 같아? 자바가 내 남자 친구를 뜯어 먹을 것 같다고. 메시지 읽었으면 답을 해줘.

밤새 뒤척이다가 늦잠을 잤다. 마음의 안정을 위해서라도 35분 차를 탔어야 했다. 42분 운전기사가 윤오처럼 보였다. 〈스테잉 얼라이브〉가 그의 휴대폰에서 흘러나오고 있었다. 나는 좌석에 앉자마자 윤오에게 전화를 했다. 이번에도 기계적인 안내 멘트가 고막을 긁었다.

휴대폰을 만지작거리다가 버스회사 홈페이지로 들어갔다. 휴대폰 인증 등의 회원 가입을 하고 민원 게시판을 클릭했다.

나는 운전기사 때문에 겪는 괴로움에 대하여 적었다. 그는 교육이 필요한 사람이다, 타인의 청각을 무단 점유하고 감정을 강제 주입하려고 한다, 그 결과 승객인 나의 정신 건강과 인내심을 소모하게 만든다. 나는 글을 적은 후 절대로 윤오나 자바로 인한 분풀이를 하는 것이 아니라고 중얼거렸다.

안내 데스크로 가서 박윤오 씨를 만나러 왔다고 말했다. 안내원이 내선 번호를 눌러 연결해주었다. 그러나 전화를 받은 사람은 윤오가 아니었다.

"실례지만 무슨 일 때문인가요?"

"박윤오 씨한테 급히 돌려드릴 게 있어서요."

그는 1층 로비에서 기다리라고 했다. 5분가량이 지났을 때 나에게 말을 거는 사람이 있었다. 나는 그가 누군지 바로 알아보지 못했다.

"안녕하세요? 저 윤오 형 후배인데."

"아, 오랜만이에요."

나와 윤오의 후배는 의례적인 인사를 나누었다.

"윤오 씨 지금 사무실에 없나요?"

"······네."

연차까지 내서 찾아온 길이었다. 소득 없이 그냥 돌아갈 순 없었다.

"제가 급히 윤오 씨와 상의할 일이 있어요."

"실례지만 그게 뭔지 여쭤도 될까요? 상의할 일이란 게······."

나는 조금 망설이다가 말했다.

"그 사람이 이젠 자바를 데려갔으면 해서요."

“자바라면…… 고양이요?”

“네. 고양이요.”

내가 한 말이 날카롭게 나를 찌르고 달아났다. 후배의 얼굴도 순간 일그러져 보였다.

“혹시 그 사람 외국에 나가 있나요?”

후배는 가까스로 말을 이어가는 것 같았다.

“아뇨……. 형이 좀 오래 아팠어요. 그렇게 아프다가 작년에 갔어요.”

“가다뇨?”

“죽었어요.”

나는 그에게 휴대폰을 꺼내 보였다.

“죽다니요. 나와 이렇게 소통을 했는데요. 그 사람이 내가 보낸 메시지를 다 읽고 있어요.”

소통이라고 할 수 없었지만 나는 그렇게 말했다.

“아마, 형네 가족이 읽은 걸 거예요. 형한테 계약 문제가 해결이 안 된 게 있어서 그 번호를 그대로 살려둔 거예요. 그리고 자바에 대해서는 뭐라 답변하기 어려워서 못 했을 것 같고요.”

“농담하지 마세요.”

“농담이면 좋겠습니다……. 저는 요즘 형이 정말 그리워요.”

후배와 몇 마디 더 나누다가 헤어졌지만 무슨 말을 나눴는지 기억이 나지 않았다. 나는 버스정류장 벤치에 앉아 그가 자바는 잘 지내냐고 전화로 물었던 그 마지막 통화를 떠올렸다. 나는 두 손으로 무너질 것 같은 머리를 감쌌다.

이별을 그딴 식으로 하는 사람이 어디 있니?

자바는 이전보다 야위었다. 자바의 등뼈를 어루만지다가 이 느낌을 윤오는 영영 모를 거라는 생각에 이르니 마음이 아팠다.

승운은 나흘째 연락이 없었다. 전화를 걸고 싶었지만 두려웠다. 내가 다가가면 그가 나에게서 도망칠 것 같았다. 버스정류장에서 승운에게 문자메시지를 쓰고 지우기를 반복하다가 떨리는 손으로 전송 버튼을 눌렀다.

―승운 씨, 연락 늦어 미안해. 상처 때문에 출근하기 어려울 것 같아. 나 승운 씨 많이 보고 싶어.

나도 모르게 눈물이 흘렀다. 35분 차가 도착했다. 42분 차가 아니었기 때문에 〈스테잉 얼라이브〉는 들리지 않았다. 메시지 진동음이 울렸다. 승운의 메시지였다.

―언제 연락이 올까 많이 기다렸어. 자바는 화가 좀 풀렸을까?

그는 이어서 이미지를 몇 장 전송했다. 복층으로 된 빌라 사진이었다. 1층과 2층은 나무 계단으로 이어졌고 투명한 유리문이 층을 구분했다.

—이런 집 어때? 자바가 저 유리문을 뚫고 나오진 못하겠지?

—멋진 집이네.

—이번 주는 내내 야근이었어. 밤에 전화할게.

나는 좌석 등받이에 몸을 기댄 채 길게 숨을 내쉬었다. 스트리밍 앱을 열었다. 검색창에 'stayin' alive'를 입력했다. 그런 뒤 운수회사 홈페이지에 날선 마음으로 올린 민원을 삭제하기 위해 로그인을 했다. 아직 운영자의 답글은 달려 있지 않았다.

드럼과 베이스 기타의 단순하지만 강렬한 비트가 들렸다. 누구든간에, 형제든 어머니든, 살아남고 있어, 살아남고 있지. 살아남아. 살아남아라……

고은규 | 2007년 《문학수첩》으로 등단. 펴낸 책으로 장편 『트렁커』 『데스케어 주식회사』 『알바 패밀리』 『쓰는 여자, 작희』 소설집 『오빠 알레르기』 에세이집 『당근에 너를 보낼래』 등이 있다. 『트렁커』로 제2회 중앙장편문학상을 수상했다.

고양이 묘지

서성란

빗물이 플라스틱 먹이 그릇에 흥건히 차올랐다. 빗줄기가 우산살을 꺾어버릴 듯 사납게 떨어져 내렸다. 저물녘이면 부르지 않아도 골목으로 몰려들던 고양이들이 모두 어디에 숨었는지 보이지 않았다. 지영은 사료와 물, 간식을 담아 온 비닐 백을 추어올리면서 조금 더 기다려야 할지 이동해야 하는지 얼른 결정을 내리지 못하고 망설이고 있었다. 우산을 쓰고 지나가던 중년 남자가 걸음을 멈추고 담벼락 가까이 서 있는 지영을 흘깃거렸다. 비가 쏟아지는 저녁에 어두운 골목에서 무얼 하고 있는지 궁금하다는 듯 쳐다보는 남자가 귀찮고 짜증이 나서 지영이 거칠게 손을 내저었다.

그냥 제 갈 길 가면 될 일이었다. 고양이들이 오지 않아 마음이 심란한데 모르는 남자까지 지영의 신경을 긁어댔다. 남자가 말없이 지나가버리자 다음 장소로 이동하려고 지영이 천천히 걸음을 뗐다. 비가 오지 않았으면 산책로 다리 밑에 도착해 있을 시각이었다. 고양이는 한 마리도 눈에 띄지 않았다. 비를 탓할 일이 아니었다. 지영은 먹이를 주지 못하게 간섭하고 독이 든 사료로 유인해서 해치려고 하는 인간들이 고양이를 궁지로 몰아넣었으리라고 짐작했다.

두 번째 장소에도 고양이는 보이지 않았다. 다가구주택 비좁은 골목이 텅 비어 있었다. 낡고 칙칙한 건물들이 줄줄이 늘어서 있는 동네였다. 검은 비닐에 아무렇게나 담아 내놓은 쓰레기가 골목 여기저기에 널려 있었다. 지영은 종량제봉투에 담아야 할 일반 쓰레기와 음식물 찌꺼기가 뒤섞여 나뒹구는 지저분한 골목을 두리번거리면서 성마르게 욕설을 내뱉었다.

대나무 발이 드리워진 반지하 창문 옆으로 젖은 종이 한 장이 시멘트 벽에 나붙어 있었다. 길고양이에게 사료를 주지 말라고 써놓은 경고문이었다. 사료를 가져다 놓는 사람들로 인해 골목에 길고양이들이 꼬여 시끄럽고 냄새가 난다고 항의하는 글을 읽으면서 지영이 길바닥에 침을 뱉었다. 자기 집 쓰레기조차 제대로 처리하지 못하면서 고양이 탓을 하는 사람들이 가소로워 웃음이 터져 나올 지경이었다.

빗물이 덜 튀게 하려고 지영은 반지하 창문 가까운 자리에 먹이 그릇을 내려놓았다. 비가 그치기를 기다리다가 고양이들이 배고픔을 참지 못하고 나타날 수도 있었다. 사람이든 동물이든 밥은 먹게 해주어야 한다고 지영은 생각했다. 어디에서 와서 어디로 가는지 알 수 없는 생명이라지만 심장이 뛰는 동안에는 굶주림에 떨도록 내버려두지 말아야 했다.

방 하나와 욕실, 베란다가 딸린 지영의 원룸에는 고양이 사료와 참치 통조림, 간식 등이 아직 충분히 남아 있었다. 지영은 고양이 먹이를 구하러 다니는 시간이 즐거웠다. 번거롭게 요리하지 않고 고양이처럼 단순하게 먹을 수 있으면 좋겠다고 생각했다. 음식물 쓰레기를 만들어 내는 족속은 고양이가 아니었다. 죽도록 일해서 번 돈으로 엄청난 양의 쓰레기가 나오는 음식 재료를 사고 시간을 들여 요리하는 어리석고 딱한 사람들이 괜스레 길고양이 탓을 했다.

두 번째 장소에서 지영은 오래 기다리지 않았다. 어쩌면 오늘 저녁에는 고양이를 한 마리도 볼 수 없겠다는 불길한 예감이 들었다. 장마에 길고양이가 모두 굶어 죽을지도 모른다고 생각하자 등줄기가 서늘해졌다. 지영은 고양이를 키워본 적이 없었다. 길고양이들에게 밥을 주러 다니기 시작한 지 고작 두 달 남짓 되었을 뿐이었다. 천덕꾸러기 취급받는 길고양이들이 해마다 어떻게 장마철을 견디고 살아남았을지 궁금했다. 치즈태비 고양이라면 비가 퍼붓는 저녁에도 먹이를 기다리고 있을 성싶었다. 새끼를 밴 듯 배가 부른 데다 조금이라도 더 얻어먹으려고 애교를 떨어대는 치즈태비 고양이가 딱해서 지영은 특별히 챙기고 있었다.

산책로에 접어들 때까지 고양이는 한 마리도 보이지 않았다. 오가는 사람이 눈에 띄지 않는 산책로 위쪽으로 허공을 따라 경전철 선로가 길게 뻗어 있었다. 개를 끌고 나오거나 운동복 차림으로 달리거나 자전거를 타는 사람들로 붐비던 산책로는 텅 비어 을씨년스러웠다. 산책로는 개천을 사이에 두고 두 갈래 길로 나누어졌다. 산책로와 산책로를 이어주는 징검다리가 빗물에 잠겨 들었다. 개천가를 따라 피어 있는 개망초와 금계국이 비와 바람을 따라 고개를 꺾었다. 저녁 아홉 시가 조금 지난 시간인데 사방이 한밤중처럼 어둡고 조용했다.

치마와 운동화가 빗물에 흠뻑 젖은 채 지영이 첫 번째 다리 밑에 도착했다. 이마에서 흘러내리는 물이 땀인지 빗물인지 알 수 없었다. 지영은 우산을 접어 바닥에 던져놓고 어깨에 멘 무거운 비닐 백을 내려놓았다. 다리 위 외등의 불빛이 비쳐 들지 않는 구석진 곳에 고양이들이 모여 있었다. 고양이들은 늘 교각과 콘크리트 벽 쪽으로 큼직한 돌덩어리를 비스듬히 쌓아 올린 자리에서 지영이 오기를 기다렸다.

지영은 비닐 백을 다시 어깨에 메고 빗물에 젖은 손바닥으로 돌덩어리를 짚으며 고양이들이 모여 있는 쪽으로 올라갔다. 날카롭게 솟은 돌덩어리 틈에 두 발을 디디고 엉거주춤한 자세로 플라스틱 먹이 그릇을 꺼내 사료를 담아 주자 꼬리를 빠짝 치켜세우고 기다리던 고양이들이 다가와 먹기 시작했다. 네 개의 그릇이 비기를 기다렸다가 지영이 고양이용 참치 통조림 캔을 열었다. 참치를 네 등분해서 그릇에 덜어주자, 고양이들이 다시 먹기 시작했다. 바람이 불어서 빗줄기가 들이치는데도 고양이들이 모여 있는 자리는 다행히 젖지 않았다. 뱅어포를 나눠주고 그릇에 물을 조금씩 부어준 뒤 발을 딛고 선 자리를 바꾸려고 하는데 고양이 한 마리가 혀를 길게 내밀고 지영의 손등을 핥았다.

놀라고 당황한 지영은 한쪽 팔을 힘껏 내저었다. 고양이가 무춤하면서 지영의 얼굴을 빤히 쳐다보았다. 처음이 아니었다. 치즈태비 고양이는 지영이 먹이를 주려고 올 때마다 매번 무언가를 더 기대하는 표정을 짓거나 손등을 혀로 핥거나 동정을 바라는 눈으로 바라보았다. 공평하게 나눠주었는데 치즈태비 고양이는 배가 차지 않는 모양이었다. 애처로운 눈빛으로 바라보는 고양이를 외면하고 지영이 빈 그릇을 비닐 백에 담았다. 식사를 마친 고양이들이 평화롭고 느긋해 보여 마음이 놓였다. 비닐 백을 어깨에 걸머메고 지영은 두 손바닥으로 돌덩어리를 짚으면서 뒷걸음질 쳐 바닥으로 내려왔다.

길고양이에게 먹이를 주러 다니는 일을 지영은 자진해서 떠안았다. 고맙다거나 미안하다는 인사를 듣지 못했고 수고를 높이 사주는 사람이 없었으나 마땅히 해내야 할 일이라고 생각했다. 사료와 참치 통조림, 뱅어포 따위를 어디에서 어떻게 구했는지 고양이들이 알 턱이 없었다. 지영은 매번 아슬아슬 모험하는 심정으로 장을 보았는데 원룸 싱크대 찬장을 가득 채운 사료 포대를 보고 있으면 먹지 않아도 배가 부른 듯했다. 굶주리는 길고양이들을 위해 그깟 사료 몇 포대 가져왔다고 따지고 나무랄 만큼 세상인심이 야박하지 않으리라고 믿고 싶었다. 지영이 자기 배를 채우려고 욕심을 내는 것이 아니었다. 노동해서 먹이를 살 수 없는 힘없고 가여운 존재들을 위해 누구라도 나서야 할 일이었다. 헌신이 무엇인지 알지 못했어도 지영은 길고양이들을 먹일 수 있다면 체면이나 도덕 따위는 중요하지 않다고 생각했다.

고양이는 한 달 가까이 통 먹지 않았다. 손녀가 지어준 이름이 있지만 정순은 고양이의 이름을 불러본 적이 없었다. 사료를 챙겨주고 똥을 치우면서 살뜰히 돌봐주던 손녀가 사라진 뒤로 고양이는 사료를 입에 대지 않았다. 늙고 볼품없는 고양이였다.

두 사람이 살기도 비좁은 원룸으로 떠돌이 고양이 한 마리를 데리고 왔던 손녀는 고양이를 키워도 되느냐고 정순에게 묻지 않고 좁은 방 안 구석진 자리에 사료 그릇과 물그릇을 가져다 놓았다. 전화 한 통 없이 불쑥 들이닥쳐서 아이를 맡겨두고 간 정순의 딸처럼 손녀는 고양이가 본래 있어야 할 자리에 있게 된 것일 뿐이라는 듯 이렇다 저렇다 말을 하지 않았다. 고양이를 방에서 데리고 있어도 되느냐고 손녀가 물었다면 정순은 안 된다고 단호하게 말했을 터였다.

정순은 거절하지 못한 자신을 책망했다. 손녀를 방에 들일 수 없다고 딸에게 분명하게 말했더라면 사료는커녕 물조차 스스로 마시지 못하고 온종일 눈을 감은 채 축 늘어져 있는 늙고 병든 고양이를 떠안게 되는 불운이 생겼을 리 없었다. 손녀가 어디론가 사라지고 없는 지금 좁은 방 안에서 내칠 수도 있었으나 오늘이라도 숨이 끊어질 듯 보이는 고양이가 딱해서 차마 그렇게 하지 못했다. 정순은 사람과 동물의 자리가 같지 않다고 배웠고 그 말이 맞는다고 생각하며 살아왔다. 늙고 병든 길고양이를 방으로 들여 먹이를 사다 주고 고양이의 주인 노릇을 자처한 손녀의 마음을 여태도 이해하기가 어려웠다.

눅눅해진 사료를 버리고 그릇 가득 새로 부어놓았는데 고양이는 먹지 않았다. 목이 마를 텐데도 물조차 입에 대지 않고 꺼부러져 있었다. 장맛비가 베란다 유리창을 때리며 흘러내렸다. 비가 쏟아지는데 방 안은 후텁지근했다. 정순은 된장찌개를 끓이느라 반쯤 열어놓은 현관문을 닫고 텔레비전을 켰다. 텔레비전으로 오락 프로그램을 보면서 저녁 식사하고 일찌감치 잠들었다가 새벽에 눈을 떠야 하는 정순은 손녀가 없는 방에서 하루도 마음 편히 잠들지 못했다. 손녀는 정순의 전화를 받지 않았다. 딸의 전화번호는 결번이었다.

애호박과 두부를 넣고 끓인 된장찌개는 두 사람이 먹고 남을 만큼 양이 많았다. 전기밥통에는 아침에 해놓은 밥이 남아 있었다. 밥상을 차려 방 안으로 가져다 놓고 씻어서 말려둔 플라스틱 숟가락을 꺼냈다. 배달 음식에 딸려 온 플라스틱 숟가락은 고양이에게 물을 먹이는 데 요긴하게 쓰였다. 정순은 숟가락을 손에 들고 방과 부엌을 가르는 문턱 안쪽에 모로 누워 있는 고양이에게 다가갔다. "물 먹자." 털이 빠지고 바짝 야윈 고양이의 머리를 쓰다듬으면서 정순이 말했다.

정순은 고양이의 몸을 조심스럽게 들어 올려 품에 안았다. 고양이는 날마다 조금씩 더 가벼워지고 있는 듯했다. 아기에게 젖을 물리는 엄마처럼 왼쪽 팔에 머리를 받치고 앉아 오른손으로 등을 쓸어주자 고양이가 게슴츠레 눈을 떴다. 숟가락으로 물그릇에 담긴 물을 떠서 입가에 가져다 대놓고 고양이가 입을 벌리기를 기다렸다. 스스로 물을 먹지 못하는 고양이는 정순이 조심스럽게 흘려 넣어준 물을 받아 마셨다. 고양이의 목구멍으로 물 넘어가는 소리를 들으면서 정순은 다시 숟가락으로 물을 떴다.

더위와 습기가 고양이의 죽음을 재촉하는 듯싶었다. 멀쩡한 사람조차 견뎌내기 힘든 무더운 여름에 고양이가 목이 말라 죽기라도 할까 봐 정순은 지레 겁이 났다. 고양이는 세 숟가락의 물을 받아먹고 입을 다물었다. 정순은 고양이를 그대로 안고 있다가 성인용 기저귀를 깔아놓은 자리에 눕혔다. 고양이는 이틀째 오줌을 누지 않았다. 걷거나 기지 못하는 고양이는 스스로 몸을 뒤척일 수도 없어서 정순이 자세를 바꿔주어야 했다.

아직 식지 않은 된장찌개를 한 숟가락 떠서 삼키고 휴대전화 폴더를 열었다. 고양이가 아프다고 정순이 여러 차례 문자를 보냈는데 손녀는 답을 하지 않았다. 사료를 먹지 않고 물조차 스스로 마시지 못하는 줄 알 텐데도 걱정이 되지 않는 모양이었다. 숟가락으로 고양이에게 물을 떠먹이고 욕창이 생길까 걱정이 되어 한밤중에 일어나 누운 자세를 바꿔주느라 깊은 잠을 잘 수 없다고 정순은 문자에 쓰지 않았다. 고양이가 죽으면 어떻게 해야 하는지 알지 못했다. 고양이 사체를 땅에 함부로 묻으면 안 된다고 하는데 문자를 읽지 않는 손녀에게 물어볼 수도 없는 노릇이었다.

한 달 전 청소부가 빌라 담벼락 쪽에 놓인 쓰레기 분리수거함에서 검은 비닐봉지에 담긴 새끼 고양이 사체를 발견한 일이 있었다. 한동안 동네가 소란스러웠는데 이웃들은 고양이가 아니라고 수군거렸다. 청소부가 오지 않는 주말에는 길고양이와 쥐들이 쓰레기를 담아놓은 비닐봉지를 뜯어놓아 난장판이 되는 곳이었다. 길고양이와 쥐가 꼬이는 까닭이 사료를 가져다 놓는 사람 때문이라고 백발에 허리가 조금 굽은 노인이 목소리를 높여 말했다. 사료를 주지 못하도록 경고문을 붙여놓고 사료 그릇을 치워놓았어도 소용이 없다면서 노인은 혀를 찼다.

저물녘에 경찰차가 출동한 날부터 흉흉한 말들이 오갔고 낯선 사람들이 골목길을 어슬렁거렸어도 정순은 검은 비닐봉지에 담겨 있던 사체가 고양이가 아닌 다른 것이리라고 생각하고 싶지 않았다. 백발에 유난히 목소리가 큰 노인이 함부로 지껄여댄 말 때문이었다. 쓰레기 분리수거장을 엉망으로 만들어놓는다고 고양이와 쥐를 탓할 일이 아니었다. 정순은 일반 쓰레기와 음식물 찌꺼기가 검은 비닐봉지에 뒤섞여 널린 그곳에서 사료 그릇에 먹이를 채워놓던 젊은 여자를 본 적이 있었다.

지영은 원룸에서 나올 때보다 무게가 많이 줄지 않은 비닐 백과 빗물이 뚝뚝 떨어지는 우산을 현관 안쪽에 놓고 젖은 운동화와 양말을 벗었다. 치마와 셔츠, 속옷을 벗고 있는데 고양이 울음소리가 들려왔다. 벌거벗은 채 지영이 베란다 쪽을 돌아보았다. 휘몰아치는 바람 소리였다. 창문을 두드리며 떨어지는 빗소리였다. 지영은 서둘러 샤워하고 축축한 수건으로 몸을 닦았다.

반쯤 열린 베란다 창으로 빗물이 들이쳤다. 지영은 재민의 잠옷을 입고 베란다 쪽으로 걸어가다가 다시 고양이 울음소리를 들었다. 먹이를 찾아 빗속을 헤매고 다니는 고양이가 분명했다. 빗물이 흥건하게 고인 먹이 그릇 앞에서 고양이가 울고 있는 듯싶었다. 끈질기게 이어지는 울음소리에 붙들려 창문을 닫을 수 없었다. 고양이가 떼 지어 몰려와 울고 있었다. 맨발로 비바람이 들이치는 베란다에 서서 지영이 손바닥으로 얼굴을 가리고 고개를 꺾었다. 비가 그치고 바람이 잦아들기를 기다려야 했다. 언제부터 고양이 울음소리가 들려왔는지 지영은 정확하게 기억하지 못했다. 흐느껴 우는 소리를 듣고 베란다 창 너머로 골목을 톺아보았던 날 고양이는 한 마리도 눈에 띄지 않았다. 아무도 없는 텅 빈 골목에서 고양이가 몸을 숨기고 울고 있었다. 고양이 울음소리는 점점 크게 들려오다가 지영의 귓속으로 파고들었다. 아기 울음소리였다. 아기 울음을 흉내 내는 고양이 울음소리였다.

지영은 혼자 보내는 길고 어두운 밤이 두려웠다. 원룸 곳곳에 눈에 띄는 재민의 소지품은 지영이 홀로 남겨졌음을 분명하게 확인시켜주었다. 재민의 낡은 파자마를 입고 그가 사용하던 수저와 밥그릇으로 식사하면서 지영은 불쑥 현관문이 열리기를 헛되이 기다릴 뿐이었다. 재민이 돌아오면 그악스럽게 이어지는 울음소리가 사라지고 깊이 잠들 수 있을 듯싶었다. 베란다 구석진 자리에 가로로 눕혀진 트렁크에 무심코 시선이 닿았다가 지영이 화들짝 놀라 고개를 돌렸다. 자물쇠가 무겁게 채워진 트렁크 위로 창으로 들이친 빗물이 괴어 흘렀다. 언제 샀는지 기억이 나지 않는 낡고 오래된 트렁크는 어린아이의 몸 하나쯤은 날름 집어삼킬 수 있을 만큼 크고 무거워 보였다.

지영은 트렁크를 끌고 멀거나 가까운 곳으로 여행을 다녀온 적이 없었다. 설레는 마음으로 기차표를 예매하고 낯선 도시에서 기다리는 남자를 만나러 가는 일은 생기지 않으리라고 생각했다. 경전철 역에서 멀지 않은 다가구주택에 방을 얻어 이사하던 날, 아이는 옷가지와 장난감을 트렁크에 담는 엄마를 빤히 쳐다보면서 트렁크에 들어가 숨어도 되느냐고 물었다. 숨바꼭질 놀이를 좋아하는 아이에게 엄마는 지금은 안 된다고 야멸치게 소리쳤다.

살림살이가 많지 않아 1톤 트럭 하나로 충분했어도 이사는 매번 고되고 번잡한 데다 돈이 많이 들었다. 버리거나 타인에게 떠맡기기 어려운 아이는 가장 크고 무거운 짐이었다. 이사한 방에서 아이가 이제 트렁크에 들어가도 괜찮은지 조심스럽게 물었다. 엄마가 고개를 끄덕이자, 아이는 재빨리 트렁크 안으로 들어가 뚜껑을 덮어달라고 손짓했다.

"아저씨는 이제 우리와 함께 살지 않는 거예요?"

아이가 물었고, 엄마는 그렇다고 대답했다.

"그러면 이제 세영이는 엄마랑 숨바꼭질할래요."

엄마는 대꾸하지 않았다.

저녁 무렵 엄마가 일을 나가면 아이는 얌전히 혼자 잘 놀았다. 새벽에 엄마가 방으로 돌아오면 아이는 텔레비전을 켜놓은 채 트렁크 안에서 잠들어 있는 날이 많았다. 이사한 방으로 낯선 남자가 짐을 가지고 들어온 날, 아이는 숨바꼭질 놀이에 심드렁했던 엄마가 다시 활기를 되찾게 되리라 예상하고 환하게 웃었다.

여러 도시를 떠돌며 살아온 남자는 이곳에서 정착하려고 돈을 모으고 있다고 했다. 남자는 아늑한 집과 가족을 절실하게 바라고 있었다. 엄마는 남자의 굳은살 박인 두 손을 보고 그가 성실하고 정직하게 살아왔으리라고 지레짐작했다. 크고 투박한 두 손으로 남자는 여자를 때리거나 누군가를 해치지 않았으리라 믿었다.

맥줏집 서빙 일을 그만두고 동네 마트에서 일자리를 얻은 엄마는 해 질 무렵 현관문과 방 사이 싱크대 한 짝이 놓인 좁고 불편한 부엌에서 채소를 씻고 고기를 구워 저녁 식사를 차렸다. 땀에 전 작업복을 벗고 남자가 밥상 앞에 앉으면 엄마는 더 이상 불행하지도 외롭지도 않다고 생각하며 깊이 안도했다.

남자는 아이를 예뻐하지 않았어도 성가시다고 눈치를 주지 않았다. 숨바꼭질할 시간이 되면 트렁크에 들어가서 뚜껑을 덮어달라고 재촉하는 아이였다. 방 안에 펼쳐놓은 트렁크를 바라보며 남자는 고개를 내저었을 뿐이었다. 남자는 아이가 있는 방에서 성교할 수 없다고 했다. 엄마는 남자가 짐을 챙겨 고시원으로 돌아가겠다고 할까 봐 겁을 냈다. 엄마가 만난 남자들은 아이를 반기지 않았다. 아이는 누구에게도 환영받지 못하는 불편한 존재였다.

엄마는 트렁크를 베란다에 내놓겠다고 했다. 날씨가 쌀쌀해도 잠깐이라면 아무 문제가 없으리라고 생각했다. 엄마는 아이를 보육원으로 돌려보내지 않고 살아갈 방법을 찾으려고 했다. 다시 아이의 손을 놓아버리면 영영 찾으러 가지 못하리라고 짐작했다. 엄마는 사탕과 초콜릿, 과자를 사서 트렁크에 넣어놓았다. 좁아서 아늑한 세계에서 아이는 달고 맛있는 사탕과 과자 따위를 맘껏 먹을 수 있었다. 밥보다 군것질을 좋아하는 아이였다. 남자가 귀가하면 아이는 맨발로 베란다에서 놀다가 트렁크 안으로 들어가 달콤한 사탕과 초콜릿을 입에 물고 잠들었다.

늦은 밤 엄마는 베란다에 우두커니 서 있는 아이를 발견하고 깜짝 놀랐다. 남자가 깰까 봐 두려웠던 엄마는 아이를 트렁크 안으로 밀어 넣었다. 울음소리가 들렸어도 남자는 잠에서 깨지 않았다. 무섭고 갑갑할 텐데도 아이는 비명을 지르거나 몸부림치지 않았다. 숨바꼭질할 때 지켜야 할 규칙과 약속을 잘 아는 아이는 엄마가 찾아주기를 참을성 있게 기다려야 했다. 놀이가 싱겁게 끝나지 않기를 바라기는 엄마도 마찬가지였다. 두 사람은 평생 숨바꼭질 놀이를 끝낼 수 없을 듯했다.

아이는 엄마가 없는 곳으로 가서 숨고 싶지 않다고 말했다. 모르는 사람들과 낮과 밤을 보내면서 언제 나타날지 모르는 엄마를 기다리는 놀이가 지겹고 재미없다고 했다. 엄마는 트렁크에 들어가서 숨어 있겠다고 떼쓰는 아이를 야멸치게 뿌리치지 못했다. 아이는 언제까지라도 트렁크 안에서 살 수 있다고 애원했다. 엄마가 찾아내기 전까지 절대로 얼굴을 내밀지 않겠다고 약속했다.

엄마는 깊이 잠들지 못했다. 아침이 되면 남자가 나가기를 기다렸다가 땀과 눈물과 콧물로 더러워진 아이를 욕실로 데리고 가서 씻겼다. 국에 밥을 말아주면 아이는 눈 깜짝할 사이에 먹어 치웠다. 저녁에 남자가 돌아오기 전까지 아이는 방이든 베란다든 자유롭게 돌아다니며 놀 수 있었다.

어린이집이나 유치원에 다니지 않는 아이는 엄마와 함께 있어도 놀아달라고 떼쓰지 않았다. 아이는 엄마가 재활용 쓰레기장에서 주워 온 인형으로 역할극 놀이를 하며 지루하지 않게 하루를 보내는 듯 보였다.

"베란다는 너무 추워요. 깜깜한 밤에 호랑이가 나타날까 봐 겁이 나요."

인형 두 개를 양손에 나눠 든 아이가 겁에 질린 목소리로 말했다.

"도시에는 호랑이가 없어. 길고양이라면 모를까. 베란다가 싫으면 원장 선생님의 집으로 갈래?"

화가 난 누군가의 목소리를 흉내 내면서 아이가 소리쳤다.

"목이 말라요. 물을 주세요."

아이는 금방이라도 울음을 터뜨릴 듯한 목소리로 애원했다.

"저녁에 물을 먹으면 자다가 오줌을 싸니까 그렇지. 트렁크 안에서 오줌을 싸버렸던 거 기억 안 나니?"

아이는 풀이 죽은 얼굴로 고개를 숙이고 잘못했다고 빌었다. 물을 달라고 하지 않고, 호랑이를 무서워하지 않는 착한 아이가 되겠다고 허공에 대고 약속했다.

정순은 밥상을 치우고 벽에 등을 기대고 앉았다. 텔레비전을 켜놓았어도 텔레비전을 보고 있지 않았다. 장맛비가 요란하게 쏟아붓고 있었다. 연일 장맛비가 퍼붓는 통에 백발의 노인은 좁은 방 안에서 꼼짝하지 않는 듯싶었다. 맑은 날이면 노인은 빌라 출입구를 가로막고 놓인 플라스틱 의자에 아침 일찍부터 나와 앉아 있었다. 플라스틱 의자 세 개 중 하나는 노인의 전용 의자였다.

백발의 노인에 비하면 정순은 한창 일할 나이였다. 손녀와 병든 고양이를 방에 들이지 않았더라면 새벽에 일어나 청소일을 하고 돌아와 밥을 지어 먹고 텔레비전으로 드라마와 오락 프로그램을 보다가 초저녁에 잠드는, 단조롭지만 평화로운 시간을 보낼 수 있었을 터였다. 비는 밤새도록 쏟아질 기세였다. 정순이 무릎걸음으로 고양이의 곁으로 다가갔다. 누워 있는 자세를 바꿔주면서 고양이가 오줌을 쌌는지 확인하려고 기저귀를 만져보았다. 성인용 기저귀는 엄지손톱 크기만큼 젖어 있었다.

"오줌을 쌌구나! 잘했다, 잘했어." 정순이 고양이의 등을 쓰다듬으면서 말했다. 하루에 몇 차례씩 숟가락으로 물을 받아먹은 고양이는 이틀 만에 오줌 몇 방울을 흘려놓았다. 고양이가 오줌을 쌌다고 반색하는 모습을 손녀가 보았다면 뜨악한 표정을 지었으리라고 정순은 생각했다. 원룸에서 여덟 달 가까이 함께 지냈음에도 정순은 손녀가 여전히 낯설게 느껴졌다. 엄마 손에 이끌려 와서 더부살이하는 처지임에도 제 맘대로 길고양이를 방에 들인 손녀를 이해하기가 어려웠다. 전학한 학교에서 공부를 잘하고 있는지 아닌지 정순은 묻지 않았다. 밥할 때 쌀을 넉넉하게 씻어서 안치고 재래시장에서 이불 한 채를 사 왔을 뿐이었다.

아파트 청소일을 마치고 원룸으로 돌아오는 길에 정순은 빌라와 빌라 사이 좁은 골목에서 교복을 입고 둘러서서 담배를 피우는 아이들을 보았다. 쓰레기 분리수거장을 어지럽힌다고 길고양이와 쥐를 탓할 일이 아니었다. 아이들은 정순이 빤히 쳐다보는데도 침을 탁탁 뱉으면서 담배를 피우고 무람없이 떠들어댔다. 네 명의 아이 중 교복 치마를 입은 아이는 정순의 손녀였다. 정순은 손녀를 나무라거나 호통치지 않고 황급히 자리를 떠나왔다. 그날 밤 손녀는 원룸으로 돌아오지 않았다. 전화를 받지 않는 딸에게 아이를 데려가라고 문자를 보냈는데 답장이 없었다.

늙은 엄마에게 아이를 떠맡긴 딸이 어디에서 무엇을 하며 지내는지 정순은 알지 못했다. 딸이 성인이 된 뒤로 정순과 딸은 서로를 돌보지 않고 지내왔다. 정순은 자식에게 도움이 되지 못하더라도 짐이 되지는 않겠다고 다짐하며 살아왔다. 스스로 몸을 움직여 일할 수 있는 동안에는 굶지 않고 살아갈 수 있었다. 수년 전 정순은 장례비에 쓰려고 통장에 돈을 조금 예치해놓았다. 정순이 생전에 쓸 수 없는 돈이었다. 통장에 넣어둔 장례비를 생각하면 죽음에 대한 두려움이 사라지는 듯했다.

정순은 말 못 하는 병든 고양이의 등을 어루만지면서 흉흉한 소문과 함께 자취를 감춰버린 손녀의 모습을 떠올렸다. 이름을 불러주고 어깨를 두드려주었다면 손녀가 온데간데없이 사라지지 않았을지 알 수 없었다. 우격다짐으로 떠맡은 아이라지만 거리를 떠돌아다니면서 사람들에게 손가락질이라도 당할까 봐 걱정스러웠다. 고양이는 고양이의 자리가 있고 사람은 사람의 자리가 있었다. 길에서 살다가 길에서 죽음을 맞아야 했을 고양이는 좁디좁은 방 안에 쓰러져 누워 있고 정순의 손녀는 장맛비가 쏟아지는 거리를 떠돌고 있을 터였다.

고양이가 며칠을 더 버틸 수 있을지 몰라도 숨이 끊어지면 정순이 묘지를 마련해주어야 했다. 백발의 노인이 날마다 일없이 빌라 입구에 나와 앉아 있는 까닭은 자신이 아직 살아 있음을 이웃들에게 알리기 위해서인지 모른다고 정순은 생각했다. 좁은 방 안에 방치된 노인의 주검을 떠올리고 싶지 않았다. 사람의 거처에서 죽은 듯 잠이 든 고양이는 아직 숨이 붙어 있었다.

지영은 남자와 짧게 동거하고 헤어지기를 여러 번 반복했음에도 재민이 떠난 뒤 혼자만의 시간과 공간이 힘겨웠다. 따듯하고 정이 많은 사람이었다. 지금껏 지영이 만나고 헤어진 남자들과 달리 재민은 거친 말이나 폭력을 행사하지 않았다. 자상하고 배려심 많은 남자를 다시 만나기 어려우리라고 지영은 생각했다.

재민이 불쑥 떠나버린 까닭을 지영은 여태도 알지 못했다. 귓속을 파고드는 고양이 울음소리에 진절머리 내면서 설핏 잠들었던 날 지영은 재민이 돌아오는 꿈을 꾸었다. 그는 배가 고프다면서 작업복을 벗지 않고 빈 밥상 앞에 앉았다. 지영이 허둥거리며 냉장고와 싱크대 찬장을 열었는데 국이나 찌개를 끓일 만한 음식 재료는커녕 밑반찬 하나 보이지 않았다. 먹을 수 있는 거라곤 고양이 사료뿐이었다. 에멜무지로 다시 냉장고를 열었는데 조금 전에는 보이지 않던 상자가 하나 눈에 띄었다. 텅 빈 냉장고 선반에 놓인 상자를 열자, 여성용 부츠가 나왔다.

새것으로 보이는 갈색 가죽 부츠 한 짝을 꺼내 조리대에 올려놓고 지영은 주방용 가위로 썰기 시작했다. 둥근 접시에 조각난 가죽이 수북이 쌓이도록 가위질을 멈추지 않았다. 이마에 흐르는 땀을 손등으로 닦아내면서 고개를 들었을 때 재민은 어디론가 사라지고 없었다. 냉장고와 싱크대 찬장을 텅텅 비워두었다고 자책하면서도 지영은 고기와 채소를 사려고 밖으로 나가지 않았다. 돌아올 수 없고 돌아오지 않을 사람이었다. 먹을 수 없는 가죽 조각은 지영의 몫이었다.

창문을 닫았어도 고양이 울음소리는 사라지지 않았다. 무거운 비닐 백을 메고 빗속을 걸어 다닌 탓에 지영은 지쳐서 쓰러질 듯했다. 배가 고팠다. 온종일 먹지 않았고, 원룸에는 먹을 만한 음식이 하나도 없었다. 재민이 떠난 뒤 지영은 밥을 제대로 먹지 못했다. 가스레인지를 켜서 고기를 굽고 채소를 볶아 상을 차려내는 일이 귀찮고 심드렁해졌다. 길고양이 울음소리에 쫓겨 저녁나절의 외출을 시작하기 전까지 지영은 좁은 방 안에 내내 갇혀 있어야 했다.

먹을거리를 찾으려고 두리번거리면서 지영이 냉장고를 열었다가 닫고 찬장을 열었다가 닫았다. 유리컵 가득 수돗물을 받아 마시고 현관 입구에 부려놓은 비닐 백을 물끄러미 바라보다가 밥그릇을 꺼내 고양이 사료를 담았다. 지영은 비좁은 부엌 바닥에 쭈그리고 앉아 고양이 사료를 먹기 시작했다. 고양이처럼 단순하게 먹으면 음식물 찌꺼기가 생기지 않고 가스를 낭비하거나 번거롭게 치워야 하는 수고를 덜 수 있었다.

먹이를 가져다줄 사람을 기다리지 않는다는 점에서 지영은 길고양이와 달랐다. 찬장의 사료가 바닥나면 다시 모험을 감행해야 했다. 위험이 닥칠지 모르지만 포기하지 않는다는 점에서 지영은 길고양이와 같을 수 없었다. 사람이 먹는 음식은 고양이에게 해로워도 고양이 먹이는 사람에게 해를 끼치지 않으리라고 생각했다. 역겨운 맛을 참으면서 재빨리 사료를 씹어 삼켰다. 고양이 먹이가 사람에게 해로울 리 없었다. 빗물에 둥둥 떠다니는 고양이 먹이를 떠올리면서 지영은 사료를 한 움큼 손으로 집어 입에 욱여넣었다.

고양이 사료를 먹었는데 허기가 채워지지 않았다. 달고 새콤한 음식을 입에 넣고 싶었다. 트렁크 안에서 찐득하게 녹고 있을 단것이 떠올랐고 욕지기가 치밀었다. 역겨운 냄새 때문에 길고양이가 꼬이는지도 몰랐다. 핑크색 트렁크 표면의 여러 겹으로 파인 홈을 따라 빗물이 흘러내렸다. 바람이 기분 나쁜 소리를 내지르면서 닫혀 있는 베란다 창문을 흔들어댔다. 창틀을 타고 흘러 들어온 빗물이 실금이 간 시멘트 벽을 적시며 뚝뚝 떨어졌다. 비가 오면 창을 닫아도 빗물이 새는 낡고 허술한 집이었다. 지영은 원룸 관리인을 찾아가서 비가 샌다고 말하지 않았다. 소지품을 트렁크에 넣고 언제 떠나게 될지 알 수 없었다. 전화와 문자로 쉽고 간단하게 이별을 통보했던 남자들처럼 허술한 방을 미련 없이 떠나게 되리라고 짐작했다.

아이는 트렁크 안에서 고양이 울음소리를 흉내 냈다. 호랑이가 나타나 고양이들을 전부 잡아먹을 거라면서 흐느껴 울었다. 숨바꼭질 놀이가 지겹다고 말해서 아이는 엄마를 당황하게 했다. 베란다와 방 사이 더러운 문틀을 따라 누런 벌레가 떼 지어 기어올라왔다. 빗물이 괸 트렁크 위에 죽은 벌레가 둥둥 떠다녔다. 빗물이 흥건한 베란다는 구더기 천지였다. 구더기가 지영의 발등을 타고 종아리로 올라왔다. 눈 깜짝할 사이 방 안은 구더기로 발 디딜 자리가 없었다. 베란다 창 너머에서 고양이가 시끄럽게 울어댔다. 목을 타고 올라오는 구더기를 바라보면서 지영이 진저리 쳤다. 구더기를 떼어 내려고 잠옷을 벗어 던지고 깨금발로 서서 정신없이 두 팔을 내저었다. 죽은 제 새끼를 어서 내놓으라고 고양이가 앙칼지게 소리쳤다.

　고양이 울음소리를 듣고 눈을 뜬 정순은 휴대전화 폴더를 열어놓고 일어나 앉아 고양이의 자리를 살폈다. 고양이는 정순이 눕혀준 대로 정물처럼 그곳에 있었다. 아기 울음소리 같은 고양이 울음소리는 더 이상 들려오지 않았다. 정순은 고양이 울음소리가 아니라 아기 울음소리였을지 모른다고 생각하며 자리에서 일어나 형광등을 켰다가 화들짝 놀랐다.

　두 눈을 뜬 채로 축 늘어진 고양이의 곁으로 가지 못하고 정순이 뒷걸음질 치다가 주저앉았다. 정순은 습기로 가득 찬 방에서 한기를 느끼며 고양이가 있는 자리까지 힘겹게 무릎걸음으로 다가갔다. 손을 뻗어 고양이의 등과 머리를 어루만지다가 눈을 감겨주려고 손가락으로 눈꺼풀을 쓸어내렸다. 아직 몸에 온기가 남은 고양이는 눈을 감으려고 하지 않았다.

　"여름아, 눈을 감아야지. 이제 눈을 뜨고 있으면 안 되는 거란다."

　젊고 건강했을 때 여느 고양이처럼 골목길을 내달리고 높은 곳까지 뛰어올랐을 고양이는 두 눈을 뜬 채 침묵했다. 잠깐 눈을 뜨고 있는 것조차 힘겨워하던 고양이가 숨을 거둔 뒤에 감으려고 하지 않는 까닭을 알 수 없었다.

　정순은 손녀가 여름이라고 이름을 지어준 고양이를 품에 안고 여름아, 눈을 감으렴, 하고 여러 번 말했다. 장맛비가 쏟아지는 한

밤중에 정순은 이제 더 이상 플라스틱 숟가락으로 물을 받아먹을 수 없는 고양이를 안고 달래면서 눈꺼풀을 쓸어내렸다.

고양이가 정순의 말을 알아들었다는 듯이 눈을 감았다.

지영이 허둥거리면서 부엌 찬장을 열어놓고 고양이 사료를 꺼냈다. 비가 쏟아지는 한밤중이었다. 사료 포대를 품에 안고 지영은 밖으로 뛰쳐나갔다. 거센 빗줄기가 지영의 정수리와 얼굴을 때리고 가슴골 사이로 떨어졌다. 광포한 빗줄기가 차가운 채찍이 되어 몸을 찍어 눌렀다. 고양이 한 마리가 어둠 속에서 모습을 드러냈다가 재빨리 사라졌다.

사료 포대가 길바닥으로 떨어져 나뒹굴었다. 지영은 미끄러운 빗길에서 휘청거리다가 간신히 몸을 바로 세웠다. 고양이 울음소리는 들려오지 않았다. 먹이를 주려고 정신없이 뛰쳐나온 지영을 믿지 못하고 경계하며 기회를 엿보는 듯싶었다. 사납게 퍼붓는 비와 어둠에 갇혀 지영은 한 걸음도 내딛지 못했다. 길바닥에 쭈그려 앉아 포대에 담긴 사료를 사방으로 흩뿌렸다. 사료가 금세 곤죽으로 변할 텐데도 고양이는 나타나지 않았다. 빈 사료 포대를 그대로 두고 지영이 힘겹게 몸을 일으켜 세웠다. 어둠 속에서 한 줄기 불빛이 번뜩거렸다. 지영은 비명을 내지르며 눈을 감았다가 크게 떴다.

서성란 | 1996년 중편소설 「할머니의 평화」로 《실천문학》 신인상을 받았다. 펴낸 책으로 창작집 「방에 관한 기억」 「파프리카」 「침대 없는 여자」 「내가 아직 조금 남아 있을 때」, 장편소설 「모두 다 사라지지 않는 달」 「특별한 손님」 「일곱 번째 스무 살」 「풍년식당 레시피」 「쓰엉」 「마살라」 「달 아주머니와 나」 등을 출간했다. 「쓰엉」은 2017년 아시아 필름마켓 북투필름에 선정되었고 베트남어로 번역 출간되었다. 서라벌문학상과 제46회 이상문학상 우수상 수상. 제3회 백릉 채만식 문학상 수상. 2025년도 한국문화예술위원회 국제교류에 선정되어 이탈리아 나폴리 오레엔탈레대학교 레지던시에 참여했다.

3부

부르면 오지 않는 것들

이 호 준

염 기 원

이 순 원

지붕 위의 칸트

이호준

바깥공기가 출렁, 아니 술렁거린다. 오늘도 한바탕할 모양이다. 책상 앞에 앉아 있어도 파동이 생생하게 느껴진다. 자판에서 손가락을 떼고 카운트를 시작한다. 쓰리, 투, 원, 스타팅 블록에 엎드린 스프린터처럼 온몸의 세포가 우르르 곤두선다. 제……! 마지막 숫자가 입 밖으로 튀어나오기도 전에 우당탕! 요란한 소리가 고요를 찢는다. 슬금슬금 창을 넘던 햇살이 소스라친다. 뭘 던졌는지 다른 날에 비해 훨씬 요란하다. 슬라이드 쇼를 보는 것처럼 바깥에서 벌어졌을 장면들이 하나씩 그려진다. 곧 새된 목소리가 담을 넘어온다.

"저 괭이 새끼! 무슨 망조가 들려고 지붕에 올라가 지랄이냐구."

역시 아랫집 노인이다. 그 뒤를 짧은 적막이 따른다. 내 동정에 귀를 기울이고 있을 것이다. 하지만 노인의 바람대로 움직여줄 생각은 없다. 다음 과정 역시 뻔하다.

"주인이란 놈이 싸가지 없으니까 괭이 새끼까지 저 모양이지."

오늘은 화가 머리 꼭대기에 올라선 모양이다. 보통은 "주인은 코빼기도 안 비치고……." "죽었는지 살았는지……." 구시렁거린 다음에 욕설이 이어지는데 곧장 '놈'으로 넘어갔다. 이럴 땐 깊숙이 숨는 게 좋다. 나는 다시 모니터 커서에 시선을 고정한다. 뚫어지게 보면 커서 혼자 문장을 써 나갈지도 모른다는 상상을 한 지는 꽤 오래됐다. 불끈! 눈에 힘을 줘보지만 커서는 꼼짝 안 한다. 괜히 눈물이 날 것 같다. 욕을 먹어서 나는 눈물은 아니다. 커서는 마우스를 작동하거나 자판을 쳐야 움직인다는 새삼스러운 자각에 눈을 슴벅거렸을 뿐이다. 1년 가까이 쓰고 있는 '대작 소설'은 여전히 400매 언저리에 코를 박고 있다. 500매만 넘기면 술술 넘어갈 텐데.

다시 바깥 동정에 귀를 기울인다. 조용하다. 평소대로라면 더 지독한 욕설이나 물건 던지는 소리가 한두 번 들려야 한다. 오늘따라 노인이 일찌감치 포기했거나 칸트가 적절한 선으로 물러난 모양이다. 칸트는 고양이 이름이다. 밥은 내게 와서 먹고 잠은 노인 집에서 자는, 길고양이도 집고양이도 아닌, 굳이 규정해야 한다면 마당 고양이다. 아랫집 노인은 먹이 주는 나를 칸트의 주인이라고 여기고, 나는 잠자는 곳이 아랫집이니 노인을 주인이라고 여긴다. 칸트를 차지하기 위해 치열하게 노력한 적도 있었다. 노인도 그랬을지 모른다. 하지만 칸트는 여전히 '양다리'를 포기할 생각이 없는 것 같다.

상황은 끝났다. 방문을 열고 마루로 나간다. 강을 지나온 바람이 뺨을 할퀼 듯 달려든다. 하늘을 올려다본다. 작년 같으면 벌써 두어 차례 눈이 내렸을 텐데 여전히 빤빤하다. 눈을 생각하는 순간 나도 모르게 진저리 친다. 이곳의 추위는 혹독하다. 앞에는 강이 흐르고 뒤에는 산이 버티고 있는, 전형적인 명당자리는 추위까지도 명당의 모범을 보여준다. 바람은 얼마나 드센지, 강에서 출발한 뒤 꼭 이 집에 들러 무언가 옆구리에 끼고 산으로 간다. 지난해 겨울에는 마당의 나무 탁자에 꽂아놓은 파라솔을 산 중턱에 날라다 놓기도 했다. 눈이 안 온다고 계절이 바뀌지 않는 건 아니어서, 겨울의 냉기는 이미 곳곳에 포진해 있다. 신발을 꿰고 마당으로 나선다. 노인도 칸트도 보이지 않는다. 노인은 짧고 강렬한 화풀이를 한 뒤 제풀에 지쳐 들어가 누웠을 테고, 칸트는 은신처로 몸을 피했을 것이다. 은신처…… 그 공간이 노인과 칸트가 벌이는 전쟁의 발원지다.

공간…… 전쟁……. 공통점이 별로 없어 보이는 단어들이 머리를 스치는 순간 강렬한 흡연 욕구가 인다. 요즘엔 거의 담배를 안 피우는데 별일이다. 서울에서는 그렇게 노력해도 매번 실패하던 금연이 이곳에서는 저절로 이뤄지고 있다. 아내는 내 온몸에서, 아니 속옷이나 우산, 신발에서까지 담배 냄새가 난다고 과장되게 몸서리쳤다. 나는 애써 지어낸 웃음이나 지키지 못할 금연 약속으로 그 순간을 모면하고는 했다. 방으로 들어가 담배 한 개비를 들고나온다. 라이터를 켜는 순간, 긴 타원형으로 솟아오르는 불꽃에 아내의 얼굴이 겹쳐진다. 그러고 보니 흡연 욕구가 줄어들던 무렵부터 아내 생각을 한 적이 없다. 아니 아내 생각을 하지 않은 뒤부터 흡연 욕구가 줄어들었던가?

서울을 떠나 시골집에서 월세살이를 시작한 건 재작년 늦봄이었다. 아내와 대화가 단절되고 얼마 지나지 않아서였다. 그녀와 사는 날이 길어질수록 소통하는 법을 조금씩 잊어버렸다. 물론 눈만 마주쳐도 상대방의 생각을 읽는 기적이 20년, 30년 갈 거라고 믿은 건 아니었다. 하지만 우리는 고작 결혼 10년 차였고 딸 수지가 여덟 살, 초등학교 2학년이었다. 어느 날부터 아내와 나 사이에 강 하나가 생겼고 수지의 키에 비례해서 강폭도 넓어졌다. 강 이쪽과 저쪽에서 고래고래 나누는 대화는 갈수록 소통 기능을 상실했다. 내가 동쪽이라고 말하면 그녀는 서쪽으로 알아들었다. 그건 나도 마찬가지여서, 그녀가 꽃이 피었다고 말하면 나는 낙엽이 졌다고 알아들었다. 그때까지만 해도 대화가 완전히 끊긴 건 아니었다. 주제역시 늘 '대화'였다.

"대체 너라는 사람과는 대화가 안 돼. 왜 뻔한 말을 못 알아듣지?"

"내가 할 말을 복사한 듯 말씀하시네? 내 말이 어려워서 그러는거야? 수지는 다 알아듣는데?"

그녀와 나는 모든 불통 수단을 열심히 실험했다. 언제부턴가 가시를 앞세운 대화마저 끊어져버렸다. 말의 씨앗을 파종해도 싹은돋아나지 않았다. 내가 출판사를 그만두고 전업 작가로 살겠다고선언했을 때 나눈 게 마지막 대화였다. 아니 마지막으로 싸웠다. 아내는 전업 작가라는 말에, 먹던 참치를 빼앗긴 고양이처럼 카르릉거렸다.

"제발 좀! 지금은 지난 세기가 남긴 전업 작가라는 유물에게 밥을 주는 시대가 아니라구."

"지난 세기의 유물이라고? 세기는 죽어도 문학은 안 죽어. 인류의 마지막 구원이야."

"그래! 문학은 안 죽어. 문학에 목을 매는 사람만 죽지."

"너 내가 소설가라서 좋다고 하지 않았어?"

“맞아. 다만 직업이 있는 소설가. 소설가는 직업이 아니잖아? 그 이름은 액세서리처럼 목에서만 빛나면 된다구.”

액세서리……. 아내도 한때는 이른바 문청이었다. 다만 문청이었을 뿐이다. 작가라는 문을 열고 들어서기에는 재능도 열정도 부족했다. 문청이라는 액세서리가 필요했을 뿐이다. 그 액세서리가 싫증 날 무렵, 재빨리 소설가 남편이라는 새 액세서리를 골랐다. 자판을 두드리는 대신 소설 쓰는 남자와 결혼하는 데 열정을 바쳤다. 유명 작가의 아내라는 액세서리를 목에 걸고 동창회에 가는 것으로 충분했다. 내가 목적이 아니라 수단일 뿐이라는 사실을 깨달았을 땐 이미 결혼이라는 굴레 속으로 들어선 뒤였다. 게다가 아내는 쥐꼬리든 소꼬리든 월급을 타 와야 한다는 ‘월급 지상주의자’였다. 그녀에게 필요한 건 월급 자체가 아니라 날마다 출근하는 남편이었다. 남편이 집에 있다는 건 형벌이었다. 잠깐 이름을 알렸을 뿐인 40대 중반의 작가가 직장을 버리고 소설만 쓴다는 것은 범죄였다. 그런 속내를 대놓고 말하지는 않았다. 둘 사이의 강폭이 더 넓어졌을 뿐이다. 나는 출판사를 그만두고, 아내와 대화가 끊어진 지 한 달째 되는 날부터 혼자 살 집을 찾기 시작했다. 그리고 보름 뒤 오래된 시골집으로 이사했다. 그런 것도 이사라고 할 수 있을까? 짐이라고는 승용차에 실린 책 몇 권, 옷가지 몇 개, 노트북컴퓨터가 전부였다. 아! 전기밥솥과 부엌살림 몇 개도 따라왔다. 내가 챙겼는지 아내가 챙겨 넣었는지는 분명치 않다. 아내는 애굽 땅을 탈출한 유대 민족처럼 후련한 표정이었다. 이 집은 고향인 D읍에 내려와 사는 후배 요섭이 얻어줬다. 전형적인 농촌이었지만 읍내가 가까웠다.

두어 모금 빨던 담배를 비벼 끈다. 맛도 감동도 없다. 뭐가 좋아서 그리 오래 피웠는지. 다시 방으로 들어간다. 노인과 고양이가 사라진 세상은 물속처럼 고요하다. 노인은 내일이나 나와서 지붕 위로 던질 물건을 찾을 것이다. 물론 칸트는 그 시간에 지붕에 앉아서 햇볕을 즐기고 있겠지. 고집스럽게 자리를 지키는 커서를 조금이라도 밀어보려고 안간힘 쓰는데 고양이 울음소리가 들린다. 칸트가 내게 보내는 신호다. 시계를 보니 정확하게 오후 다섯 시. 서둘러 나가서 사료와 물을 챙겨 준다. 칸트가 오는 시간은 거의 일정하다. 여름 아침에는 다섯 시 무렵, 겨울에는 여섯 시 삼십 분쯤에 밥그릇 앞에 와 있다. 그 시간에 내가 나오지 않으면 소리로 신호를 보내고, 그래도 안 나오면 마당 탁자에 놓인 무언가를 떨어뜨려 항의하기도 한다. 미워하며 배운다더니, 그럴 때는 딱 아랫집 노인을 닮았다. 저녁에는 어스름이 깔릴 무렵에 온다. 길고양이들이 왜 그 시간에 주로 활동하는지에 대해서는 후배 요섭이 알려줬다. 역동적인 동작이 좋아서 길고양이 사진을 찍는다는 그는 고양이 박사다.

"야생 고양이의 습성이 그래요. '박명박모성薄明薄暮性' 동물이라고 하는데, 사람에게 밥을 얻어먹기 전에는 쥐나 새를 잡아먹고 살았거든요. 그 먹잇감들이 주로 어스름한 시간에 활동하니까……."

"낮에는 뭐 하는데?"

"잠을 자거나 그루밍하거나, 사냥을 위해서 힘을 비축하는 시간이지요."

별 쓸데없는 걸 다 안다고 생각하면서도 그가 들려주는 고양이 이야기가 재미있었다. 칸트는 항상 내 앞에서 당당하다. 내가 주는 밥으로 살면서도 얻어먹는 티를 조금도 안 낸다. 특별히 고마워하는 것 같지도 않다. 어느 날 그 꼴을 지켜보던 요섭이 말했다.

"갑을 관계가 바뀌었군요. 아마 둘 중 하나가 사라질 때까지 계속될 겁니다."

날이 훤하게 밝아도 칸트가 오지 않는다. 뭔가 문제가 생긴 것 같다. 길고양이가 밥 먹으러 안 올 수도 있지, 호들갑 떨 일이냐고 묻는다면 칸트를 모르기 때문에 하는 소리다. 칸트는 시간관념이 투철하다. 마치 저 사는 곳의 벽에 시계라도 걸어놓은 것처럼 정확한 시간에 나타난다. 단 한 번 며칠 동안 오지 않은 적은 있었다. 천적에게 당했나? 많이 다친 게 아닐까? 멀리 떠났나? 온갖 걱정에 잠이 안 왔다. 그렇게 모습을 감췄다가 일주일 뒤 나타났다. 자세히 보니 목에 꽤 큰 상처를 입고 있었다. 그나마 많이 아문 상태였다. 상처를 통해 그동안의 행적을 그려볼 수 있었다. 큰 고양이나 산짐승으로부터 공격을 받은 뒤 도망쳐서 은신처에 숨어 있었을 것이다. 피를 흘리며 돌아다니면 2차 공격으로 목숨을 잃을 수 있다. 그동안 스스로 할 수 있는 건 기다리는 것, 그리고 상처를 핥는 것뿐이다. 놀라고 화나고 절망에 빠진 마음도 치유했을 것이다. 산자락인 이곳은 고양이의 천적이 많다. 다른 길고양이뿐 아니라 너구리나 오소리도 있다. 들개 역시 무서운 적 중 하나고 매 같은 맹금류도 고양이를 노린다.

그 사건 이후에는 제때 오지 않은 적이 없다. 어제 노인과의 일전이 생각보다 과격했나? 금방 고개를 젓는다. 그 일 때문이라면 저녁에도 안 왔을 것이다. 어딜 또 다쳤나? 혹시…… 노인이 해코지를? 역시 고개를 젓지만 한번 일어난 의심은 꼬리를 문다. 시간이 지나면서 그 불경한 생각은 '그럴 리가'에서 '그럴 수도 있잖아?' 쪽으로 무게중심이 기운다. 최근 노인의 칸트에 대한 미움이 극에 달한 건 분명하다. 어제 그 요란했던 소리가 귓속에서 재생된다. 그 정도의 증오라면 칸트를 없애겠다는 생각이 왜 안 들까. 덫이나 쥐약을 놓을 수도 있다. 다른 길고양이와 어울릴 기회가 없었던 칸트는 의외로 순진하다. 의심은 들판의 봄풀처럼 아우성치며 번져가지만, 설령 사실이라고 해도 내가 할 수 있는 일은 없다. 요즘은 말도 안 섞는 노인에게 대놓고 "어르신이 칸트를 죽였어요?" 물어볼 수도 없는 일이니.

처음부터 노인과 사이가 나빴던 건 아니다. 입주 초기에는 '정다운 이웃'의 분위기가 넘쳐흘렀다. 나는 이곳으로 오기 전에 시골살이에 대해 충분히 학습했다. 낯선 이주민이 정착에 실패하는 가장 큰 이유는 이웃과의 갈등 때문이라는 말을 들었기 때문이다. 특히 노인들과의 마찰이 문제를 일으킨다는 것이었다. 어떻게 하면 물 스미듯 편입될 수 있을까 연구했다. 입주하고 보니 역시 가장 가까운 곳에 노인이 살고 있었다. 50대 부부가 사는 오른쪽 아랫집은 크게 신경 쓰지 않아도 될 것 같았고, 왼쪽 아랫집 노인에게 집중하기로 했다. 입주한 다음 날 건강식품을 사 들고 아랫집을 찾아갔다. 옛날 가게 같은 구조의 집이었는데, 흐릿한 유리창을 통해 들여다본 안쪽은 종일 햇볕 한 줌 다녀가지 않는 듯 침침했다. 그리고 완고해 보이는 적막이 커튼처럼 드리워져 있었다. 유리문을 사이에 두고 다른 세상이 존재하는 것 같았다. 몇 번 부른 뒤에야 어둠을 등에 진 노인이 문을 열고 나왔다. 작은 키에 조금 구부정해 보였지만 비교적 꼿꼿한 모습이었다. 나는 공손하게 인사를 했다. 첫인상이 중요한 법이니.

"안녕하세요? 윗집에 이사 왔는데 인사드리려고요."

노인은 귀가 좀 어두운 것 외에는 건강해 보였다. 부동산중개인에게 들은 정보로는 아흔이 넘었다는데, 언뜻 70대쯤으로 보였다.

"아! 그러시구면요. 반가워요."

"잘 부탁드리겠습니다."

"부탁할 게 뭐 있나? 나도 서울에서 살다가 늙어서 고향으로 돌아왔어요. 그래, 뭐 하는 분인가요?"

"글을 씁니다."

"음! 훌륭한 양반이구먼. 전에 살던 사람은 그림을 그린다고 했는데……."

노인의 의식 속에서 그림을 그리거나 글을 쓰는 사람은 훌륭한 사람인 모양이었다. 다행이었다. 출발은 그렇게 순조로웠다. 노인은 조용한 편이었고 이웃 일에 참견하지도 않았다. 종일 방에서 TV를 친구 삼아 지내는 것 같았다. 노인정도 가지 않았고 찾아오는 사람도 없었다. 고령의 독거노인을 돌보는 제도가 있는지, 식사는 노인복지센터에서 배달하는 것 같았다. 나는 과일이나 과자 같은 게 생기면 노인에게 들고 갔다. 일부러 찾아가서 텃밭에 뭘 심을지 묻기도 했다. 노인들은 물어보는 걸 좋아한다는 정보에 충실한 것이었다. 그렇게 평화로운 날들이 계속될 줄 알았다. 칸트가 나타나기 전까지는.

칸트는 여전히 오지 않는다. 아침밥을 안 먹었으니 오전에라도 들르련만 아무 기척도 없다. 지붕에 칸트가 없으니 노인이 뭘 던질 일도 없다. 불안한 고요가 노인과 내 집 사이를 배회하고 있다. 손은 자판 위에 있지만 모니터 속 커서는 여전히 400매 언저리를 서성거린다. 할 일을 안 하고 지나쳤을 때의 찜찜한 기분이 오전 내내 계속된다. 밖에서 부르는 소리가 연거푸 들린 건 오전 열 시가 조금 넘어서였다. "강 씨"라고 부른 것 같기도 하고, "강 선생"이라고 부른 것 같기도 하다. 강 선생? 한때 노인이 그렇게 불렀지만, 둘 사이에 칸트가 끼어든 뒤로는 한 번도 들어보지 못한 호칭이다. 노인은 처음에 나를 작가 선생, 혹은 강 선생이라고 불렀다. 하지만 언제부턴가 강 씨가 되었다. 물론 칸트 때문이었다. 그때마다 이 정도로 불러주는 것도 과분한 줄 알라는 표정이었다. 요즘은 강 씨에서도 전락해서 '싸가지 없는'이라는 수식어가 붙는다. 문을 열고 나가보니 마당에 아랫집 노인이 서 있다. 노인이 나를 찾아온 건 처음이다. 칸트가 나타나기 전에도 항상 내가 찾아갔다.

"어? 어르신! 어쩐 일이세요?"

"강 선생에게 부탁할 게 있어서……."

노인이 말끝을 흐린다. 내가 '싸가지'와 작별하고 강 선생이라는 이름을 되찾은 순간이다.

"부탁요? 말씀하세요."

"병원에 좀 가야 하는데…… 읍내 사는 조카가 급한 일이 생겨서 못 온다지 않아요. 그렇다고 버스를 탈 수도 없고. 난 어지러워서 버스는 못 타요. 택시를 부르자니 누가 옆에 좀 있어야 할 것 같아서……. 그래서 부탁하는데, 강 선생이 읍내 병원까지 태워다 줄 수 없을까요?"

길어지는 설명 속에서 노인이 애써 감춘 무안과 다급한 상황을 한꺼번에 읽는다. 얼굴이 창백하고 목소리에도 잔 떨림이 묻어 있다. 자존심이나 고집 때문에라도 어지간해서는 내게 부탁하지 않을 텐데 정말 다른 방법이 없는 것이다. 나는 짐짓 호들갑을 섞어 대답한다.

"어휴! 그럼요. 모셔다드려야지요. 그게 뭐 어려운 일이라고. 그나저나 많이 편찮으신 거예요?"

"아니, 뭐…… 늙은이들은 앓는 게 사는 거잖아요. 약 타러 가는 날이기도 하고. 때맞춰서 아파주니 그것도 복이지. 아무튼 미안해요."

노인을 부축해서 뒷자리에 태우고 읍으로 가는 내내 룸미러를 통해 상태를 살핀다. 더 나빠질까 마음이 쓰이기도 하고, 혹시 기회가 생긴다면 칸트 일을 물어보고 싶기도 하다. 하지만 노인은 눈을 꼭 감고 있다. 조금 전보다 더 창백해진 것 같아서 불안해진다. 한낮의 병원은 한산한 편이다. 노인을 진찰실까지 모셔다드린 뒤 나는 대기실에 앉아서 묵은 잡지를 뒤적거린다. 한참 뒤 주사실에서 나온 노인이 어서 가자는 듯 손짓한다.

"뭐랍니까? 많이 안 좋으시답니까? 큰 병원으로 가야 하면 모셔다드릴게요."

"아녜요. 엊저녁 먹은 게 체했는지, 혈압이 높고 어지럽고…… 심장도 안 좋은 편이라…… 주사 맞았으니 약 먹고 조리하면 괜찮을 거라네요."

더듬거리기까지 하는 걸 보면 괜찮지만은 않은 모양인데, 내게 모든 걸 털어놓고 싶지 않은 눈치다. 나도 더 묻지 않는다. 정말 위급한 상황이라면 의사가 큰 병원으로 보냈겠지. 약국에 들렀다가 집으로 돌아오는 길에도 노인은 눈을 감고 말이 없다. 안색이 좀 나아진 것 같아서 마음이 놓인다. 그나저나 노인과 나 사이는 조금 가까워진 걸까? 은근히 궁금하다. 칸트가 돌아와 다시 지붕에 올라가면 노인은 또 무언가 집어 던지며 내 욕을 하겠지? '싸가지 없는

놈'으로 돌아가는 순간일 것이다.

　노인을 집 안까지 모셔다드린 뒤, 내친김에 칸트를 찾아 나선다. 찾는다고 찾아지지 않을 거라는 건 나도 안다. 길고양이가 작정하고 숨으면 찾을 방법이 없다. 고양이의 청각은 오감 중에 가장 뛰어나서 개미가 풀숲을 기어가는 소리도 들을 수 있다고 한다. 그러니 기척만 내도 나인 줄 알겠지만, 마음이 내키지 않는 한 나올 리 없다. 이름을 불러도 마찬가지다. 내가 부르는 소리를 못 듣는 게 아니라 들어도 반응하지 않는다. 그렇다고 컴퓨터 앞에 앉아 마냥 속끓일 수도 없다. 어차피 써봐야 400매 언저리일 텐데. 심란한 날은 쓰는 양보다 지우는 분량이 더 많다. 집 뒤 억새밭부터 잡목 숲까지 뒤져본다. 상상도 하기 싫지만, 혹시 해를 입고 못 움직이거나 죽었을지도 모르니까.

　칸트, 아니 낯선 고양이가 처음 내게 왔을 때가 그런 상태, 즉 죽기 직전이었다. 내가 이 집에 온 지 한 달도 안 된 초여름의 어느 한낮이었다. 그날따라 화살촉처럼 날카로운 햇살이 마당 가득 쏟아져 내리고 있었다. 평소보다 조금 멀어져 보이는 마을은 그림 속에 들어앉은 듯 고요했다. 작은 동물 하나가 열어놓은 대문을 지나 마당으로 들어서고 있었다. 처음엔 강아지인 줄 알았다. 손차양으로 햇살을 걸러 내고 자세히 보니 작은 고양이였다. 길고양이로는 흔치 않은, 온통 까만 털을 가진 녀석이었다. 어둠 속에 떠 있는 것 같은 노란 눈이 도드라져 보였다. 그런데 걸음걸이가 이상했다. 오른쪽 앞다리를 질질 끌며 걷고 있었다. 속도가 얼마나 느린지, 앞으로 살아갈 생까지 등에 지고 오는 것처럼 보였다. 태어난 지 두어 달쯤 됐을까? 상식을 벗어난 상황이었다. 길고양이들은 상처를 입으면 천적들의 눈길이 미치지 못하는 곳으로 숨는다. 그런데 저 꼬마는 왜 이곳으로 오는 걸까? 더구나 한낮에. 모든 아지트를 잃고 마지막 은신처마저 노출된 레지스탕스가 저런 모습일까? 배가 홀쭉한 게 오래 굶은 것 같았다. 어린 고양이가 저 정도 다치면 먹이 활동은 불가능하다. 상처로 죽기 전에 굶어 죽을 게 뻔했다. 나는 바삐 움직였다. 굶주린 고양이의 배를 채워줄 만한 것을 생각하다가 우선 집에 있는 개 사료라도 주기로 했다. 고양이는 내가 움직일 때마다 움찔움찔 뒷걸음질했다. 하지만 탈진한 상태라 멀리 가지는 못했다. 그릇 하나에 사료를 담고 다른 하나에 물을 담아 그늘에 놓았다. 그리고 방으로 들어왔다. 창으로 내다보니 처음에는 잠깐 주뼛거리더니 바로 달려들어 허겁지겁 먹기 시작했다.

그렇게 칸트와 만났다. 칸트라는 이름에 특별한 의미가 있는 건 아니다. 칸트가 오던 날 임마누엘 칸트의 『순수이성비판』을 읽고 있었기 때문이다. 무슨 용기로 그 딱딱한, 딱딱할 뿐 아니라 두껍기까지 한 책을 다시 펼쳤을까. 갑자기 나타난 고양이가 난해^{難解}의 바다에서 허우적거리는 나를 건져준 셈이었다. "칸트!" 불러보니 입에도 잘 붙었다. 그나마 칸트를 읽고 있었던 게 다행이었다. 만약 그날 도스토옙스키의 『카라마조프가의 형제들』을 읽었더라면 어쩔 뻔했나.

칸트는 좀 별난 고양이였다. 밥은 내게 와서 먹었지만 잠은 꼭 노인 집으로 가서 잤다. 처음에는 아랫집이라고 짐작했을 뿐이지 정확한 거처를 몰랐다. 녀석의 동작은 그만큼 빠르고 은밀했다. 꽤 오래 지켜본 다음에야 지붕과 천장 사이의 작은 공간으로 스며든다는 것을 알 수 있었다. 옛날에 지은 시골집에는 그런 공간이 많다. 다른 길고양이와 어울리는 건 보지 못했다. 교류하는 상대는 오로지 나 하나뿐인 것 같았다. 그렇다고 특별히 친해지는 것도 아니었다. 스스로 설정한 거리를 지켰다. 다만 그 거리가 조금씩 줄어들기는 했다. 그래도 손이 닿을 정도로 가까이 오지는 않았다. 저 필요할 때만 내 곁에 있지, 배부르고 마음이 내키지 않을 때는 아무리 불러도 오지 않았다. 둘 사이의 끈은 칸트만 당기고 놓을 수 있었다. 불러도 반응하지 않는 고양이에게서 자주 아내의 모습을 보았다. 그때마다 아내는 지금쯤 무엇을 통해 나를 볼까 생각했다. 아니 내 생각을 하기는 할까, 의심했다.

칸트는 대대로 야생에서 살아온 고양이의 습성을 고스란히 간직하고 있다. 만약 사람 집에서 살던 길고양이였다면 내 손도 허락하고 집 안을 드나들었을 수도 있다. 순치된 집고양이와 야생에서 몇 대째 살아온 길고양이를 같은 동물이라고 생각하면 오산이다. '머리가 둥글고 얼굴은 짧고 넓으며, 눈이 둥글고 크다'는 외양적 유사성이 그들의 행동까지 규정하는 게 아니기 때문이다. 완전히 야생화된 고양이는 집고양이보다 같은 고양잇과 동물인 삵이나 표범, 호랑이에게 더 짙은 형제애를 느낄 가능성이 높다. 동서로 나눠 서라고 하면 호랑이가 있는 동쪽에 설 것이다. 서쪽? 집고양이와 개, 햄스터 같은 애완동물들이 서겠지. 사람과의 친밀성도 확연히 구분된다. 바짓단에 머리를 비비거나 갸르릉거리며 배를 보이는 길고양이가 있다면 사람의 손에서 벗어난 지 그리 오래지 않은 '가출 1세대'일 확률이 높다.

초반에는 아무 문제도 없었다. 나와 칸트는 일정한 거리를 두며 잘 지냈고 아랫집 노인은 검은 고양이의 존재를 모르는 것 같았다. 자신이 자는 방 천장 위에서 시커먼 동물이 자고 있다는 걸 알았다면 끔찍했을 텐데. 문제가 발생한 건 갑작스럽게 나타난 칸트의 이상행동 때문이었다. 지붕 아래에 뚫린 구멍만 드나들던 녀석이 어느 날부터 지붕 위에서 살다시피 했다. 처음에는 잠깐씩 일광욕을 즐기는 줄 알았는데, 그게 아니었다. 종일 그곳에서 지냈다. 아무리 고양이라도 경사진 지붕이 불편할 텐데 아랑곳하지 않았다. 상식과도 어긋나는 행동이었다. 길고양이가 사방이 트인 곳에서 온몸을 드러내놓고 하루를 보내는 경우는 드물다. 적의 동태를 감시하기에는 좋지만, 적의 시선으로부터 자신을 감추기 어렵기 때문이다. 은밀하고 좁은 곳을 좋아하는 이유다.

칸트가 지붕 위에서 지내면서 노인의 눈에 띌 수밖에 없었다. 노인은 질색했다. 고양이가 지붕 위에 올라가는 것 자체를 끔찍하게 싫어했다. 내가 모르는 어떤 금기가 있는 것 같았다. 고양이가 지붕에 올라가는 바람에 집주인의 수명이 단축됐다는 전래동화라도 있나? 기억을 더듬어봐도 떠오르는 게 없었다. 그게 아니면 검은 고양이에 대한 터부라도? 그런 미신적 배경 외에는 다른 이유를 생각할 수 없었다. 고양이 한 마리가 올라간다고 지붕이 무너질 리는 없으니까. 처음에 노인은 소리를 질러 쫓아내려고 했다. 하지만 칸트는 눈도 끔쩍하지 않았다. 다음에는 지붕 위를 향해 작은 막대기 같은 것들을 던졌다. 칸트는 몸을 최소한으로 움직여 그걸 피했다. 다른 고양이라면 멀리 도망갔겠지만 녀석은 살짝 움직였다가 정확히 그 자리로 돌아왔다. 노인이 던지는 물건은 조금씩 커졌고 갈수록 증오가 얹혔다. 나는 그런 정황을 눈치채고 있었지만 모른 척했다.

딱히 할 수 있는 일이 없었다. 내가 말린다고 들을 녀석이 아니기 때문이다. 전쟁이 계속되면서 노인의 공격 대상에 내가 소환됐다. 어느 날 외출했다 돌아오는 나를 불렀다. 막 싸움을 끝낸 참인지 호흡이 거칠었다.

"저 괭이, 강 선생네 거지요?"

"제 거요? 그건 아닌데……."

"아니긴 뭐가 아니란 거요. 강 선생이 날마다 밥을 주더구먼. 밥 주는 사람이 있으니 붙어사는 거 아니요. 암튼 나는 괭이가 지붕에 올라가 있는 꼴은 못 보니 주인이 알아서 해결해요. 지붕에 못 올라가게 하든가. 밥을 주지 말든가. 에이~ 재수가 없으려니……."

본의 아니게 남의 '재수'를 빼앗아버린 나에게는 난감한 숙제였다. 나는 지붕 위의 고양이를 불러 내릴 능력도 없었고, 주던 밥을 끊을 정도의 독한 마음도 갖지 못했다. 그렇다고 노인과 내가 타협할 가능성도 없었다. 열쇠를 쥔 건 칸트였기 때문이다. '강 선생'이라는 호칭은 거기까지였고, 전쟁은 날마다 반복됐다. 칸트는 밥을 먹고 나면 지붕으로 올라가 세상을 바라보는 일과를 바꾸지 않았다. 이해할 수 없는 고집이었다. 노인이 싫어하는 걸 뻔히 알 텐데.

노인의 폭언에 견디다 못한 나는 칸트를 잡아두기로 마음먹었다. 이른바 '길고양이, 집고양이 만들기' 프로젝트였다. 먼저 포획 틀을 샀다. 워낙 예민한 녀석이라 속아줄지는 모르지만 내가 쓸 수 있는 마지막 수단이었다. 포획 틀에 닭 가슴살을 넣고 평소 간식을 주던 곳에 놓았다. 결과는 성공이었다. 포획 틀을 놓은 지 얼마 지나지 않아 몸부림치는 소리가 들려서 나가 보니 칸트가 갇혀 있었다. 나를 너무 믿었던 셈이다. 포획 틀째 들고 방으로 들어와 몸부림치는 칸트를 풀어놓았다. 거기까지만 성공이었다. 그 후 일어난 일은 고양이의 끔찍한 폭동이었다. 칸트는 포획 틀을 벗어나자마자 길길이 날뛰기 시작했다. 발톱을 세우고 벽이든 천장이든 가리지 않고 뛰어올랐다. 특히 탈출구로 보이는 창문은 방충망이 찢어질 정도로 매달리고 잡아 뜯었다. 나를 직접 공격하지는 않았지만 공포를 느낄 정도였다. 그런 광적인 행동은 30분 가까이 계속됐다. 내가 손들 수밖에 없었다. 문을 열어놓았더니 빛살처럼 튀어 나갔다. 저런 녀석을 길들이려 했다니. 한 공간에서 오순도순 지내겠다는 꿈을 꿨다니……. 어림없는 계획이었다. 아랫집 노인이 내게 총을 들이댄다고 해도 다시는 그런 짓을 하지 않으리라 결심했다. 그 뒤로도 노인과 칸트, 노인과 나의 전쟁은 계속되었다. 칸트는 나와의 거리를 한참 더 벌렸다. 여전히 밥 먹으러는 왔지만 가까이 다가오지는 않았다. 눈에는 불신의 빛이 가득했다. 나를 잠재적 적으로 규정한 것 같았다.

날이 저물어도 칸트는 오지 않는다. 사료와 물을 채워놓고, 녀석이 좋아하는 닭 가슴살까지 놔뒀지만 건드린 흔적이 없다. 어디 가서 안 오는 걸까? 노인 집에도 불이 켜지지 않는다. 몸이 더 안 좋아진 걸까? 식사는 챙겨 드신 걸까? 내려가 볼까 하는 마음을 애써 주저앉힌다. 병원 가는 길에 한 번 동행했다고 노인과 나 사이의 거리가 좁혀진 건 아니다. 괜찮겠지. 병원에서도 별문제 없다고 했다니까. 불을 끄고도 한참 뒤척이다가 끝내 겉옷만 걸치고 마루로 나간다. 아! 그사이에 눈이 내리고 있었구나. 마당이 하얗다. 첫눈치고는 꽤 소담스럽다. 혹시 싶어서 살펴봐도 고양이 발자국은 없다. 아랫집은 여전히 어둠 속에 잠겨 있다. 흐린 불빛 속으로 몸 던지는 눈발을 한참 바라보다 방으로 들어와 눕는다. 잠도 고양이 따라 집을 나갔는지 뒤척이는 시간이 길어진다.

언뜻 봐도 아랫집 노인이다. 막대기 같은 것을 손에 쥐고 연신 내리친다. 뭘 저렇게 때릴까? 가까이 가보니 고양이 하나가 땅에 널브러져 있다. 아! 칸트다. 노인의 매질은 갈수록 독해지고 칸트는 꼼짝 않고 그 매를 맞고 있다. 죽은 걸까? 나는 소리 지르며 달려가 노인을 끌어안는다. 그 순간 불자동차 사이렌 소리가 공기를 찢는다. 나는 꿈과 현실의 경계에서 허우적거린다. 노인의 매질과 사이렌 소리, 둘 다 꿈인 것도 같고 둘 다 현실인 것도 같다. 의식이 점차 명료해진다. 불자동차 사이렌 소리가 구급차 소리로 바뀐다. 아 랫집인 것 같다. 늦잠을 잤구나! 옷부터 더듬어 찾는다. 옷을 다 입 기도 전에 튀어 나가 신발을 꿰고 신발을 다 신기도 전에 마당을 달린다. 눈은 그쳤고 언뜻 보이는 하늘은 그저 창백하다. 노인 집 앞에 구급차가 서 있다. 사내 둘이 들것을 들고나와 차에 싣더니 급 하게 출발한다. 이게 대체…… 두리번거리다 역시 황망한 얼굴로 서 있는 오른쪽 집 남자와 눈이 마주친다. 인사를 차릴 새도 없이 묻는다.

"무슨 일이랍니까? 어르신이 많이 편찮으신 거예요?"

"글쎄, 모르겠어요. 나는 눈 쓸러 나왔다가…… 돌아가신 거 같은 데……."

"예? 어제까지도……."

멀쩡했다는 말이 입 밖으로 나오지 않는다. 멀쩡하지 않았으니 병원까지 간 게 아닌가.

"노인들은 알 수 없잖아요. 아흔이 넘었고 심장이 많이 안 좋았으 니."

남자가 나와 엇갈려 걸어가면서 마지막 보고라도 하듯 덧붙인다.

"식사 가져온 복지센터 직원이 발견한 모양이에요."

남자가 가자마자 지붕 위에 검은 고양이 하나가 나타난다. 아니

불쑥 솟아오른다. 어? 칸트다. 녀석이 습관처럼 먼 곳을 한번 둘러보더니 천천히 내려온다. 평소보다 조금 무거워 보이는 몸짓이다. 눈 위에 찍히는 발자국이 새겨놓은 듯 선명하다. "칸트!" 다급하게 불러보지만 돌아보지 않는다. 작은 마당을 가로질러 길로 나선 고양이가 방금 떠난 구급차 바퀴 자국을 따라 걷는다. 느리지도 서두르지도 않는 걸음이다. 바퀴 자국과 고양이 발자국이 만나자고 약속이라도 한 듯 나란히 간다. 나는 꼼짝 못 하고 서서 그들의 동행을 지켜본다. 작아지던 검은 점 하나가 조금씩 눈 속으로 스며든다.

이호준 | 시인. 시집으로 『티그리스강에는 샤가 산다』 『사는 거, 그깟』 등을 냈고, 산문집으로 『세상에서 가장 따뜻한 안부』 『자작나무 숲으로 간 당신에게』와 기행 산문집 『클레오파트라가 사랑한 지중해를 걷다』 『아브라함의 땅 유프라테스를 걷다』 『문명의 고향 티그리스강을 걷다』 『나를 치유하는 여행』 『세상의 끝, 오로라』 등이 있다.

좌완 파이어볼러 신성우

염기원

배가 바다를 가르며 남긴 기다란 곡선이 뱃고물 뒤부터 수평선까지 쭉 뻗어 있다. 사실 바다를 갈랐다는 건 그냥 수사적 표현이다. 최고 속도가 고작 15노트에 불과한 이 524톤짜리 페리호가 아니라 수백 미터에 달하는 컨테이너선도, 미국의 항공모함 제럴드 포드호도, 실제로 바다를 가른 적은 단 한 번도 없다.

화장실에서 나온 선희가 흰색 철제 난간을 잡고 계단에서 내려와 내 옆에 섰다. 우리는 담배를 피우며 사흘 동안 머물렀던 섬이 작아지는 걸 말없이 지켜보고 있었다. 자월도에 들르기 위해 배가 방향을 트는 순간, 제법 큰 파도에 배가 크게 출렁였다. 어머. 짧은 비명과 함께 선희가 중심을 잃었고 나는 반사적으로 그녀의 팔뚝을 잡았다.

뿌우. 뱃고동 소리가 울렸다. 그녀를 붙들었던 손을 내려놓자 요란하던 엔진 소리가 멈추었다. 이내 정적이 이어졌고, 낚시꾼 둘만 배에 올랐다. 몇 초 만에 다시 시동이 걸렸다. 뱃고물 위로 시꺼먼 연기가 풀풀 올라왔다. 나는 디젤엔진 특유의 냄새가 좋은데, 선희는 이맛살을 찌푸렸다.

인천항까지 가려면 앞으로 한 시간 반. 가뜩이나 어색한 상태였는데 지금은 더 심하다. 그녀와 알고 지낸 지도 벌써 10년이 넘는다. 그중에는 연인으로 지낸 시간도 있다. 지금 우리 사이를 무엇이라고 정의할 수 있을까. 고등학교 동창, 같이 활동했던 팀원, 서로의 엑스, 셋 중 하나 혹은 모두일 텐데. 평생 갈 소울메이트라고 여긴 적도 있었다.

"커피라도 마실까?"

내가 먼저 침묵을 깼다.

"여기 커피 별로지 않았어? 차라리 맥주나 마시자."

"그럴까?"

매점은 2층 여객실 맨 앞에 있다. 그녀보다 두 칸 뒤에서 계단을 오르던 나의 시선이 난간을 잡은 그녀의 손, 유난히 빨갛게 보이는 매니큐어에 잠시 스쳤다가 코앞에서 씰룩이는 엉덩이에 머물렀다.

10년 전에도 선희는 이렇게 달라붙는 청바지를 즐겨 입곤 했다. 괜스레 민망해 부러 고개를 돌렸다.

비수기에 평일이라 손님이 없었다. 매점 아주머니는 의자에 앉아 꾸벅꾸벅 졸고 있었다. 355밀리리터 캔 맥주 하나에 3천 원, 섬에서와 같은 가격이었다. 쇼케이스를 유심히 살펴보던 선희가 고개를 갸웃거리더니 나직한 목소리로 말했다.

"망했네. 카스밖에 없어."

아. 그 말을 듣자 입에서 탄식이 나왔다. 평소의 우리라면 절대 먹지 않을 국산 맥주를 섬에 있는 동안 질리도록 마셨다. 둘의 취향으로는 생맥주가 압도적 1위다. 다음으로 라거 계열의 수입 맥주, 그것도 없으면 에일. 국산 맥주는 고깃집 같은 곳에서 마지못해 한두 병 마시는 정도다.

"테라도 없어?"

"있으면 마시자고? 카스테라, 지겹게 마셨잖아."

"그러게. 아, 켈리가 이토록 사무치는 날이 오다니."

내 목소리가 컸는지 매점 아주머니가 눈을 번쩍 떴다.

"아이고야. 깜빡 졸았네. 뭐 드려?"

그녀는 발로 바닥을 훑어 슬리퍼를 꿰더니 끙차 소리를 내며 몸을 일으켰다.

예전의 선희라면 이런 상황에서 마지못해 맥주 두 캔을 달라고 했을 것이다. 아니면 살짝 물러서며 내게 선택권을 넘기거나. 그녀가 달라졌다.

"그냥 소주나 까자. 사장님, 저희 새로…… 새로가 없네. 참이슬 두 병 주세요. 컵라면 두 개 하고요. 그리고 만두 하나, 핫바도 두 개 주세요."

빠르게 주문을 마친 선희가 휴대폰을 꺼내더니 계산대에 붙은 계좌번호로 이체해 순식간에 결제까지 끝냈다. 기억 속 그녀는 늘 망설이거나 꾸물거리곤 했는데.

남녀 구분 없이 바닥에 드러누워 자는 모습을 볼 수 있는 곳은 그리 많지 않다. 찜질방, 기도원, 그리고 페리호의 여객실. 한두 달 전이었다면 사람들로 붐벼 자리를 잡기도 힘들었을 널찍한 마루에는 스무 명 남짓한 승객이 전부였다. 다들 가방이나 외투를 베개 삼아 누웠다. 신발을 벗고 올라 가방을 놔둔 여객실 앞쪽 창가 자리에 앉았다.

따각, 자기 몫의 소주 뚜껑을 따서 종이컵에 꼴꼴꼴 따랐다. 캬아. 선희가 소주를 단번에 목구멍에 들이부으며 경쾌한 파열음을 냈다. 나도 그녀를 따라 소주를 넘겼다. 우리는 말없이 컵라면을 들어 국물부터 마셨다. 나무젓가락으로 면을 집으려는데 선희가 입을 열었다.

"야, 안주 나왔다. 빨리 받아 와."

선희의 말에 몸을 일으켜 매점으로 향했다. 주문한 음식을 받아 오는 동안 그녀는 소주 한 잔을 더 비웠다. 전자레인지에 돌린 냉동 만두에서는 살짝 냄새가 났고, 금세 미지근해진 핫바는 비릿했다. 그래도 소주 반병을 마시자 먹을 만해졌다.

"나한테 할 말 없어?"

그녀가 물끄러미 나를 바라보며 물었다. 객관적으로는 크지 않음에도 커 보이는 그 눈으로. 순간 심장이 쿵 내려앉았다. 올 것이 왔다. 나 역시 궁금하긴 했다. 도무지 기억나지 않는 그 열두 시간이. 대답 대신 남은 소주를 종이컵 가득 부었다.

*

섬에 들어간 건 이틀 전인 월요일 오후였다. 일행은 남자 셋, 여자 셋. 인천항에서 대이작도로 들어가는 배는 오전에 세 번, 오후에 한 번 있다. 오전 열 시 이전에 일어나는 법이 없는 나는 오후 배를 예매했다. 인천 연안 부두에 도착한 건 두 시 무렵이었다.

첫 배를 타고 먼저 가 있겠다던 다섯은 은지가 신분증을 집에 두고 오는 바람에 중식당에서 점심을 먹으며 나를 기다리고 있었다. 우진이 준비한 키미테를 귀 뒤에 붙인 채로 고량주며 칭다오 맥주를 마시느라 얼굴이 붉어진 상태였다. 밝은 대낮에 녀석들을 만나면 뭔가 어색할 것 같았는데 오히려 다행이었다.

전날에도 늦게까지 술을 마셨다던 우진과 성훈은 여객실에 들어가자마자 드러누웠다. 여자애들 셋은 구석에 따로 자리를 잡고는 수다를 떨었다. 나는 이어폰을 끼고 음악을 들으며 창밖을 구경하다가 바람 쐬러 갑판으로 나갔다. 10여 년 전 군산 선유도에 다녀온 이후로 큰 배는 처음이었는데, 구조가 단순해서 둘러보는 건 금방이었다.

"어, 성우다! 성우야, 우리 사진 좀 찍어줘!"

차량 몇 대가 선적된 선미의 흡연 구역에서 담배를 피우고 2층으로 올라온 나를 본 은지가 반색하며 자신의 휴대폰을 쥐여주었다. 고등학교 때 잠시 사귀었던 사이라 난 여전히 껄끄러운데 그녀는 아무렇지도 않은가 보다. 은지는 이통사 비서실에서 일하고 있다. 아버지가 대기업 부장이었는데, 지금은 사업을 하신단다.

"이제 됐지?"

2층 갑판에서 스무 장 넘게 찍었고, 탁 트인 3층 갑판에서도 그만큼을 찍었다. 대이작도가 아니라 몰디브에 가는 관광객 차림인 인스타 중독자 은지, 사진을 그다지 좋아하지 않는 뜽한 표정의 선희, 셋 중 가장 신난 듯 가장 다채로운 포즈를 취하는 희정과 수십 번이나 눈을 마주쳐야 했다는 뜻이다. 짧은 시간에 나는 녹초가 되었다.

"아니, 딱 한 장만 더. 저기 갈매기 보이게 찍어줘."

애 낳고 나서 멀리 나오는 건 처음이라는 희정이 선수 쪽을 가리켰다. 과연 갈매기 한 마리가 내려앉아 있었다. 자리를 옮긴 셋이 왼손을 쭉 뻗어 V자를 만들었다. 희정의 통통한 약지에는 결혼반지가, 선희의 검지에는 대학 친구랑 맞춘 우정 반지가 반짝였다. 그런데 은지가 인스타에 올렸던 비싼 반지가 그녀의 손에서 보이지 않았다. 그새 싸웠나 생각하며 촬영 버튼을 연달아 눌렀다. 사역의 대가로 은지가 매점에서 커피 한 잔을 사줬다. 반쯤 먹다가 화장실에 버렸다.

두 시간 반 만에 배에서 내렸다. 펜션 아저씨의 승합차에 올라 언덕 하나를 넘자마자 펜션 건물이 보였다. 있는 내내 손님은 우리뿐이었다. 방 세 개에 짐을 풀고 저녁 준비를 했다. 사흘 동안 음식을 담당하기로 한 성훈이 마당에 있는 테이블에 캐리어를 올려두었다. 그 안에 온갖 식재료와 조리 도구가 있을 터였다.

"옆에 있으면 방해만 돼. 바닷가나 둘러보고 와."

도와줄 거 없느냐고 묻자 성훈이 우리의 등을 떠밀었다.

"알았다. 우리 잘나가는 오너 셰프, 기대할게."

아랫사람 다루듯 성훈의 어깨를 툭툭 치며 우진이 던진 말이, 그 말투와 태도가, 나는 상당히 거슬렸다. 우리는 바로 앞에 있다는 작은풀안해수욕장을 향해 발걸음을 옮겼다. 희정이만 성훈 곁에 남았다.

부잣집 아들인 우진은 고등학교 때는 별 존재감이 없던 녀석이었다. 아버지가 유력한 분이라고 하더니 졸업 후 미국으로 유학을 떠났다. 언젠가부터 우진이 한국에 오는 날에 맞춰 동창회가 열리기 시작했다. 지금은 스타트업 VC란 걸 하고 있고, 결혼 준비에 한창이란다.

"와, 정말이네. 이 정도면 앞마당인데?"

선희의 말대로 오르막길을 지나자마자 백사장과 드넓은 바다가 눈앞에 펼쳐졌다. 황해라는 말이 무색하게 바닷물은 맑고 투명했다. 은지가 휴대폰을 꺼내 사진을 찍기 시작했다. 담배를 꺼내 물고 백사장에 앉아 있다가 애들이 불러 바닷물에 살짝 발을 담그고, 바위 위를 지나는 데크 길을 따라 걷다 보니 여섯 시가 훌쩍 넘었다. 해가 서서히 바다 아래로 가라앉으면서 세상이 온통 붉은빛으로 물들기 시작했다. 평소라면 내가 가장 바쁠 시간이다.

펜션으로 돌아가니 성훈이 연기를 피우며 바비큐 준비에 한창이었다. 고기를 굽기도 전에 가리비며 연어, 참치, 우럭을 회로 먹으며 빠르게 소주를 비웠다. 마당 조명이 흐려서 호주산 와규에 이어 석쇠에 오른 목살이 익었는지 안 익었는지 구분할 수 없었지만, 입에 마구 넣었다.

쉬지 않고 먹고 마셨는데도 한 시간밖에 지나지 않았다. 나와 우진이 쓰는 1호실 앞 원목 테이블로 자리를 옮겨 맥주로 주종을 바꾸었다. 소주 대신 콜라를 마시던 선희도 내가 들고 온 하이네켄 케그 생맥주는 넙죽넙죽 비웠다. 케그 하나, 그러니까 500시시 열 잔 정도로는 술 좋아하는 성인 여섯 명에게 턱없이 부족했다.

편의점이 없는 섬이지만 큰 펜션에는 식당과 함께 작은 슈퍼가 딸려 있다. 남자 셋이 맥주를 사러 건너편 펜션에 갔다. 맥주 한 병에 3천 원, 육지에서 멀리 떨어진 곳임을 감안하면 괜찮은 가격이었다. 문제는 카스와 테라만 있다는 것. 원래 카스를 좋아한다는 우진은 뭐가 문제냐고 했지만 나와 성훈은 난감했다.

"그러면 섞어 먹지 뭐."

다른 곳도 똑같다는 사장님의 말에 소맥을 만들어 먹자는 성훈의 대안은 아주 합리적으로 들렸지만, 결과적으로는 무모했다. 은지가 준비한 카나페와 선희가 가져온 육포를 안주로 소맥을 연거푸 들이켜다 여섯 명 모두 잔뜩 취해버렸다. 방 안에 틀어놓은 TV에서 야구 중계가 아직 끝나지 않은 시점이었다. 어찌어찌 각자 방으로 기어 들어갔다. 일반인과는 비교할 수 없이 술이 센 나도 우진이 화장실에 있는 동안 잠깐만 누워 있으려다 그대로 잠들어버렸다.

눈을 번쩍 떴을 때는 방 불이 꺼진 채였다. 우진이 있어야 할 옆 침대가 비어 있었다. 휴대폰을 보니 자정 무렵이었다. 마당으로 나가 담배를 피우려고 방문을 여는 순간, 처녀 귀신처럼 산발한 여자가 나를 정면에서 바라보고 있어서 화들짝 놀랐다. 자세히 보니 선희였다.

"뭐냐? 혼자 왜 나와 있어?"

"담배 피우려고. 은지가 담배 연기 싫어하잖아."

"걔 진짜 담배 끊은 거야? 독하네."

"야, 근데 이 시간에 갈 데가 있어?"

자다가 눈을 뜨니 은지가 보이지 않아서 잠깐 어디 갔나 보다 하고 대수롭지 않게 생각했는데, 씻고 나올 동안에도 돌아오지 않았단다.

"우진이도 없어. 둘이 산책 갔나 보다."

"걔네가 친했나?"

"우진이가 삼신할미약수터 다녀올 거라고 했잖아. 같이 갔나 보지."

"그런가? 동창회에서는 둘이 별로 얘기도 안 하던데."

각자 담배를 입에 문 우리 사이에 침묵이 흘렀다. 그 어색한 시간이 싫어 먼저 입을 열었다.

"맥주나 마실까?"

"남았어?"

"아까 몇 짝을 샀잖아. 내일 마실 것까지."

"하, 씨……. 생맥주 먹고 싶다. 어?"

선희가 말을 멈추고는 입술에 검지를 갖다 댔다.

"2호실에 불 켜졌다. 야, 맥주 들고 계단 아래로 내려와."

성훈과 희정은 속도위반으로 애가 먼저 생기며 결혼했다. 둘이 쓰는 방의 작은 창문에 불이 들어왔다. 누군가 화장실에 간 것이다. 선희는 담배를 문 채 계단으로 향했고, 나는 방에 들어가 냉장고를 열었다.

삼신할미약수터는 펜션에서 선착장으로 가는 길가에 있었다. 빨주노초파남보로 칠한 경계석을 따라 텅 빈 도로를 걷는데 가로등 아래 초록색 치마를 입은 여자가 앉아 있는 게 보였다. 둘 다 깜짝 놀라 멈춰 섰는데, 그게 삼신할미 동상이었다. 그 뒤에 있는 약수터까지 내려갔다 왔지만 둘은 보이지 않았다.

"바다로 갔나 보다."

"그러게."

무의미하고 형식적인 대화 몇 마디만 나누면서 온 길을 되돌아 갔다. 고개를 들어보니 보름달이 구름 뒤로 숨어 어두워진 밤하늘 에 별이 가득했다. 휴대폰을 꺼내 별자리 앱을 실행했다.

"네가 별에 관심이 있었나?"

"생겼어. 밤에 혼자 도로에 있는 일이 많다 보니까."

"지나가는 여자 발목만 보는 건 아니고?"

그녀의 말이 불편했다. 선희는 안다. 내가 여성의 발목에 집착하 는 편이라는 것을. 그런데 지금 우리가 그런 소재를 툭 뱉어도 되는 관계인가. 나는 침묵으로 불편함을 표했지만, 그녀는 시큰둥한 표 정을 유지하며 내 쪽으로 시선을 주지 않았다.

*

고등학교 동창인 여섯이 이곳까지 오게 된 것은 여름의 끝자락 에 열린 동창회 때문이었다. 휴가를 어떻게 보냈는지를 두고 경쟁 하듯 떠드는 얘기나 들을 것이 분명한 데다 한창 바쁠 무렵이어서 참석하지 않으려고 했던 동창회 날, 선희가 오랜만에 참석한다는 단톡방 글을 보고 마음이 뒤숭숭한 채로 일했다. 그러다 오후 늦게 폭우가 내리는 바람에 별수 없이 일을 쉬게 되었다. 집에 들어와 소파에 누워 TV를 보는데 전화 한 통이 걸려 왔다. 민수 형이었다.

나는 고등학교 때 야구부에 있었다. 학업 병행 어쩌고 하는 정책 때문에 오전에는 다른 애들과 똑같이 정규수업을 들었지만, 오후부터 훈련을 시작해 자정 무렵에서야 마치니 반 친구들과 친해질 기회는 없었다. 자고로 모든 즐거운 일은 방과 후, 퇴근 후에 벌어지는 것 아닌가. 학년이 바뀔 때까지 같은 반 애들 이름 외우는 것도 힘들었다.

"어, 성우다. 여기 와서 앉아라."

식당에 들어서니 민수 형이 손을 번쩍 들며 나를 반겼다. 그는 우리보다 1년 일찍 들어왔지만 같은 해에 졸업했다. 프로야구 신인 드래프트에 선발될 가능성이 없어서 유급을 선택했기 때문이다. 고등학교 4학년 생활을 마치고도 지명을 받지 못하자 수도권에 있는 프로 팀에 육성선수로 입단했다. 타격은 중간 정도지만 수비력이 약한 포수였던 그는 팀 세 곳을 전전하는 동안 단 한 번도 1군 무대를 밟지 못하고 은퇴했다.

"자욱이? 걔 나랑 친하지. 실제로 보면 완전 모델이야, 모델. 전화

한번 해봐?"

초등학교 야구부 코치가 된 민수 형은 자신이 처음 참석하는 동창회니만큼 꼭 나오라며 나를 불러놓고는 한 살 어린 동생들의 관심을 끄는 것에 흠뻑 빠져 있었다. 하지만 이내 애들의 관심은 내게로 쏠렸다. 나는 야구를 그만두고 인디밴드의 보컬로 활동했었다.

내 앞자리와 양옆에 앉은 애들이 수시로 바뀌며 꽤 많은 술을 비울 무렵, 식당 문이 열리더니 선희가 들어왔다. 검은색 민소매 위에 반투명 카디건을 걸치고 짧은 데님바지에 샌들 차림이었다. 작은 키에 화려한 외모는 아니지만, 특유의 분위기에 아이들의 시선이 쏠렸다. 또각또각, 그녀가 머리칼에 묻은 빗물을 털며 걸어오자 내 앞에 앉아 있던 녀석이 여기 앉으라며 자리를 비켜주었다. 동창들은 우리가 같은 밴드에서 활동한 것을 안다. 사귀었던 줄은 모른다.

"왔어?"

"어."

건조한 말을 짧게 나누고 나는 소주를, 그녀는 맥주를 각자 마시기 시작했다. 우리는 상당히 어색한 사이였다.

애들은 잠시 우리 눈치를 보다가 역시나 여름휴가 얘기로 금세 왁자지껄하게 술을 마셨다. 민수 형은 황금사자기에서 임찬규를 상대로 홈런을 쳤다는 무용담을 장황하게 늘어놓았다. 이어진 대

통령배에서 임찬규가 MVP를 받았다는 것까지 말하더니 내 쪽을 바라보았다. 순간 그의 입을 틀어막고 싶었다. 아니나 다를까 내 얘기로 급선회했다.

"그때 성우가 148킬로를 던졌거든. 펑! 공을 받는데 손이 얼마나 얼얼한지 몰라. 니들 프로경기에서 150, 160이 막 나오니까 148이 우습게 들리지? 왼손 투수가 148이라는 건 어마어마한 거야. TV 뉴스까지 나왔다니까? 게다가 고2였다고. 김광현이나 류현진이도 그 나이에는 140을 못 던졌어. 프로 들어간 다음에 벌크업하고 관리를 빡세게 받아야 구속이 오르거든. 쟤가 프로에 갔으면, 150이 뭐야, 160도 던졌을걸? 지옥에서도 데려온다는 좌완 파이어볼러, 신성우가 그런 대단한 놈이었다 이 말이야."

형의 말에 애들이 감탄사를 연발했고 내게 시선이 쏠렸다.

"못 갔잖아, 프로."

바로 앞에 앉은 내게만 겨우 들릴 목소리로, 선희가 입술만 살짝 씰룩이며 읊조리듯 말했다. 나는 대꾸하지 않고 소주만 털어 넣었다.

민수 형은 2차였던 호프집에서 만취해 택시를 타고 먼저 가버렸다. 애들 얘기를 들어보니 회비도 안 냈단다. 3차 이자카야까지 생존자는 여남은 정도였다. 2차부터 지민인지 민지인지 하는 애가 내

옆자리에 찰싹 붙어 있었다. 3차에서 선희는 나와 대각선으로 마주 보는 자리에 앉았는데 가끔 내 쪽으로 뾰족한 시선을 보냈다.

"지민아, 너 내가 무슨 일 하는지 애들한테 못 들었구나?"

술기운이 오른 나는 자꾸 내 허벅지를 짚는 지민에게, 민지였는지 모르지만 아무튼, 내 직업을 알려주었다. 그럼에도 아랑곳하지 않는 걸 보면 우리 집에까지 따라올 기세였는데, 나는 그런 실수를 되풀이하지 않기로 다짐한 터였다.

"너 이번에 지중해인가 다녀왔다면서. 휴가? 나도 갈 거야. 다른 사람 다 놀 때 북적이는 곳에서 노는 게 뭐 좋냐? 섬으로 갈 거야. 인천에서 배 타고 한참 들어가면 해적들이 살던 섬이 있거든? 거기 서 밤새 노래 부르고, 별 보면서 술 마실 거야."

2차에서 민수 형이 주는 대로 받아먹다가 꽤 술에 취한 상태였으 니 실제로는 횡설수설하면서 말했을 것이다. 전날 TV 프로그램에 나온 섬을 두고 지껄였던 것인데, 이걸 우진이 받아먹었다.

"어? 졸라 재밌겠다. 성우야, 우리도 같이 가자."

녀석의 말에 일이 커져버렸다. 3차에 있던 모두가 섬에 가서 동 창회를 하자고 의기투합하는 분위기가 만들어졌다. 서른이 훌쩍 넘었지만 우리는 아직 애들이었다. 그리고 정확히 한 달 뒤, 술김에 찬동했다가 추석을 앞둔 평일에 사흘이나 휴가를 낼 수 없어서 중

도에 하차한 넷을 제외한, 여섯 명이 함께 섬에 들어오게 된 것이
다.

*

걸을 때마다 쨍강쨍강 소리를 내는 병맥주를 들고 작은풀안해수
욕장에 도착했다. 넓은 주차장에 아까는 없던 차 한 대가 보였다.
누군가 차박 텐트를 쳐놓고 영화를 보는 중이었다. 아무도 없는 백
사장으로 내려가니 밤 풍경이 근사했다. 일렁이는 파도 끝, 수평선
을 따라 길게 이어진 불빛을 손가락으로 가리키며 선희가 물었다.

"고깃배일까? 갈치잡이?"

"글쎄. 정박 중인 화물선일 수도 있지."

"그런데 진짜 아무도 없네. 뭔 짓을 해도 모르겠어."

"뭔 짓? 설마 섹스 온 더 비치?"

내 말에 선희가 피식 웃었다. 저녁 술자리에서 희정이 살짝 취해
서 했던 말이다. 섬이 너무 예뻐서 혼자 왔으면 더 좋았겠다고. 성
훈이 아닌, 멋진 남자랑 단둘이 와서 섹스 온 더 비치를 하고 싶다
고. 오랜 로망이었다고.

백사장에 궁둥이를 깔고 앉았다. 주차장의 가로등 불빛이 살짝

닿아 어둡지 않았고, 파도 소리도 적당한 곳이었다. 라이터로 뚜껑을 딴 맥주를 선희에게 건넸다. 테라여도 마실 만했다. 그때까지는. 안주로 가져온 오징어를 질겅질겅 씹던 선희가 다시 말을 걸었다.

"그 일을 왜 해? 위험하지 않아?"

"위험해. 매일, 엄청 위험해. 그런데 난 할 만해. 재밌어."

"너도 참 골 때리는 인간이야. 뭘 하든 한창 잘나갈 때 그만두잖아."

그녀의 말에 담긴 의미를 고민해야 했다. 내가 그만둔 것에 대해. 운동? 아니면 밴드? 그것도 아니면, 우리의 연애? 혹은 전부. 나는 맥주를 다리 사이의 모래에 꽂아두고 담배를 꺼내 불을 붙였다.

"나도 하나 줘."

선희가 손가락을 내밀었다.

후우. 그녀가 입술을 모아 길게 내뿜은 연기가 바닷바람에 회오리가 되어 퍼져나갔다. 그녀가 담배 피우는 모습을 보는 걸 좋아하던 때가 있었다. 그녀가 불을 붙여서 물려준, 필터에 붉은 립스틱이 묻은 축축하고 따뜻한 담배를 좋아하던 때가.

"야, 저기 봐봐."

"왜?"

그녀가 별안간 내 무릎을 툭툭 치며 말을 걸었다. 맨살끼리 닿아

나는 살짝 움찔했다.

"해수욕장으로 들어오는 길이 여기 하나지? 맞지?"

"아까 봤잖아."

"그러면 은지네 커플도 아닌 거잖아. 저기 왼쪽 봐. 진짜 그거네, 그거."

"그거라니? 뭔 소리야?"

왼쪽으로 고개를 돌렸지만 보이는 건 없었다.

"쉿. 작게 말해."

선희가 내 쪽으로 몸을 숙이며 속삭이듯 말했다. 그녀에게서 풍기는 향긋한 술 냄새와 샴푸 향기가 나를 어지럽혔다. 닿을 듯 가까운 곳에 있는 그녀의 입술. 그 안에 있는 덥고 축축한 혀를 아직 기억한다. 침을 꿀꺽 삼켰다. 그녀의 입술이 내 귀를 향해 더 가까워졌다.

"데크 있는 쪽 봐봐. 바위가 시작되는 곳."

약간의 어지럼증을 느끼며 그녀가 말한 데를 유심히 살폈다. 과연 얼마 떨어지지 않은 곳에 사람 둘의 형체가 보였다. 실루엣만 희미하게 보였지만 무엇을 하는지는 분명히 알 수 있었다.

"대박. 와, 낭만 죽이네."

"여자가 위에 있네. 너 저런 거 좋아하잖아."

선희의 말이 또 나를 쿡 찔렀다.

침대 위에서 그녀가 위로 올라오도록 자주 유도했던 건 사실이다. 사정 시간을 늦추기 위한 것만은 아니었다. 매사에 수동적이던 그녀가 주도권을 쥐고 적극적으로 움직이기를 바랐다. 또 하나의 이유는, 그 체위를 오래 유지 못하는 그녀가 운동 부족인 걸 스스로 깨닫기를 바랐다. 유달리 가슴이 크고 코어가 약한 그녀는 요통에 시달리곤 했다. 허리를 안마해주면서 함께 운동하자고 하면 '다음에'라는 말만 되풀이했다.

"야, 그게 다 이유가 있……."

구름이 걷히며 보름달이 나타나자 두 사람의 몸이, 그리고 얼굴이 선명하게 드러나 말을 이을 수 없었다. 선희 역시 두 손으로 자기 입을 틀어막아버렸다. 결혼을 앞둔 우진, 은행원 남자 친구가 있는 은지, 모래 위에서 격정적으로 사랑을 나누고 있던 건 그 둘이었다.

하아. 나도 모르게 감탄사가 새어 나왔다. 달빛을 받은 두 사람의 육신이 그야말로 예술 작품처럼 아름다워 보여서였다. 미켈란젤로의 조각상을 실제로 보면 그런 느낌이 들까? 부적절한 관계의 남녀가 야외에서 짐승처럼 짝짓기하는 것이겠지만, 절정에 이른 싱싱한 두 육체가 무엇도 신경 쓰지 않고 뜨겁게 타오르는 그 모습이 내게는 감동적으로 보였다. 아니, 신성하게 느껴지기까지 했다.

클라이맥스를 향해 치닫는 무아지경의 둘과 달리 몸을 숨긴 건 오히려 우리였다. 조심스럽게 몸을 일으킨 우리는 상체를 숙인 채 근처의 나무 그늘로 자리를 옮겼다. 우리가 완전한 어둠 속에 숨자마자 뭔가 이상한 낌새를 느꼈는지 우진이 주변을 두리번거렸다. 어지간한 소리는 파도가 다 삼킬 상황이었지만 나와 선희는 숨까지 죽였다. 우진이 몸을 일으킬 때는 여차하면 숙소까지 뛰어가야겠다고 생각했다.

하지만 둘의 행위는 아직 끝난 것이 아니었다. 우진은 은지가 허리를 숙여 데크 기둥을 잡도록 유도하더니 선 채로 뒤에서 삽입했다. 다시 달이 구름 뒤로 숨었다. 얼마 뒤 빠르게 움직이던 우진의 엉덩이가 멈추었고, 우리는 이제 돌아가야 할 때가 됐다는 걸 알았다. 뭔가 큰 죄를 지은 사람이 된 기분으로, 선희와 함께 멍하니 펜션을 향해 걸었다. 맥주가 더 필요했지만, 그 둘과 마주칠 자신이 없어 각자 방에 들어가 자기로 했다.

침대에 누워도 심장이 쿵쾅거려서 쉽게 잠이 오지 않았다. 눈을 감은 채 자는 시늉을 하고 있으니 우진이 들어왔다. 소리를 내지 않으려고 살금살금 움직이는 게 느껴졌다. 녀석이 샤워하는 동안 고민을 거듭하다 끝내 몸을 일으켜 마당으로 나갔다. 9월 말이지만 밤에도 외투는 필요 없었다. 남은 육포를 안주로 맥주를 연거푸 들이켰다. 선희와 은지가 쓰는 3호실 화장실에도 불이 들어와 있었다.

위이잉. 주머니 속 휴대폰이 진동했다. 발신자는 우진이었다.

"여보세요?"

"어, 성우야. 너 어디야?"

"마당. 자다 깨서 담배 피우러 나왔다가 한잔하고 있어."

"그래? 역시 대단해. 야, 나는 씻지도 않고 잤더라. 다시 잘게."

녀석은 태연한 목소리로 통화를 마쳤다.

얼마 뒤 3호실의 화장실 불도 꺼졌다. 나는 새벽 네 시까지 카스와 테라를 홀짝이다가 방에 들어갔다. 우진은 코를 골며 자고 있었다. 침대에 누워서도 한참을 뒤척이다 겨우 잠들었다.

섬에 들어온 지 둘째 날이 밝았다. 아침 늦게 눈을 뜨니 옆 침대가 또 비어 있었다. 화장실에 들어가 세수만 대충 하고 나오니 성훈이 노크를 하고 들어왔다. 아침을 준비하려는데 은지가 갑자기 아파서 한바탕 소동이 있었단다. 우진이 병원에 데려다준다고 하여 아침 배를 타고 함께 섬을 나갔다고 했다.

"그랬구나. 나는 세상모르고 잤네."

"네가 아침은 거른다고 해서, 아무도 안 깨웠어."

"어디가 어떻게 아프대?"

"배가 아프다고 하더라고. 황태해장국 조금 남겨놨는데, 먹을래?"

나는 고개를 젓고 담배에 불을 붙였다.

잠시 뒤 슬리퍼 차림의 넷이 마당에 모여 희정이 끓인 라면을 먹었다. 오후 일정으로 바지락 체험을 잡아두었다. 잡은 바지락으로 칼국수를 끓이고 술찜이며 볶음을 만들어 저녁 겸 안주로 먹는 게 원래의 계획이었다.

어촌계에서 운영하는 유어장까지 털레털레 걸어갔다. 성수기가 지난 갯벌에는 그늘에서 시간을 낚는 어촌계 할머니들뿐이었다. 안내소에 가서 인당 5천 원씩 내고 호미와 목장갑이 담긴 플라스틱 바구니를 하나씩 받았다.

"야, 은지 걔 진짜 아픈 거 맞아?"

무슨 일인지 성훈과 희정 커플이 티격태격하는 틈에 선희에게 말을 건넸다. 선희가 허리를 펴고 목장갑 손등으로 땀을 닦으며 답했다.

"내 생각인데, 병원에 간 것 같긴 해. 산부인과."

"어? 산부인과를?"

"여기 올 때 콘돔까지 준비하지는 않았을 거잖아."

그녀는 은지가 불안한 마음에 사후 피임약을 처방받으러 갔다고 추측했다. 차마 혼자 보낼 수 없던 우진은 책임감 때문에 동행했을 거라며, 그럴듯하게 들렸다.

"그랬나 보네. 약 먹는 시간이 중요하니 일찍 가는 게 좋지."

"그러니까. 자기만 믿으라고 해놓고 임신시켜버린 누구보다는 낫지."

그녀가 던진 말은 불편한 정도가 아니라 숫제 내 가슴을 송곳으로 후벼 파는 것이었다.

*

첫째 날에는 여섯 명이 들어와서 방 세 개를 잡았는데, 셋째 날 체크아웃할 때는 두 명이 방 하나에서 나왔다.

지독한 숙취에 시달리며 겨우 일어나니 선희는 아직 자고 있었다. 다른 방에 가서 자는 척을 할까 생각도 했는데 이곳이 내 방이니 그것도 이상했다. 창문을 열고 담배를 피우자 선희가 머리를 쥐어뜯으며 몸을 일으켰다. 우리는 서로 보이지 않는 상황이라고 설정한 연극의 배우들 같았다. 그녀는 아무 말 없이 바닥에 있는 반바지를 챙겨 입고 3호실로 돌아갔다.

체크아웃을 마친 우리는 서로를 태연하게 대했다. 혹은 대하려고 노력했다. 인천으로 돌아가는 배를 타려면 두 시간 사십 분이 남았고, 둘 다 공복이었다. 선희에게 밥부터 먹으러 가자고 했더니 고개를 갸웃거렸다.

"문 연 곳이 있을까?"

"근처 펜션에 가서 부탁해봐야지."

이 섬의 숙박업소들은 대개 식사와 함께 낚시나 바지락 체험 같은 걸 묶어서 패키지로 운영한다. 1박 2일 기준으로 하루 네 끼와 숙박을 포함해 1인당 20만 원 정도 되는데, 최소 8명 이상의 단체 예약을 주로 받는다. 숙박만 이용하는 사람들은 밥 먹을 곳이 마땅치 않다. 다행히 풀등펜션 사장님이 우리를 받아주셔서 식당에 들어갔다. 열 명이 넘는 중년 남녀들이 말린 농어를 끓인 탕에 낮술을 마시고 있었다.

큼직한 꽃게에 바지락이 푸짐하게 들어간 칼국수 국물을 들이켜니 콧잔등에 땀이 송송 맺혔다. 해장술을 할까 넌지시 물어보니 선희가 미친놈 아니냐고 타박을 했다. 식사를 마치고 나와도 두 시간이 남아서 전날 제대로 못 본 큰풀안해수욕장을 둘러보기로 했다.

둘째 날, 우리는 애써 잡은 바지락을 도로 바다에 풀어주었다. 오너 셰프라지만 사실 배달 전문 횟집을 하는 성훈 때문이었다. 바지락을 캐다가 누군가와 한동안 통화를 했고, 희정은 그런 성훈이 못

마땅하다는 표정으로 째려보고 있었다.

"씨발. 얘들아, 비상이다. 진상 하나가 그저께 회에서 기생충 나왔다고 악플을 달았거든? 신고한다길래 좆대로 하라고 했는데, 방금 알바생한테 전화 왔어. 식약처에서 점검 나온다나 봐. 나 조용한 곳에서 통화 좀 하고 올게."

성훈이 목장갑을 벗고는 씩씩거리며 안내소 쪽으로 걸어갔다.

"저 인간, 저거 다 구라야. 내가 모를 줄 알고?"

성훈의 식당 매니저—라고 하지만 횟집 인스타 계정 관리, 네이버 플레이스와 구글 리뷰 관리, 배달 앱 이벤트 담당—인 희정도 목장갑을 벗어 바닥에 던지고는 남편을 따라 갯벌을 벗어났다.

"뭐야, 희정이는 또 왜 저래?"

"성훈이가 알바생하고 뭐가 있다나 봐."

"그 노랑머리? 에이, 한참 어린애던데 뭐."

"봤구나?"

나는 고개를 끄덕였다.

"어리니까 더 의심하는 거지. 마감하고 단둘이서 술 먹고 들어온 적이 한두 번이 아니래."

사람들이 '딸배'라고 부르는, 배달 대행이 내 직업이다. 대행사 지부장이 좋게 봐줘서 벌이가 괜찮다. 내 직업의 장점 중 하나는 누구하고 마주치지 않고도 하루 일을 마칠 수 있다는 것이다. 그런데 작년 이맘때, 신장개업인 식당에 음식을 받으러 갔다가 그 장점을 잃었다.

라이더 앱으로는 조리 시간이 다 끝나간다고 나와서 서둘러 도착했는데, 주방에서 잘못 나온 메뉴가 있단다. 짜증을 참고 그늘로 가 담배를 피우려고 헬멧을 벗었다. 어, 혹시 성우 아니에요? 신성우? 식당 사장이 나를 알아보고 말을 걸어왔다. 전보다 살이 쪄서 처음에는 알아보지 못했는데 성훈이었다.

이후로도 성훈의 식당에 음식을 받으러 종종 들르곤 했는데, 남이 본다면 알바생과 녀석이 부부라고 할 만한 모습을 여러 번 목격했다. 희정이 의심하는 것도 당연하다.

나와 선희의 바구니가 바지락으로 꽉 찰 때까지도 부부는 돌아오지 않았다. 덥고 목이 말라서 선희와 근처 펜션에 있는 카페에 갔다. 노신사인 사장님이 직접 키운 블루베리로 만들었다는 스무디를 마시며 말없이 바다만 보고 있었다. 선착장의 페리호가 인천을 향해 떠나며 뱃고동을 울리는 순간, 나와 선희의 휴대폰이 거의 동시에 울렸다.

—성우야 존나 미안. 나 바로 가게로 가야 되. 까딱하다가 문 닫게 생겼다. 이따 저나할께.

─선희야, 진짜진짜 쏘리. 이 새끼가 곧 죽어도 알바년 만나러 간대서 나도 따라가. 이따 연락할게.

부부가 각각 보낸 문자가 나와 선희에게 차례로 도착했다. 그 배에 성훈 부부가 타고 있었을 줄이야.

"이것들이 쌍으로 미쳤네. 야, 이제 어떻게 하냐?"

선희의 말에 나는 두 손바닥을 들어 보였다.

오후 배가 떠났으니 둘이서 꼼짝없이 섬에서 하루를 더 보내게 생겼다. 작전 회의 끝에 원래 계획대로 하기로 결론을 내렸다. 나나 선희나 요리에는 관심이 없어서 바지락은 포기했다. 터덜터덜 숙소에 들어가 씻고 나왔다. 혹시 하는 마음에 펜션 사장님에게 전화해 방 두 개가 먼저 퇴실했다고 말하니 역시나 환불은 안 된다고 했다.

운동화로 갈아 신고 본격적인 섬 투어에 나섰다. 펜션 앞에 있는 해양생태관을 둘러본 뒤 섬 반대편의 계남해변을 향해 걷기 시작했다. 간간이 작은 트럭이 지날 뿐 잘 닦인 아스팔트 길은 한가했다. 발밑을 지나는 커다란 지네에 이어 도로 한가운데 있는 뱀 사체, 푸드덕거리며 날아오르는 까투리 때문에 선희가 몇 차례 비명을 지르기는 했다.

목장불해수욕장이라는 안내판을 본 선희가 잠깐만 구경하고 가

자고 했을 때 나는 사실 근처에 화장실이 없는지 유심히 살피고 있었다. 뱃속이 꾸르륵거리는 게 심상치 않아서였다. 폐장한 해수욕장은 한적했고, 그녀는 카페 하나 없느냐며 투덜거렸다. 계남해변에 있는 근사한 카페에 가기로 해놓고 왜 여기서 카페 타령인지 이해가 되지 않았다.

다시 큰길로 나와 걷는데 이제는 내면의 갈등을 도무지 참을 수 없는 지경이 되었다. 섬이라고 해도 도로에는 CCTV가 있을 것 같아 샛길이 나오기만을 기다렸는데 드디어 으슥한 산길이 나타났다. 어떤 식으로든 존엄을 지키기는 힘들어진 상황, 꾹 붙들었던 이성의 끈을 놓아버렸다.

"야, 나 못 참겠다!"

상황을 길게 설명할 필요도 없이 길고 큰 방귀 소리가 나왔다.

"잠깐!"

내리막길로 달려가려는데 선희가 다급한 소리로 나를 불러 세웠다.

"나도, 나도 휴지 좀!"

몇 초 뒤. 나는 나무 아래에 궁둥이를 까고 앉았다. 속옷을 내리는 것과 거의 동시에 푸드덕, 비둘기 날아가는 소리가 났다. 그리고 거의 동시에, 선희가 들어간 수풀 쪽에서는 막힌 배수구가 뻥 뚫리는 듯한 소리가 들렸다. 휴지로 뒤처리를 하며 이 사태의 원인을 생각해봤다. 당연히 간밤의 술자리 비중이 크겠지만, 펜션에서 나올 때 하나씩 마신 뚱캔 콜라가 시점을 당긴 원흉이었다.

다시 마주한 우리는 서로를 보며 박장대소했다. 한결 가벼워진 발걸음으로 계남해변에 도착해 데크 길을 따라 걸었다. 과연 근사한 카페가 나왔는데 문이 닫혀 있었다. 출입문에 붙은 사장님 휴대폰 번호로 전화를 거니 일 보러 인천에 나갔단다. 인근에 카페라고는 이곳 하나뿐. 아이스아메리카노가 이렇게 절실한 적이 있었나. 온 길을 되돌아가는 수밖에 없었다.

빵빵. 얼마 걷지 않았는데 승용차 한 대가 뒤에서 경적을 울렸다. 초로의 여자분이었는데, 병원선이 와서 선착장에 가는 길이라며 태워주겠단다. 꾸벅 인사를 하고 뒷좌석에 앉았다. 송이산에 간다고 말씀드리니 얼마 가지 않아 차가 멈췄다.

"젊은 분들이 여기 산 좋은 거는 어떻게 알았을까? 참 보기 좋네. 나도 신혼이던 때가 있었는데."

헤어지며 그녀가 건넨 말에 우리는 어색하게 웃었다.

나무 계단을 올라 송이산 정상의 팔각정에 도착하기까지 20분도 걸리지 않았다. 해발 188미터에 불과하지만 섬에서 가장 높은 곳이다. 마침 썰물 때라 모습을 드러낸 광활한 풀등이 한눈에 보였다.

내친김에 또 하나의 산인 부아산까지 올랐다가 내려가는 길, 낮에 스무디를 마셨던 카페가 나타났다. 역시 문이 닫혀 있어서 심장이 덜컹했는데, 사장님께 전화를 드리니 병원선에 들렀다가 오는 길이라고 하셨다. 몇 분 뒤, 드디어 접하게 된 아이스아메리카노는 감동적이었다.

"너, 이 섬에 생맥주 파는 곳 있는 거 알아?"

휴대폰을 들여다보던 선희의 말에 귀가 쫑긋 섰다.

"생맥주?"

"어. 검색해보니까 근처에 젠버니라고, 카페가 있어. 섬에서 유일하게 치킨이랑 생맥주를 파는 곳이라는데?"

그 말에 우리의 저녁 일정이 확정됐다.

커피를 다 마시고 내리막길을 걸어 도착한 젠버니 카페는 그러나 문이 닫혀 있었다. 역시 사장님 휴대폰 번호가 붙어 있어 전화를 거니 인천에서 배 타고 들어오는 길이란다. 30분 정도를 지루하게 기다리는 게 싫어 혼자 오형제 바위를 돌아보고 오는 동안 선희는 가게 앞 파라솔 의자에 앉아 있었다.

다섯 시 반이 되자 드디어 사장님이 도착했다. 간절했던 생맥주는 과연 생명수 같았고, 프라이드치킨은 맹세코 내가 먹어본 것 중 최고였다. 전날 단체 손님이 와서 늦게까지 치맥 파티를 벌인 바람에 생맥주 디스펜서에 고작 두 잔 분량만 남았다는 게 사무치게 아쉬웠다. 한 잔씩 시원하게 비우고는 테라 병맥주를 마셨다.

해가 지면서 테라스 나뭇가지에 걸어둔 장식등에 불이 들어왔다. 새들이 지저귀는 소리, 시원한 바닷바람, 석양이 만든 황금빛 윤슬, 신선놀음이 따로 없었다. 우리가 비운 맥주병이 야외 테이블 위를 가득 채울 무렵 카페에서 나왔다. 선희와 함께 카스와 테라가 기다리는 펜션으로 향했다. 삼신할미 동상 앞을 지날 때는 그녀도 고개를 들어 밤하늘을 살폈다.

*

종이컵에 가득 찬 소주를 단숨에 들이켜고 컵라면 국물을 마셨다. 선희는 여전히 나를 빤히 바라보고 있었다. 마지못해 입을 열었다.

"그냥. 내가 어제 말을 너무 많이 했나 싶더라."

"그게 다야?"

"또 뭐가 있어?"

나름 반격을 하겠다고 던진 말이었다. 선희의 표정은 시큰둥한 채 변함이 없었다.

"그래. 둘 다 말 많이 했지. 많이 마셨고. 아무리 그래도 네 방에서 일어날 줄은 몰랐다."

말을 마친 그녀가 핫바를 한 입 베어 물고는 미간을 찌푸렸다.

어제저녁, 치킨으로 배를 채운 우리는 펜션에 도착해 각자 방으로 들어가 샤워부터 했다. 씻고 나와 침대에 누워 라이더들의 단톡방을 확인하고 있을 때 노크 소리가 들렸다. 문을 여니 선희가 수건으로 머리를 감싼 채 서 있었다.

"어떻게, 각자 방에서 마셔?"

"그럴래?"

"맥주가 다 이 방에 있잖아."

그녀가 나를 흘겨보며 말했다.

"맞네. 빨리 들어와. 모기 들어오겠다."

어색한 공기가 흐를 것이 뻔해 TV를 트니 프로야구 중계가 한창이었다. 시즌 막바지까지 LG와 한화의 1위 다툼이 첨예한 가운데, 와이스를 앞세운 한화와 벨라스케스가 선발인 롯데가 0 대 0으로 팽팽하게 맞서고 있었다. 한화의 세 번째 투수인 김범수가 마운드에 올라오자 중계진이 '좌완 파이어볼러'라고 소개했다. 그 말에 선희가 나를 물끄러미 바라보다 물었다.

"지금도 그래?"

“뭐가?”

“입스라고 했던가? 너 야구 그만두게 됐던, 그거 말이야.”

입스. 운동선수가 특정 능력을 상실하게 되는 것을 말한다. 엄밀히 말하자면 내 경우는 ‘블래스 신드롬’, 스트라이크를 던지지 못하게 되는 증상이었다.

포수 미트에 공을 꽂지 못하니 더는 마운드에 오를 수 없었다. 돌이켜보면 내 인생이 다 그랬다. 야구를 할 때도, 밴드를 할 때도, 목표한 곳으로 갈 수 없었다. 오래도록 침잠한 채 세월을 보내다가 시작한 배달 대행은 달랐다. 음식을 싣고 목표한 장소에 도착하는 일에는 단 한 번도 실패하지 않았다. 그래서 지금의 내 일을 좋아한다.

끝내 고치지 못했다는 말을 잠잠히 듣던 그녀가 여태껏 속으로 삭이고만 있었을, 또 하나의 질문을 던졌다.

“밴드는, 왜 탈퇴했어?”

그건 왜 자기 곁을 떠났느냐는 것과 같은 물음이었다. 머뭇거리다가 입을 열었다.

“그때 나한테 무슨 일이 있었는지는 기억하지?”

“그걸 모르겠니? 나도 참 속도 없지. 사흘 내내 붙어 있었잖아.”

“돌아가시고 몇 달 뒤의 일이야.”

길게 말하고 싶지는 않은 이야기다. 내가 태어날 때 아버지 나이는 열여덟, 어머니는 열여섯이었다. 이는 내가 속도위반의 산물, 피임 실패의 결과물이라는 뜻이다. 공고에 다니던 아버지는 어머니의 임신 사실을 알자마자 자퇴하고는 쭉 중국집 배달원으로 일했다. 어머니는 내 귀가 닳도록 늘 아버지 험담을 했다. 그래서 아버지가 무능하고 무식한 사람인 줄만 알고 자랐다.

나는 프로야구 신인 드래프트를 포기하고 체육 특기자로 대학에 들어갔다. 고3 1학기 때 주말리그가 끝나자마자 출전한 황금사자기에서 무리하는 바람에 팔꿈치를 다친 게 원인이었다. 시합에 나갈 수 있을 만큼 회복하자 또 다른 시련이 찾아왔다. 어떻게 해도 원하는 곳에 공을 던질 수가 없게 된 것은 내게 큰 충격이었다.

방황하던 나를 붙든 건 고등학교 때부터 일렉기타로 이름을 날린 경수 선배였다. 야구부에서 나와 선배의 밴드에 보컬로 들어갔다. 같은 고등학교 출신인 베이시스트가 있다더니, 그게 바로 선희였다. 우리는 빠르게 사랑에 빠졌고 동거에 들어갔다.

"엄마가 재혼했어. 발인하고 딱 석 달, 100일도 안 지났는데. 그건 예의가 아니잖아."

어린이날이었다. 배달 오토바이를 몰고 퇴근하던 아버지는 신호 위반 차량에 치여 돌아가셨다. 상대 운전자는 음주 운전이었다. 삼일장을 치르는 동안 눈물 한 방울 흘리지 않고 술만 마시던 어머니의 재혼 상대는, 아버지가 일하던 중식당 사장이었다. 아버지와 어머니에 대한 나의 판단이 완전히 뒤집혔다.

"어쩐지 어머님이 누나처럼 보이더라. 왜 나한테 말 안 했어?"

"쪽팔리잖아. 경수 형이 추구하던 음악도 그래. 나랑 안 맞았어."

2년여 동안 같이 살다시피 했던 선희는 베이스를 제법 잘 연주했지만, '홍대 여신'이라고 불릴 정도는 아니었다. 망사스타킹이며 가터벨트 차림에 가슴이 강조된 헐벗은 상의를 입은 베이시스트가 몸을 흔드는 것에 경수 형은 만족했고, 난 내 여자 친구가 그러는 게 싫었다. 무엇보다 나는 '진짜 록'을 하고 싶었다.

"그래서. 어머님이 재혼하신 충격에 밴드 탈퇴하고, 짐 싸서 야반도주했고. 그다음은? 뭐 하다가 배달부가 돼서 나타난 거야?"

"자퇴했어."

"미친놈. 그 명문대 간판을 버렸다고?"

대학을 자퇴한 20대 백수를 떡하니 반기는 곳이 딱 하나 있었다. 바로 병무청. 탄약부대에서 현역으로 복무했다. 전역하니 갈 곳이 없어 친구 자취방에 얹혀살았다. 함께 운동했던 선배들이 야구 레슨을 해보라며 부추겼지만, 야구공을 다시 잡고 싶지 않았다.

친구에게 애인이 생겨 같은 집에서 지내는 게 눈치가 보이던 어느 봄날, 목적지 없이 길을 걷다가 신호 대기를 하는 배달 기사가 눈에 들어왔다. 풀페이스 헬멧에 장갑과 보호대를 차고 안전화까지 신은 완벽한 FM의 모습, 이어폰을 끼고 노래를 흥얼거리는 모습까지 아버지와 똑같았다. 무언가를 느낀 나는 그날부터 중고 오토바이를 알아보기 시작했다.

"그런 이유로 배달 일을 시작했다고?"

"어. 처음에는 오토바이도 없었어."

살아온 얘기를 나누다가 왈칵 눈물이 쏟아졌다. 선희가 내 머리를 쓰다듬었고, 울던 나를 무릎 위에 뉘었던 것 같다. 그러다 눈을 뜨니 아침이었다. 뉴스를 보니 한화가 끝내기로 승리했다는데 전혀 기억에 없다.

컵에 술을 채우려고 보니 이미 동났다. 더 마셔도 될까 눈치를 보는데 선희가 눈썹을 구기며 빨리 매점에 다녀오라는 손짓을 했다. 소주 두 병을 들고 오다가 씹을 게 필요할 것 같아 족발도 샀다. 따각. 이번에는 서로의 잔에 술을 채워주었다.

어젯밤 선희에게 털어놓은 얘기에는 많은 부분이 생략되었지만, 나야말로 그녀에게 듣고 싶은 얘기들이 많았다. 지난 10년이라는 시간, 그리고 간밤의 열두 시간에 대해. 실용음악 학원에 강사로 있다는 건 알고 있었다. 원장과 사귀었다는 소문이 맞는지, 그가 진짜 유부남인지 돌싱인지도 궁금했다. 묻는 대신 나는 가방에서 낡은 MP3 플레이어를 꺼냈다.

"이거 들어볼래?"

이어폰 한쪽을 건네자 그녀가 궁둥이로 바닥을 쓸며 내 곁으로 다가왔다.

시작부터 선명하게 울리는 베이스. 거친 듯하면서 서정적인 보컬의 목소리. 1절이 끝나고 시작되는 날카로운 기타 솔로. 눈이 동그래진 그녀가 내 쪽으로 고개를 돌려 물었다.

"이게 누구 노래야?"

나는 엄지로 내 명치 부분을 가리켰다.

"신성우? 〈서시〉 불렀던 그 아저씨?"

사람들은 신성우의 〈서시〉만 안다. 한 곡 더 안다면 〈내일을 향해〉, 아니면 〈노을에 기댄 이유〉 정도.

"내 이름을 왜 이렇게 지었는지 아버지가 돌아가시고 나서야 알았어."

내 손에 있는 MP3 플레이어는 사고 현장에서 발견된 아버지 유품이다. 장례식이 끝나고 며칠 뒤 당신께서 어떤 음악을 즐겨 들으셨나 궁금해 전원을 켜보았다. 조금 전 선희에게 들려준 〈슬픔이 올 때〉가 반복 재생으로 설정되어 있었다. 도로 위를 두 바퀴로 아슬아슬하게 달려야 했던 그는 어떤 마음으로 이 노래를 들었을까. 가사를 음미할 때마다 눈물이 차올라서 참을 수 없었다.

"이것도 들어봐."

다음 곡으로 프로젝트 밴드인 지니 2집에 수록된 〈묵시록〉을 틀었다.

"얼굴만 잘생긴 줄 알았는데. 이 양반, 찐이셨네."

메탈리카나 건즈 앤 로지스 팬이어야 메탈 좀 듣는다고 인정받던 때였다. 중학생 시절에 마이마이로 스키드 로우를 몰래 듣던 아버지는 또래들이 신해철에 심취했던 10대 후반에 신성우에 푹 빠지셨던 거다. 아버지는 내 나이에 세 가족의 가장으로 휴일도 없이 짜장면을 배달했다. 그보다 나이가 열 살 넘게 많은 신성우는 지금도록 음악을 하고 있다. 둘 다 멋있다.

음악을 들으며 홀짝이다 보니 소주가 또 바닥을 보였다. 창문 밖으로 익숙한 풍경이 보였다. 배가 인천대교를 지나고 있었다. 우진과 은지에게 그제 밤은 어떤 의미로 남을까, 죽을 때까지 후회하지 않을까, 선희에게 물었다.

"평생 가장 짜릿했던 밤으로 기억하지 않을까?"

젊었던 우리에게도 그런 밤이 있었다. 날카로운 상처도 서로에게 주었다.

"내려서 어떻게 할까? 바로 집에 가?"

10년 전에도 그녀는 이런 방식으로 말하곤 했다. 그게 집에 바로 가기 아쉽다는 표현이라는 걸 난 아직 기억한다.

"얘기 좀 더 하다 갈까?"

"그래. 서로 오해한 게 참 많다는 생각이 들어."

"그러게. 멋대로 추측한 세월도 있겠지."

내 말에 선희가 콧잔등에 주름을 만들며 내 쪽으로 얼굴을 내밀었다. 나도 모르게 볼을 콕 찌를 뻔했다. 10년 전에 그랬듯. 창밖으로 연안 부두가 눈에 들어왔다. 보슬비도 내리기 시작했다.

황금사자기 16강전에 선발투수로 등판한 나는 초구로 시속 148km짜리 패스트볼을 던졌다. 중계진의 "신성우가 초구로 던진 직구가, 공기를 갈랐습니다!"라는 멘트가 화제가 되기도 했다. 하지만 좌완 파이어볼러 신성우는 끝내 시속 150km를 던지지 못했다. 다만 나는 어떤 야구공도 공기를 가른 적은 없다는 것을 안다.

염기원 | 고려대학교 경영학과를 졸업했다. 계간 《문학의봄》 신인상 공모에 단편소설 〈지옥에 사는 남자〉로 당선되며 등단했다. 제5회 황산벌청년문학상을 수상했다. 장편소설 『구디 안다르크』 『인생 마치 비트코인』 『오빠 새끼 잡으러 간다』 『여고생 챔프 아서왕』 『블루아이』를 썼으며 '월급사실주의' 동인이다.

너의 검고 푸른 길

이순원

유리창에 물방울 하나 빗금으로 흘러도 흔적이 남는다.

허공에 바람 한 줄기 지나간 길도 그렇다.

물 위에 떨어진 꽃잎처럼 당신의 의지와 상관없이 당신의 몸과 마음이 흘러간 며칠 동안의 일이다. 세상에 그런 이 아무도 없는 듯하여도 누군가 깊은 산속 나무 한 그루 풀 한 포기 꽃 피고 잎 지는 걸 바라보듯 당신을 깊이 지켜보았다는 뜻이다. 그해 가을, 당신 마음 안의 풍경인지도 모른다.

그날 당신이 일행과 떨어져 버스에서 내린 것은 구례에서였다. 누군가 이렇게 당신 신상에 대해 말한다고 지레 놀라거나 겁먹을 일은 아니다. 그것은 우리 마음의 일일 수도 있고, 또 그것이 이끄는 길도 있는 법이다. 여행 둘째 날이었다. 구례의 무엇이 당신의 발길을 잡은 것은 아니었다. 당신이 내릴 때 또 한 사람이 내렸다. 아침부터 기회를 엿보던 중 누군가 구례에서 내린다고 하자 당신도 얼른 핑계를 대듯 그곳에 볼일이 있다며 뒤를 따라 내렸다. 당신 앞에 내린 사람은 방금 전 아버지의 부음을 들은 30대 후반의 여자였다.

함께 떠나긴 했어도 처음부터 편하게 따라갈 여행이 아니었다. 당신은 미처 몰랐지만, 전날 아침 버스에 오르고 보니 그랬다. 수시로 중국을 드나드는 당신 선배가 이미 충분한 회비와 찬조금을 냈으며, 자기 대신 누가 가도 상관없는 자리라며 대리 참가를 부탁했다. 1년에 한 번 친교와 유대를 다지듯 실시하는 2박 3일 간의 문화 기행이었다. 본인의 표현대로 중국과 스무 가지도 넘는 품목을 '잡다하게' 교역하는 선배는 10월 들어서만 두 번째 중국으로 출장을 떠났다. 당신에게 대신 참가를 부탁한 건 사흘 전의 일이었다.

출발지는 서울 반포 뉴코아아울렛 주차장이었다. 도착하니 그곳에 서로 목적지가 다른 여러 대의 버스가 서 있었다. 당신은 처음이지만 매일 아침 그곳의 풍경이 그랬다. 당신은 여행을 주최하는 단체 이름이 적힌 버스에 올랐다. 타고 보니 당신만 낯설 뿐 서로 대

략 아는 사이들인 듯했다. 모르는 사람끼리도 같은 재단 후원자로 우의와 유대감 같은 게 흘렀다. 복장이 자유로워 그렇지 더러 신문과 방송에서 보던 얼굴도 있었다.

여행사 직원이나 재단 관계자가 아닌 다음에야 1년에 한 번 떠나는 문화 기행을 회사 업무처럼 여기는 사람은 없을 것이다. 절반은 등산복을 입고 있어도 일반 사람들과 다른 분위기를 풍기는 이 사람들과 나란히 이름을 걸고 어느 사회재단을 후원하는 것이 선배에게는 업무만큼이나 중요할 수 있겠구나 당신은 생각했다. 자신이 다른 일로 못 가게 되면 그냥 불참하고 마는 것이 아니라 따로 찬조금을 내고 후배에게 대리 참가를 부탁한 것도 아마 그래서일 거라고 당신은 버스에 오른 다음에야 짐작했다.

어른들의 수학여행처럼 버스 두 대가 움직이는 여행이라 저마다 타야 할 차가 미리 정해져 있었다. 2호차엔 두 자리가 비어 있었다. 그것은 당신 선배까지 세 사람이 불참했는데, 누구 대신 온 사람은 당신뿐이라는 뜻이었다. 다들 한가한 사람도 아니고, 주중에 2박 3일 시간을 내기도 쉽지 않을 텐데 그 정도면 누가 보더라도 대단한 출석률이었다. 며칠 전 선배도 당신에게 대신 참가를 부탁하며 자신이 관계하고 있는 재단에 대해 자랑했다. 재단에서 매월 한 차례 각계 명사를 초청해 아침 대화 시간을 갖는데 그때마다 호텔 연회장에 빈자리가 없다고 했다. 모르는 사람들이 보면 초청 인사의 명성 같지만, 실은 행사를 치르는 재단의 영향력이고 그 자리에 모이는 사람들 면면이 갖는 영향력이라는 것이었다. 이번 여행 역시 그런 셈이었다.

재단 직원이 인원을 파악할 때 다른 불참자의 이름은 점검을 위해 두 번 불렀지만, 누군가를 대신 보낸 당신 선배 이름은 네 번이나 불렀다. 그때마다 당신은 약간 곤혹스러운 얼굴로 대신 참가를 설명하거나 어정쩡한 모습으로 손을 들어 보였다. 뒤늦게야 올 자리가 아니라는 걸 알았지만 내릴 수 없었다. 내리면 사람들은 당장이야 당신을 이상하게 보겠지만, 버스에 오르자마자 내리는 사람을 대신 보낸 당신 선배를 결국은 이상하게 여길 게 틀림없었다.

여행 첫날은 선운사와 소쇄원, 보성의 가을 차밭을 둘러보았다. 어색함과 어수선함은 버스가 이동하는 내내 계속되었다. 버스가 새로운 방문지에 도착할 때마다, 또 식사 때마다 사람들은 속으로 흐르는 물처럼 표 나지 않게 이 자리 저 자리를 찾아다니며 서로 분주히 인사했다. 당신에게도 몇 사람이 새로 알은체를 해왔다. 어떤 사람은 당신의 직업을 알고 이미 공사에 들어간 집의 설계에 대해 물어오기도 했다. 사람들은 호의적이어도 당신에게는 시작부터 불편한 자리였다.

버스가 선 곳은 구례 공용버스터미널 앞이었다. 숙소에서 이른 아침을 먹고 송광사에 들렀다가 구례를 지나 화개로 가는 길 중간에 내렸다. 버스가 떠나자 길 위에 여자도 당신도 손잡이가 비죽 올라온 캐리어를 하나씩 비스듬히 눕혀 잡고 있었다. 시간은 아직 열한 시밖에 되지 않았다. 당신이 먼저 버스터미널 쪽으로 캐리어를 끌었다. 버스터미널 입구에 도착해 당신은 그 자리에 멈춰 서고, 여자는 당신에게 가볍게 인사하고는 터미널 안으로 들어갔다. 참 이상도 한 것이 당신은 다시 여자가 나올 거라는 걸 미리 짐작이나 한 듯 아무 동요 없이 그 자리에 선 채 안으로 들어가는 여자의 뒷모습을 물끄러미 바라보기만 했다. 그렇게 짐작해서는 아니겠지만 실제로 여자는 잠시 후 다시 캐리어를 끌고 나왔다.

"서울 가는 차가 금방 없네요."

여자는 아까보다 조금 얼굴을 펴고 함께 가야 할 사람에게처럼 말했다. 그러나 당신은 금방 서울로 돌아갈 마음이 없었다. 함께 돌아간다면 그것은 다시 그 시간만큼 불편을 감수해야 하는 일이었다. 여자는 송광사에서 아버지의 부음을 들었다. 당신은 그 상황을 보지 못했다. 한 시간 반쯤 경내를 돌고 버스에 오르니 누군가 말했다. 사람들은 KTX를 타는 게 가장 빠르다고 했지만, 여자는 이미 한차례 격정을 수습한 듯 차분한 얼굴로 버스가 구례를 지날 때 내리겠다고 했다. 여자의 얼굴이나 태도로 봐 부친의 죽음이 아주 예상 밖의 일 같지는 않았다. 당신은 한 사람의 얼굴에서 슬픔이거나 혹은 비슷한 감정이 그렇게 빨리 정리될 수 있다는 것에 조금 놀랐다. 여자가 구례에서 내리겠다고 하자 누군가 버스는 시간이 더 걸린다고 했다. 여자는 다시 차분한 목소리로 가면서 준비할 것이 있다고 했다. 그 말에 아무도 토를 달지 않았다. 조금 천천히 가는 것도 마음의 준비일 수 있었다.

여자가 내릴 때 당신도 조용히 자리에서 일어나 재단 관계자에게 실은 당신도 급한 일이 있어 함께 내려야겠다고 말했다. 재단 관계자가 너무도 선선히 응해 당신은 원격으로 서울 컴퓨터에 있는 어떤 도면을 누군가에게 보내야 하는 일이라고 설명했다. 전날부터 당신은 머릿속으로 내내 그 말을 할 시점을 계산했다. 첫날은 무조건 이들과 같이 보내야 한다. 그리고 둘째 날 일정을 시작한 다음 어느 시기에 전체 판을 깨지 않으면서 자연스럽게 버스에서 내리면 선배에게도 누가 되지 않고, 자신도 더 이상 불편하지 않을 수 있었다. 여자가 때를 알려준 셈이었다. 그러나 서울로 함께 간다면 그것은 저쪽 버스만큼이나 서로 불편한 일이었다.

"저는 오늘 안 가고 여기 있을 겁니다."

당신이 여자에게 말했다.

"그렇군요."

여자는 당신에게가 아니라 스스로에게 잠시 착각했다고 말하는 듯했다. 그러곤 손목을 꺾어 시계를 본 다음 조금은 결연한 목소리로 말했다.

"그럼 좀 이르긴 한데 저하고 매운 면 같은 거 함께 드시지 않겠어요?"

뜻밖이었지만, 그 말이 이상하게 들리지는 않았다. 같은 음식이라도 매운 것이면 조금 결연할 수도 있을 것이다. 방금 전 여자는 아버지의 부음을 받았다. 일단 버스를 타고 서울로 가면 빈소에 도착할 때까지 여자는 아무것도 먹지 못할 것이다. 경황이 없긴 하지만, 차를 타기 전 무어라도 좀 먹어야 한다면 다른 음식보다 차라리 매운 면 같은 게 낫지 않을까 하는 생각도 들었다. 여자에겐 지금 역으로 슬픔을 중화시킬 어떤 자극 같은 게 필요할지도 몰랐다.

나란히 캐리어를 끌고 터미널 뒤쪽 중국 음식점에 들어가 음식을 주문한 것은 당신이었다. 여자는 자기 것은 보통보다 더 맵게 해달라고 했다. 종업원은 식탁 옆에 나란히 세워져 있는 캐리어와 당신과 여자의 얼굴을 번갈아 바라보았다. 여자는 집에서는 혼자 밥을 먹지만, 음식점에 혼자 들어가 밥을 먹는 건 생각보다 신경 쓰이는 일이라 고등학교를 졸업한 다음엔 거의 그래 본 적이 없다고 했다. 여자는 어제 저녁도 먹는 둥 마는 둥 했고, 아침도 늦게 일어나는 바람에 때를 놓쳤다고 했다.

"빈속인데 매운 걸 먹어서 되겠어요?"

"괜찮아요. 저는 제가 그러니 다른 사람도 혼자서는 밖에서 식사를 못 하거니 여겨요."

그래서 헤어지기 전 당신에게 식사를 함께 하지 않겠느냐고 말했다는 뜻일 것이다. 음식을 기다리는 동안 당신은 탁자 맞은편에 앉은 여자의 얼굴을 가만히 바라보았다. 지금은 아버지의 부음 때문에 더 그렇겠지만, 그게 아니더라도 평소 생각이 많은 얼굴처럼 보였다. 여자는 이 여행이 애초엔 세미나를 겸해 제주도로 떠날 계획이었는데, 중간에 변경되어 남도 문화 기행을 하게 된 것이라고 말했다.

"오늘도 처음엔 송광사 다음 여기 구례 화엄사로 갈 계획이었어요. 그런데 1호차에 타신 어르신 몇 분이 화엄사는 이쪽으로 올 때마다 들렀으니 화개와 평사리로 가자고 해서 그리로 간 거죠. 우리는 중간에 내리고요."

당신은 여자에게 조심스럽게 재단과 관계된 일을 하느냐고 물었다. 여자는 재단에서 1년에 두 번 일반 시민을 상대로 가곡의 밤과 국악의 밤 행사를 하는데 무대 진행과 출연자 섭외까지 모든 기획을 자신과 또 한 명의 후배가 맡아 하고 있다고 했다.

여자는 음식을 반 넘게 남겼다. 당신도 시간이 일러 그다지 당기지 않았다. 식사를 마칠 때쯤 어색한 분위기는 조금 풀어졌지만, 다시 캐리어를 끌고 나와 헤어질 때까지 당신은 여자에게 부친에 대해 묻지 않았고, 서툰 위로 같은 것도 하지 않았다. 안으로는 어떤지 몰라도 여자는 버스에서보다 담담했으며, 당신도 평소처럼 먼길 조심하라는 말만 하고 명함 한 장씩 주고받았다.

"집을 짓는 분이시군요."

명함을 받으며 여자가 말했다.

"자재를 들여 직접 짓는 건 다른 분이 하고, 작은 사무실에서 그것의 밑그림과 설계만 하는 거죠."

여자와 헤어지자 당신은 갑자기 이곳에서 혼자 보내야 할 시간이 두 배로 늘어난 듯한 기분이었다. 여자와 다른 버스로라도 그냥 올라가고 싶은 마음은 없었다. 바쁜 일도 없었지만, 왠지 전날 불편했던 기분을 이곳에서 벌충하고 돌아가야 할 것만 같은 생각이 들었다. 당신은 캐리어를 끌고 공용버스터미널 건너편으로 자리를 옮겼다.

오전에 송광사에 들렀을 때도 그랬지만, 낯선 일행 때문이 아니라도 당신에게 절은 한없이 마음이 편해지기만 하는 공간이 아니었다. 그럼에도 구례 공영버스터미널 앞에서 이제 어디로 가지? 했을 때 얼른 떠오른 것은 연곡사와 화엄사였다. 그중에 먼저 생각한 것은 연곡사였다. 그러나 당신은 화엄사로 가기로 했다. 연곡사 아래에 손수 집을 짓고 그림을 그리던 친구가 있었다. 전에 아내와 함께 하루 묵고 온 적도 있었다. 지금 기분으로서는 연곡사에 가도 친구 집에 들를 게 아니지만 가면 이상하게 또 다른 빈자리를 생각하게 될 것이었다. 당신은 여행 중 그런 것은 좋은 느낌이 아니라고 생각했다.

절이 당신에게 한없이 편한 공간은 아니더라도 화엄사에 가면 이번에야말로 그곳에서 저녁 예불 법고 소리를 듣고 싶었다. 처음 든 생각은 아니었다. 그걸 들으러 서울에서부터 일부러 내려오는 것은 쉽지 않을 테고 지금처럼 이곳을 지나는 길에 자연스럽게 그랬으면 좋겠다는 생각을 어쩌다 이 부근을 지날 때마다 했다. 전에도 몇 번 구례에 온 적이 있지만 그때마다 여럿이서 늘 낮에 지나는 길에만 화엄사에 들렀다.

당신은 터미널 건너편에서 택시를 타고 기사에게 화엄사로 가는 길 중간에 마땅한 숙소가 있으면, 그러니까 절까지 걸어 올라가기가 너무 멀지도 가깝지도 않은 곳에 내려달라고 했다. 기사가 당신을 내려준 곳은 지리산국립공원 남부사무소 부근의 한 모텔이었다. 방에 짐을 옮기고 나서야 비로소 온전히 혼자가 된 느낌이었다. 당신은 신발만 벗은 채 가만히 침대에 누웠다. 여행 일정에 맞춰 이른 아침부터 움직인 때문인지 기다렸다는 듯 졸음이 몰려왔다.

까무룩 밀려드는 졸음 속에 당신은 불현듯 아주 먼 곳에 있는 한 여자를 떠올렸다. 아까 여행 중 아버지의 부음을 듣고 버스에서 내린 여자가 함께 매운 걸 먹지 않겠느냐고 했을 때 뜻밖이긴 했지만, 그 말이 생경하게 들리지 않았던 이유를 뒤늦게 깨닫듯 갑자기 얼굴이 떠오른 것이었다. 이미지가 달라 서로 연상되는 것은 없지만, 그 여자도 마음속에 참을 수 없는 슬픔이나 외로움 같은 게 밀려들 때면 매운 칠리 보드카를 마신다고 했다. 그것을 그냥 쭉 마시는 게 아니라 입술에 댄 잔을 거꾸로 세우듯 단숨에 털어 넣고 입을 꽉 다물면 슬픔이 술의 매운맛과 함께 어금니 사이에 물린다고 했다. 당신이 아내와 이혼하던 해 겨울, 일부러 혹한기 때 떠난 러시아 여행 중 상트페테르부르크에서 모스크바로 돌아오는 기차 안에서 만난 여자였다. 그 말을 들을 때 당신은 꽉 다물어도 별로 결연해 보이지 않을 것 같은 여자의 턱선을 몇 번이고 바라보았다.

벌써 여러 해 전의 일이었다. 지금도 그곳에 있는지 없는지 모르지만 그때 여자는 3년인가 4년째 러시아에 와 있다고 했다. 나이든 다음 더 나이 들기 전 공부를 하러 왔다고 했지만 다른 이유도 있는 듯 보였다. 신상에 대해 자세한 건 서로 묻지도 않았고, 또 진지하게 나눈 얘기도 없었다. 기차 차창이 하얗게 얼어붙을 만큼 추운 날씨 속에 그런 추위를 견디게 하는 것들에 대해 얘기하다가 나온 말이었다. 돌아와서도 1년에 한두 번 스치듯 그 말이 생각날 때가 있었다. 당신 마음속에 외롭거나 슬픔 같은 것이 밀려들 때가 아니라 아주 이따금 술자리에 보드카가 나올 때였다. 그럴 때면 잠시 당신도 칠리 보드카를 꼭 한번 마셔보고 싶다가도 그것 역시 곧 잊어버리곤 했다.

당신은 졸음 속에 정말 별게 다 떠오르는군, 하고 생각했다. 그러나 그걸 의식하든 하지 않든 어떤 기억도 다 연관이 있는 법이었다. 당신은 침대에 누워 눈을 감은 채 정말 별일을 다 생각해 내듯 절과 당신 사이의 이런저런 기억들을 순서 없이 떠올렸다. 이 세상 깊은 산속 어딘가에 절이라는 곳이 있고, 그곳에 재색 옷을 입고 파랗게 머리를 깎은 스님이 산다는 건 아주 어린 시절부터 알았다.

당신 기억 속의 스님은 술을 잘 마셨다. 그런 모습을 본 적은 없지만 스님은 산에서 내려올 때 호랑이 등을 타고 왔다. 마을까지 호랑이를 데리고 오지 않는 건 동네 개들과 닭들이 놀랄까 봐서라고 했다. 스님이 마을로 간다고 하면 호랑이가 절 앞 문에서 스님을 태워 산 아래까지 데려다준 다음 뒤도 돌아보지 않고 산으로 갔다가 스님이 돌아갈 시간이 되면 다시 산 아래로 온다고 했다. 그런데도 개들은 그걸 모르고 스님이 마을에 오면 이 집 저 집 다 함께 힘을 합쳐 짖어댔다. 스님은 어디 먼 곳에 다녀오거나 그냥 마을에 왔다 돌아갈 때면 제일 마지막에 당신 집에 들렀다. 그래서 스님은 아침이거나 낮에 오는 법이 없었다. 언제나 해거름에 왔다. 스님이 마을에 오면 할머니가 늘 탁배기 상을 봐놓았다. 할머니는 스님이 오면 함께 합장하고 정중하게 대하면서도 반말로 세상일을 가볍게 나무라거나 타이르기도 했다.

"여기서나 그러지 다른 데 가서는 그러지 말어."

식구들 듣지 않게 할머니가 스님에게 자주 하는 말이었다. 그러면 스님도 고맙습니다, 하고 할머니의 말문을 막듯 합장했고 할머니도 따라 합장했다.

할머니 집안의 귀한 붙이란다. 당신 어머니가 말하곤 했다. 스님은 늘 바람처럼 구름처럼 호랑이를 타고 왔지만 당신은 한 번도 호랑이를 보지 못했다. 스님이 있는 절에도 가보지 못했다. 어떤 사람은 행색은 스님 같아도 부처님이 아닌 다른 신을 모시는 사람이라고 말했다. 어느 여름날 딱 한 번 할머니가 절에 갔다는 말을 듣고 어린 당신은 무작정 할머니를 찾아 떠난 적이 있지만 절에 가 닿지는 못했다. 가도 가도 끝이 없었고, 눈물과 콧물과 땀이 범벅되어 얼마나 헤맸는지도 모르게 걸었지만, 마지막 마을에서 만난 사람이 여기는 절이 있는 곳이 아니라고 너는 어디에서 온 아이냐고 물었다. 그렇게 오래 걷고 헤맸는데도 하얗게 꽃이 핀 감자밭가에 해는 아직 중천에 그대로 떠 있었다. 당신은 갑자기 공포가 밀려와 앙, 하고 울음을 터뜨렸다. 그 동네 어른이 멀리 마을이 보이는 곳까지 데려다주었다. 그때야 다시 해가 움직이기 시작해 개울 따라 집 가까이 오자 뉘엿뉘엿 저녁이 되었다. 할머니는 이미 돌아와 있었다. 할머니는 어느 길로 어느 절로 갔던 것일까. 할머니가 돌아가시고 나선 스님도 발길을 끊었다. 후에도 당신은 어딜 가다가 감자꽃만 보면 가슴이 먹먹해지는 기분이었다.

당신이 공용버스터미널에서 헤어진 여자를 다시 본 것은 화엄사 명부전 앞에서였다. 그때 당신은 숲속으로 난 길을 따라 적멸보궁에 막 올라갔다가 내려오는 길이었다. 그곳에 특이한 모습으로 암수 네 마리의 사자가 입을 벌리며 떠받치고 있는 삼층 석탑이 있고, 그곳으로 오르는 길옆에 동백나무 숲이 울울하게 자라 있었다. 절이 한정없이 편하지만은 않다고 하면서도 당신은 화엄사에 올 때마다 적멸보궁 앞의 구부러진 노송 아래에서 시간을 보냈다.

꼭 높은 곳에서 전체 전경을 바라보지 않더라도 화엄사는 건물들의 크기뿐만 아니라 그것의 배치와 구도가 호쾌하고 장대했다. 반대로 가람의 규모가 큰데도 이상하게 오밀조밀하게 느껴지는 절이 있었다. 당신이 꼭 건축을 해서 그렇게 느끼는 것은 아니었다. 각황전이야 워낙 큰 건물이지만 주변 배경과 건물의 어울림에서 각황전과 ㄱ 자를 이루는 대웅전도 실제로는 각황전의 절반 정도의 크기지만 두 개의 탑이 있는 마당 한가운데에서 바라보면 거의 동등한 크기로 배치되어 있었다. 당신은 예전에 아내와 함께 왔을 때 절마다 풍기는 독특한 분위기를 얘기했다. 산이 제 품에 든 가람을 키우기도 하고, 가람의 지붕을 누르기도 한다고 설명했다.

어쩌다 한 학기 학교 강의를 맡게 되면 사찰 기행이니 건축 기행이니 하는 이름으로 이따금 절들을 찾아다녔다. 그때도 당신에게 절은 절을 즐겨 찾는 사람들이 보편적으로 느끼는 정서처럼 한정 없이 편하고 익숙한 데가 아니었다. 절에 와도 낱개 건물의 구조를 살피고 주변 산세와 전체 건물의 어울림을 살피고 그걸 설명했다. 위안과 구도는 당신 마음 안에 아직 점으로도 자리 잡지 못했다.

각황전 뒤쪽 동백나무 숲 사이로 난 길은 이 절의 전체 분위기와 다르게 외지고 호젓했다. 그 길을 따라 내려온 당신이 각황전 앞의 오층탑을 지나 대웅전 계단을 밟고 올라갈 때 터미널에서 헤어진 여자가 오른쪽 명부전의 가운데 문을 열고 나왔다. 늦은 가을 오후라 대웅전 앞에도 사람이 많지 않았고, 명부전 앞에는 여자 혼자뿐이어서 서로 피하고 말고 할 것도 없이 바로 마주친 것이었다. 당신이 저녁때까지 절에 있을 요량으로 점퍼를 걸쳐 입었듯 여자도 버스에서보다 두툼한 옷을 입고 있었다. 캐리어도 당신처럼 어디에 맡기고 온 듯했다. 이럴 때는 서로 못 본 체 피하면 좋은데 당신도 여자도 그럴 수 없었다. 서로 모습을 보고 잠시 굳어 있다가 먼저 입을 연 것은 여자였다.

"아, 이곳에 오셨어요?"

당연히 당혹스러울 것 같은데 여자는 당혹스러워하지 않았다. 오히려 당신이 당혹스러워 예, 라고 짧게 대답했다. 그러면서 당신은 머릿속으로 아주 빠르게 두 가지 생각을 동시에 했다. 아버지의 부음을 받고도 여자는 서울로 가지 않고 절로 왔다는 것과 그런 사람이 아까는 서울로 바로 가려고 터미널에 들어가 표를 알아보았다는 것이었다.

여자는 당신이 올라온 대웅전 앞의 계단을 내려갔다. 당신은 그 자리에 서서 여자의 동선을 지켜보았다. 여자는 당신이 걸어왔던 오층 석탑 앞을 지나 각황전 뒤쪽으로 마치 화면 이쪽에서 저쪽으로 빠지듯 사라졌다. 그 길은 네 마리의 사자가 삼층 석탑을 받치고 있는 적멸보궁으로 가는 길이었다. 먼저 했던 두 가지 생각을 합치

면 여자도 서울로 가려던 생각을 바꾸어 이곳으로 왔다는 것이었
다.

당신은 오전에 버스에서 여자가 들은 부음이 친부가 아니라 시
부였던 것은 아닐까, 그런 걸 다른 사람을 통해 당신이 잘못 들은
것은 아닐까, 하고 다시 생각했다. 그렇다면 부음을 듣고 버스에서
내렸어도 바로 가지 못할 여러 상황이 있을 것이다. 잠시 전엔 당혹
스러웠지만, 멀리 갈 것 없이 바로 당신이 그랬다. 이태 전 봄, 여러
달 병원에 입원해 있던 당신의 빙모가 세상을 떠났을 때였다.

"아빠. 외할머니가 돌아가셨어."

부음을 알린 건 그해 막 중학교에 들어간 딸이었다. 소식을 들었
을 때 당신의 첫 생각은 장모의 죽음에 대한 놀라움보다 이혼이라
는 게 이런 거구나, 하는 것이었다. 장모의 부음을 처남이나 아내가
아니라 외할머니와 함께 사는 딸이 전하는 것. 당신의 빙모가 특별
히 다른 집의 장모가 하는 것 이상의 무엇을 당신에게 해줬던 것은
아니었다. 그러나 사위의 이런저런 허물에도 늘 살갑게 대해주었
다. 나중엔 서로 마음이 가파르긴 했어도 원수처럼 헤어진 게 아니
어서 이혼한 다음 해 어버이날에도 당신은 빙모에게 꽃을 보내고
전화를 했다. 그러나 그런 관계의 어울림과 섞임도 거기까지였다.
당신은 빈소에 쉽게 갈 수 없으리라는 걸 알았다. 가면 단숨에 빈소

와 장례식장 분위기를 이상하게 만들어버릴 수 있다는 걸 당신이 더 잘 알았다. 엄마 바꿔봐, 하고 당신이 말했고, 딸은 엄마는 지금 병원 원무과에 갔다고 했다. 그럼 엄마 오거든 전화하라고 해. 당신이 말했다. 당신 아내는 이제 빈소를 차렸다며 저녁 무렵에야 전화를 했다.

"아파서 입원해 계셨지만, 갈 때는 주무시다가 참 편하게 가셨어."

"나는 어떻게 해야 돼?"

당신이 물었다.

"뭘 어떻게 해? 이혼한 남자가."

"그러니까 장례 비용이라도……."

"그런 거 있으면 나중에 날 주고, 오빠하고 형부가 다 알아서 할 거니까 당신은 그냥 있어. 나중에 다시 전화할 테니까."

사십구재 때는 당신의 손위 처남이 연락했다. 장례 때야 많은 손님들이 드나드니 그럴 수 없었다 해도 어머니의 자식들만 참석하는 사십구재에 함께 갈 생각이 없느냐고 물었다.

"윤희 엄마는요?"

"내가 말을 꺼내니 오려고 할까요? 하고 도로 묻던걸."

그리고 당신 처형이 와도 좋다고 한 번 더 전화를 했고, 전날 아이가 아빠, 꼭 와, 하고 전화를 했다. 모두 당신 아내가 인정한 전화였다. 혼자 차를 몰고 절에 갈 때까지는 서먹하기도 했지만, 재를 지내는 동안 그런 서먹함이 조금씩 풀어져 재를 다 지내고 나서 종무소 옆 식당에 앉았을 때는 당신 빙모의 세 자식이 저마다 배우자와 아이들을 데리고 어머니의 사십구재에 참석한 듯한 모습이었다. 집으로 올 때는 당신이 아내와 아이를 아내가 어머니와 함께 살던 집까지 데려다주었다. 그때 차 안에서 뒷자리에 아이가 있는데도 당신 아내는 아이가 듣지 못하게 당신에게 물었다.

"지금은 여자 없어?"

"그렇게 보여?"

"왠지……."

"……."

"당신은 어떤지 모르지만 나는 앞으로도 다른 생각하지 않고 윤희하고 둘이 살 거야."

"……."

"떨어져 있더라도 윤희한테 좀 잘해."

"잘하잖아. 전화도 자주 하고."

"그것만 말고, 당신 옆에 여자 없을 때만이라도 아빠 빈자리 느끼지 않게."

그게 벌써 이태 전의 일이었다. 아이는 곧 고등학교에 간다고 했다. 품 안도 바깥도 아닌 자리에 아이가 있었고, 더 멀어지지도 좁혀지지도 않은 거리에 당신의 아내가 있었다.

해가 떨어지기 전 당신은 법고가 매달려 있는 운고각에서 멀지 않은 적묵당 앞에 일찍 자리를 잡고 앉았다. 어깨와 등으로 으슬으슬 추운 기운이 몰려와도 그래도 가을엔 해가 일찍 져서 좋았다. 어쩌다 시간이 막막하게 느껴질 때면 계절에 관계없이 당신은 어린 시절 할머니가 간 절을 찾아 무작정 집을 나섰다가 끝없이 펼쳐진 감자밭 한가운데에서 문득 시간의 공포를 느꼈던 때를 떠올렸다. 아마도 그 밭에 흰 감자꽃이 끝없이 펼쳐져 있어 더 그랬던 것인지도 모른다.

어느 결에 여자가 옆에 다가와 앉았다.

"놀라셨죠?"

"아닙니다."

"제가 버스에서 왜 내렸는지도 아시고……."

"사연은 누구나 있지요. 갈 수 없는 사연도 있고, 가도 참석할 수 없는 사연도 있고……."

"엄마를 생각하면……."

아버지를 받아들이기가 쉽지 않다는 뜻일 것이다. 여자는 그건 용서라는 말과는 또 다른 것으로 마음의 정리와 준비가 안 된 상태에서 부음을 들은 것이라고 했다. 여자는 빈소보다 먼저 절을 찾아 자신의 마음을 다스리고 명부전에 아버지의 이름을 올렸을 것이다. 잠시 전엔 그냥 마주쳤지만, 이번엔 여자가 일부러 작정하고 당신 옆으로 와 앉은 듯했다. 누구에겐가 무슨 말이든 하지 않고는 이 절을 내려갈 수 없는, 해야 할 이야기의 어떤 결연함이 여자의 얼굴에 깃들어 있었다. 당신은 딸을 생각했다.

그때 두두두 다다다다, 하고 북소리가 났다. 북이 아니라 당신의 마음이 울렸다. 당신은 운고각 쪽을 쳐다보았다. 거기에 대여섯 명의 스님이 서 있었고, 그중 한 스님이 암갈색 삼장 밖으로 흰 팔목을 드러내 보이며 북을 두드렸다. 두두두두 다다다다 두두두 다다닥…….

그래, 감자꽃이 피었어, 하고 당신이 마음속으로 중얼거렸다. 어린 날만 그렇게 시간의 끝이 없는 것처럼 감자꽃이 피었던 게 아니었다. 가슴을 울리는 북소리 속에 당신은 전에 아내와 함께 월정사에 갔던 날의 조금은 끔찍했던 기억을 떠올렸다. 1년 중 해가 제일 긴 하짓날이었다. 아이는 아이의 외가에 맡겨놓았다. 그때 이미 두 사람 사이의 균열은 시작되었고, 더 덧나기 전에 어떻게 해보라고 처형과 손위 동서가 권한 여행이었다.

진부에서 점심을 먹은 다음 오대산으로 들어가는 길에 숙소만 정하고 바로 절로 갔다. 경내를 한 바퀴 돌고 두 바퀴 돌았는데도 두 시가 채 되지 않았다. 당신은 그렇지 않지만 아내는 절에 오면 마음이 가라앉고 편해진다고 했다. 절에 대해 당신보다 아는 것도 많았다. 둘이 있을 때 법이나 이치에 대해서는 아내가 말하고 당신은 단지 절집의 기둥과 처마와 지붕과 그것의 어울림과 배치에 대해 이야기할 뿐이었다. 아내는 그런 기회가 쉽지 않다며 이곳에서 해가 지길 기다려 저녁 예불 때 법고 치는 것까지 봐야겠다고 말했다.

"그럼 위쪽 상원사에 갔다 오자."

하지였다. 거길 다녀와도 해는 여전히 중천에 있었고, 시간은 무한정 남았다. 당신은 경내를 아무리 천천히 돌아도 20분이면 다 도는 절 안에서 하짓날의 길고 긴 시간을 다 쓸 엄두가 나지 않았다. 상원사에 갔다 온 다음 다시 경내를 한 바퀴 도는데 시간이 오히려 엿가락처럼 늘어나는 것만 같았다. 당신은 아내에게 법고 치는 건 다음에 와서 보고 이왕 여기까지 온 김에 바다에라도 다녀오자고 했지만, 아내는 말이 그렇지 언제 다시 오냐며 해가 아직 중천인데도 굳이 거기에서 저녁 예불 때를 기다리겠다고 했다. 당신은 어린 날 아무리 걸어도 절은 보이지 않고, 한번 빠지면 헤어나지 못할 깊은 바다처럼 검푸른 잎사귀에 흰 꽃만 가득 피어 있던 감자밭 길 한가운데 서 있는 느낌이었다.

"그럼 당신 혼자 보고 와."

화를 냈다기보다는 그만큼 보내야 할 시간이 막막했다는 것을 당신의 아내는 이해할 수 없었을 것이다. 당신은 아내에게 자동차 키를 건네고 절을 나와 택시를 타고 숙소로 돌아와 낮잠에 빠져들었다. 저녁이 되어도 아내는 숙소로 오지 않았다. 전화도 꺼져 있었다. 아마 그게 새로운 악화의 시작이었을 것이다. 아내는 아이를 맡겨둔 친정에 가 오래 오지 않았다.

북은 계속 울렸다. 당신 마음에도도 계속 북소리가 울렸다. 한 스님이 치기를 그치면 또 한 스님이 이어서 쳤다. 당신은 숙연함이란 바로 이런 것이라고 생각했다. 소리도 모습도 경건하고 숙연하여 모두 그쪽만 바라보고 숨을 죽이고 있었다. 두두두두 다다다다 두두 닥닥……. 저 북을 칠 때 스님들은 마음속에 마음 심心 자를 그리며 북채를 움직인다고 했다. 당신은 왼손을 가만히 올려 북의 뒷면을 누르듯 지그시 가슴을 눌렀다. 북소리는 점차 힘차졌다가 잦아졌다 다시 힘차졌다.

암수의 소가죽을 양쪽으로 댄 저 북은 땅 위의 짐승들과 무릇 중생들의 어리석음과 번뇌를 물리치기 위해 저녁 예불 시간 가장 먼저 친다고 했다. 아내는 그때 월정사에서 저 소리를 어떤 마음으로 들었을까. 아니, 듣기나 하고 서울로 왔던 것일까, 아니면 그냥 돌아왔던 것일까. 후에 당신이 물어도 아내는 끝내 대답하지 않았다. 그리고 가파르게 가을에 이혼했다. 균열은 이미 그전부터 있었지만, 돌아보면 하짓날 월정사 감자밭에서부터 가을까지 시간도 가팔랐고, 마음도 가팔랐다. 그해 겨울 급하게 떠난 러시아 여행도 마음의 무엇을 정리하기 위해 떠난 게 아니라 오히려 마음이 더 시리고 싶어 떠난 것이었다.

세 명인가 네 명의 스님이 차례로 북을 치고 나자 운판이 울렸다. 각 위에서 한 스님이 망치처럼 생긴 나무 방망이로 법고 옆에 매달린 커다란 징 같은 운판을 쳤다. 당신 귀에 그것은 은은하다기보다 무엇을 경고하거나 다음 행동을 명령하듯 조금은 강퍅하게 울리는, 떨림과 울림을 죽인 징 소리 같았다. 당신 옆에 앉은 여자가 합장을 하고 작은 소리로 옴마니반메훔이라고 말했다. 하늘의 새들과 허공을 헤매는 고독한 영혼을 천도하는 저 소리에 실어 아마도 여자는 자신의 마음속에서 쉽게 화해되지 않는 아버지의 영혼을 천도했는지 모른다고 당신은 생각했다.

"오늘 가십니까?"

그 경황에도 당신이 여자에게 물었다.

"아버지가 먼저 가신 다음에요."

오늘 가지 않겠다는 뜻이라고 당신은 해석했다. 여자는 합장을 풀지 않고 다시 한번 옴마니반메훔이라고 말했다. 닥닥닥닥닥닥……. 한 스님이 두 개의 북채로 목어를 치자 경내엔 어둠이 더 짙게 내렸다. 처음 법고 소리가 당신 마음에 울렸을 때는 지리산의 시커먼 자락 위로 붉은 노을이 펼쳐져 있었다. 그것이 북소리에 무두질되듯 조금씩 검게 변하고 운판이 울리고 목어가 울릴 때는 온 세상이 목어가 푸득푸득 소리를 내며 헤엄치는 검고도 깊은 물속 같아졌다. 그것이 당신의 마음을 한없이 무장 해제시켰다. 어둠이 내린 풍경과 가슴을 울리는 소리 속에 당신은 정말로 조금도 음험하지 않은 마음으로 오늘 저 여자가 당신과 함께 있어야겠다고 하면 당신도 그 감자밭가에 함께 있어야겠다고 생각했다.

"생선에도 영혼이 있을까요?"

목어를 치는 것을 보다가 여자가 물었다. 당신은 갑자기 말문이 막히는 기분이었다. 물고기에도 영혼이 있을까요, 라고 물었다면 당신도 금방 그렇다거나 그렇지 않겠느냐고 대답했을 것이다. 그런데 여자는 생선이라고 말했다.

"물고기 말인가요?"

"아뇨. 말고 생선요."

당신은 여자가 그걸 왜 물을까 생각하다가 한참 만에야 있는 것 같다고 대답했다.

"어떻게 아시는데요?"

당신은 다른 고기는 잘 모르겠지만 입을 쫙 벌리고 누운 북어를 보노라면 거기엔 물속에서 미처 다 하지 못한 말과 떠나지 못한 영혼이 깃들어져 있는 것 같다고 말했다.

"아, 그럼 오히려 죽은 다음에 말을 하는 거군요."

"명태로 바닷속을 헤엄칠 때도 했겠죠."

"아뇨. 저 목어가 말이죠. 북어는 벌린 입으로 말하고 목어는 배 안에서 울리는 소리로 말하고요."

여자가 그 말을 할 때 뎅― 하고 운고각 반대편 쪽에서 범종 소리가 들렸다. 그러자 그것을 신호로 운고각과 보제루의 다른 곳에 있던 스님들이 마당으로 나와 마치 군대의 사열과 분열식을 하듯 절도 있게 걸어 무리의 반은 각황전으로, 반은 대웅전을 향해 엄숙하게 나아갔다. 경내에 남아 있던 사람들이 마당 한가운데로 걸어가는 스님들을 향해 합장했다. 범종은 먼저 친 종소리의 여운이 끊길 때쯤 다시 뎅― 하고 울렸다.

"잠시만 실례할게요."

여자가 합장한 손을 풀고 당신에게 양해를 구하듯 말했다. 그러고 보니 당신 눈에 여기저기 서너 사람이 동시에 자리에서 일어서는 게 보였다. 범종 소리가 자기도 모르게 몸 안의 긴장을 풀고 시름까지 내려놓게 하는 것이라고 당신은 생각했다.

"예. 다녀오십시오."

당신은 가볍게 말하고, 범종 소리는 다시 길게 울렸다. 새벽엔 스물여덟 번, 저녁에는 서른세 번을 친다고 당신 옆에 앉은 사람이 그 옆 사람에게 말했다. 법고도 운판도 목어도 범종도 새벽과 저녁에 울리는 것이 같은 소리일 텐데도 한소리에 삼라만상이 깨어나고 또 잠든다. 당신은 양쪽 팔을 감싸안듯이 팔짱을 꼈다. 절 마당에는 이제 어둠이 완전하게 내려앉고 하늘의 별만 범종 소리에 눈을 비비듯 반짝였다. 점퍼 깃을 세웠는데도 목덜미에 바람이 스치는 게 맨살에 쇠가 스치는 것처럼 선득했다. 옛날 이 절에 가족까지 다 버리고 도를 닦으러 온 아버지를 찾아 산 아래에서 한 아이가 동백나무 숲길을 따라 언덕을 올라와 조르고 조르다 저녁이 되어 아버지의 배웅을 받고 어미가 기다리는 아랫마을로 도로 내려갈 때도 이렇게 길게 종소리가 울렸을 것이다. 당신은 낮부터 왜 자꾸 어린아이가 떠오르는지 모르겠다고 생각했다. 종은 범종각에서 울렸지만 소리는 당신 마음을 휘감아 긴 여운처럼 먼 산을 향해 울려 퍼져 나갔다.

이윽고 종소리가 그치고 범종각에서 종을 울리던 스님이 한 발 한 발 계단을 걸어 땅으로 내려왔을 적묵당 돌계단에는 당신을 포함해 열 사람 정도밖에 남지 않았다. 사람들이 주섬주섬 자리에서 일어나 마당 쪽으로 나아갔다. 당신은 범종 타종이 다 끝났는데도 여자가 왜 돌아오지 않는지 그 자리에 앉은 채 보제루 이쪽과 저쪽을 바라보았다. 그때 당신 주머니의 전화기가 부르르 몸을 떨었다. 낯선 번호였다.

저는 산문을 내려가고 있습니다.
오늘 위로 감사합니다.

공용터미널에서 나눈 명함을 보고 보낸 문자였다. 동시에 당신은 전에 아내와 월정사의 법고 때문에 티격태격하다가 읽게 된 어떤 '법고 후기'의 한 대목이 떠올랐다. 법고와 운판과 목어를 치는 것을 산문 안에서 보고 들은 다음 마지막 범종 소리는 그게 다 끝날 때까지 그 자리에 지켜 앉아 듣는 것이 아니라 이제 그만 자리에서 일어나 산문을 벗어나며 듣는 소리라고 했다. 맞는지 아닌지는 중요하지 않다. 우리가 가는 길 어디에나 고수와 스승이 있는 법이었다.

당신도 여자에게 합장하듯 문자를 보냈다.

늘 화엄하시길 바랍니다.

절 마당 하늘에 별이 바람에 쓸리고 있었다. 아직도 한 아이가 검푸른 이랑 사이로 파도가 밀려오듯 하얗게 꽃이 핀 감자밭 한가운데 길을 잃고 서 있었다.

이순원 | 강원도 강릉에서 태어나고 자랐다. 1985년 〈강원일보〉 신춘문예에 단편소설 「소」가 당선된 이래 「19세」 「아들과 함께 걷는 길」 「말을 찾아서」 「은비령」 「그가 걸음을 멈추었을 때」 「나무」 「고래바위」 「어머니의 이슬털이」 등 '자연과 성찰'을 주제로 한 작품으로 독자들의 마음을 이끌었으며, 많은 작품이 초·중·고등학교 교과서에 수록되어 있다. 「수색, 그 물빛 무늬」로 동인문학상, 「은비령」으로 현대문학상, 「그대, 정동진에 가면」으로 한무숙문학상, 「아비의 잠」으로 이효석문학상, 「푸른 모래의 시간」으로 남촌문학상, 「나무」로 녹색문학상, 「삿포로의 여인」으로 동리문학상과 황순원작가상을 수상했다.